Percy Jackson
波西傑克森

泰坦魔咒

Percy Jackson

波西傑克森

泰坦魔咒

雷克・萊爾頓 Rick Riordan◎著

蔡青恩◎譯

遠流

給台灣讀者的一封信

給台灣的年輕讀者們：

小心！你手裡握的是一個充滿秘密、魔法和驚喜的故事。打開這本書，你將被帶往未知的冒險旅程。

老實說，我完全不知道我的書〈波西傑克森〉會將我帶到哪裡去。當我第一次把波西這個發現自己父親是希臘天神的男孩故事告訴我兒子時，我也沒料到它竟然會變成小說，還出版到全世界去。之後，波西的故事有了自己的生命。誰料想得到希臘眾神在二十一世紀一樣具有影響力，而神話裡的怪物仍然在我們四周，追殺著年輕的「混血人」呢？

在此還要提醒各位一下，爲了避免造成全球恐慌，我必須將波西的故事寫成「虛構小說」，所以你沒有必要相信你（對！我說的就是「你」）可能是希臘天神的兒子或女兒。但是，如果你讀這本書時，感覺到體內的奧林帕斯血液沸騰起來的話，趕快保護自己！我們會在「混血營」爲你保留名額，以防萬一。

此時，我們正在努力詮釋著波西其他的冒險，好讓你跟上他的故事。如果你不怕的話，繼續讀下去吧，年輕的混血人！

來自奧林帕斯的祝福　雷克・萊爾頓

【序一】魔力閱讀，獨一無二的感動！

本書譯者　**蔡青恩**

是什麼樣的奇幻小說，能讓人感同身受又身歷其境？就是〈波西傑克森〉吧！

在凡人世界中，波西是一個有著閱讀障礙與注意力不足過動症的學生，一年換一間學校，交不到什麼知心朋友。他媽媽再嫁的對象是個又臭又懶的傢伙，住在紐約市中心一間又舊又窄的公寓中。這樣的主角設定，也許讓人覺得似曾相識，彷彿是某個故事中見過的角色或身邊認識的某人，又或許就是在成長路上受過點傷的自己。當凡人波西變成天神後代的混血英雄，好像身爲讀者的我們也都跟著有了翅膀，可以在現實與神話間飛翔穿梭，在古代與現代間找尋魔力。

在這次〈波西傑克森〉第三集《泰坦魔咒》裡，波西任務的難度更高了，因爲他們要尋找的，是一位天神。而能將奧林帕斯天神綁架走的力量，究竟是何等巨大、何等邪惡呢？任務開始時，混血營毫無頭緒，只能跟著神諭的指示組成搜索隊，得到一個極爲籠統的目標：「西方」。波西頭一次有這麼多夥伴同行，有他的好友格羅佛、敵視男生的獵女，還有另一位三大神的子女

──宙斯之女泰麗雅。這不是一場少年英雄單打獨鬥就可以完成的任務，莽撞的波西在與隊友相處間，逐漸蛻變成堅強睿智的眞正英雄。即使故事的最後預告了接下來將面對更危險的處境，讀者卻已經可以看到，波西將會抬頭挺胸面對他的未來。

在這些人間與神界的故事交織下，不僅刻畫了希臘眾神的面貌與愛恨情仇，也傳達了凡人少男少女的煩惱，令人不禁一再讚嘆作者的筆下工夫。這些似眞似幻的故事情節，根植於希臘神話與眞正的現實，讓讀者們看著一群有血有肉、衝動有感情的少年英雄男女，用最人性的一面闖蕩神話世界，而整個神話世界又全都發生在現代美國，一些可能你我沒去過卻聽過的地方。

藉著雷克．萊爾頓的文字，希臘神話不再那麼複雜難懂，眾神的恩怨由來也變得脈絡清晰。除此之外，對於當代西方文明中心的美國，更經由故事描繪出了好幾個最重要的建設與城市，甚至還有社會現象與文明問題。

或許讀者可以輕鬆看待這些古今背景，但正是這樣熟悉與模糊交錯的場景，造就出〈波西傑克森〉系列的特殊魅力。當友情、親情、愛情、成長與學習發生在這些場景，當神界法寶與冥界怪獸不時躍出主角前後，誰還能抵擋〈波西傑克森〉的吸引力？

接連不斷又出奇不意的挑戰，神奇的魔力與超現實的時空，永遠能帶給讀者停不下來的好奇與想像，但〈波西傑克森〉不只是那樣的一套書而已。對反覆咀嚼這套書好幾次的譯者而言，波西的故事不僅是成功的奇幻小說，更是少年成長的紀錄（冒險、有情又勵志）、希臘神話最易懂的現代版、縱橫美國建設的精彩遊記，甚至是人類文明的小回顧。

獨一無二的波西傑克森，能帶給每個讀者獨一無二的感動。讓我們從不完美的人格、神格與現實世界中，體驗文字的美妙吧。因為眞正有魔力的東西，就是「閱讀」。

【序二】

跟著〈波西傑克森〉進入西方文明的源頭

知名作家　李偉文

現今的西洋文學、藝術，乃至於一般民間生活習慣與典故，幾乎都與希臘羅馬的神話有關，因此，若要欣賞西方的藝術與文化，最好能對這些錯綜複雜的眾神關係有些概念。

基於這樣的「認知與學習」觀點，在孩子上國中之前，我就嚐試找一些有關希臘神話的書給她們看，可是她們大部分都看不下去，有的書即便勉強看完，也無法理解希臘眾神間複雜的恩怨情仇。一直到〈波西傑克森〉這套精彩刺激的奇幻小說出現，才真正讓孩子看到這些希臘神話裡的人物，彷彿幾千年的時空距離完全消失，這些天神與凡人所生的混血人，真的就在身邊。

主角是個凡人眼中的注意力不足過動症患者，同時也有閱讀障礙，跟著媽媽辛苦的生活著。與「哈利波特」一樣，他發現了自己的詭奇身世，也成爲怪物的獵殺對象，同時他也是預言中的神界救星。

這些看似高潮迭起、引人入勝的歷險過程，正是隱喻了少年孩子在成長階段中最關鍵的自我認同的追尋。因爲作者全以第一人稱敘述，全書充滿了青少年素有的叛逆與幽默搞笑。這個成績不好、不討人喜歡的孩子，雖然衝動，但是很勇敢又坦率；雖然總是很倒楣卻懂得苦中作樂。這些情節很能引起孩子們的共鳴，因此書中包含的家庭關係、朋友之間的信任、對未來的夢想等學校所謂「生命教育」的重要課程，在不知不覺中就傳遞給孩子了。

家長或老師在幫孩子選書時，往往會挑「有價值」的書，這些書或者是知識含量高，或者是主題正確，教忠教孝不怪力亂神。遺憾的是，有時這些選擇，除了無法讓孩子享受到閱讀的樂趣，更恐怕會破壞他們養成喜歡閱讀的習慣。

要讓孩子感受到書中天地的寬廣，唯有從能夠吸引孩子廢寢忘食的書開始。若是家長只著眼於「開卷有益」，專挑表面上有意義而且充滿知識的書給孩子看，那就太可惜了。我覺得書籍可以帶給孩子最深遠的影響是「掩卷」的時候，當孩子看一本書還沒有看完，就興奮地坐立難安想跟你分享，這才是最動人的時刻。

〈波西傑克森〉是一套這樣的書，而且更令家長放心的是，當孩子看完這個故事，也等於上了令人難忘的西洋文化史。

主要人物簡介

◆**波西・傑克森**（Percy Jackson）

十四歲，個性衝動急躁，但勇敢正直，重情重義。有閱讀障礙及注意力不足過動症，小學到中學的七年間換了七間學校，八年級時換到紐約曼哈頓的MS-54中學就讀。因爲身爲海神之子，總是會吸引怪物前來襲擊，從小到大遭遇許多異常怪事與危險。八年級的寒假前一天，接到好友格羅佛發出的緊急通知，即與安娜貝斯和泰麗雅組隊前往支援，展開了一連串的冒險事件。

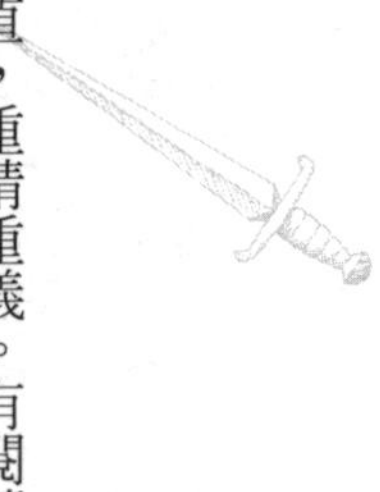

◆**泰麗雅**（Thalia）

天神宙斯的混血女兒，喜歡龐克裝扮與搖滾樂。個性衝動，但很重視朋友。和波西一樣，在成長過程中不斷引來怪物襲擊，練就出俐落的身手。十二歲那年與安娜貝斯及路克結伴投靠混血營，遭到怪物圍攻。她爲了解救朋友而犧牲生命，宙斯將她化爲一棵松樹立於混血之丘。七年後，在金羊毛的魔力下她復活了，與波西一同加入對抗泰坦巨神的任務。

◆**格羅佛・安德伍德**（Grover Underwood）

波西六年級時的同班同學，也是他的好朋友，實際身分是希臘神話中的羊男。平常個性看似膽小懦弱，但常在意外時刻挺身而出。他在與波西完成尋找閃電火的任務後，受到長老會的肯定，取得探查者執照，出發尋找失蹤的羊男首領——天神潘。後來暫停尋找潘的工作，被混血營指派前往各地尋找新的混血人。

◆安娜貝斯・雀斯（Annabeth Chase）

波西在混血營中認識的夥伴。十四歲，是智慧女神雅典娜與凡人所生的混血女兒，也是混血營六號小屋的領隊。她聰明且功課好，喜愛閱讀歷史與地理相關資訊，和雅典娜一樣善於計畫與運用智慧。她的願望是未來要成爲一位偉大的建築師。在接獲格羅佛的緊急通知後，與波西和泰麗雅前去支援，也讓自己陷入一場危難。

◆柔伊・奈施德（Zoë Nightshade）

狩獵女神阿蒂蜜絲所成立的獵女隊隊長，身手矯健，擅長使用弓箭，與阿蒂蜜絲到世界各地狩獵與招募新隊員。外表看起來只有十四歲，實際年齡不可考。個性堅強，但嚴守獵女隊的傳統，輕視男生。在面對主人阿蒂蜜絲遭遇的危險後，成爲新的尋找任務成員之一。

◆碧安卡・帝亞傑羅（Bianca di Angelo）

十二歲，就讀衛斯多佛軍事學校，是父母不詳的混血人，具有特殊的力量，從小就和弟弟尼克相依爲命。在被波西一行人拯救之後，加入了狩獵女神阿蒂蜜絲的獵女隊，後來也成爲新的尋找任務成員。

◆尼克・帝亞傑羅（Nico di Angelo）

十歲，就讀衛斯多佛軍事學校，是父母不詳的混血人。和姊姊碧安卡相依爲命。喜歡玩神話魔法遊戲，並且熱愛蒐集神話人物小雕像。在姊姊成爲獵女後，加入混血營，暫居荷米斯小屋。

◆路克（Luke）

二十歲，商旅之神荷米斯與凡人的混血兒子，原本是波西在混血營中的指導員及混血營十一號小屋的領隊，但後來被發現他就是竊取宙斯閃電火的小偷，並且效忠於泰坦王克羅諾斯。正在幫助泰坦王號召大軍，預謀對抗天神的行動。

◆阿蒂蜜絲（Artemis）

狩獵之神，也是月亮女神。她是太陽神阿波羅的孿生妹妹，曾立誓永遠不婚，因此追隨她的獵女隊成員也與她一樣看輕男性。她是偉大的射手與狩獵者，身手敏捷矯健，是野地與自然動物的守護神，與獵女隊員總是漫遊各地狩獵怪物。她的象徵物是鹿，還有弓箭。

◆奇戎（Chiron）

混血營的營區活動主任，也是波西六年級時的拉丁文老師，很受波西尊敬與信任。他其實是希臘神話中半人馬族的一員，但和一般半人馬狂放粗野的性格大不相同。他個性溫和、愛好和平、充滿智慧，還擅於醫術，曾擔任過許多混血英雄的老師。

◆戴歐尼修斯（Dionysus）

酒神，也是混血營的營長。他能讓所有花草果樹生長繁茂並結實纍纍，特別是能釀酒的葡萄。因爲對混血人沒有好感，所以常常把混血營成員的名字叫錯。特殊力量是憑空變出纏人的葡萄藤，並且能讓人陷入酒醉瘋狂的狀態。

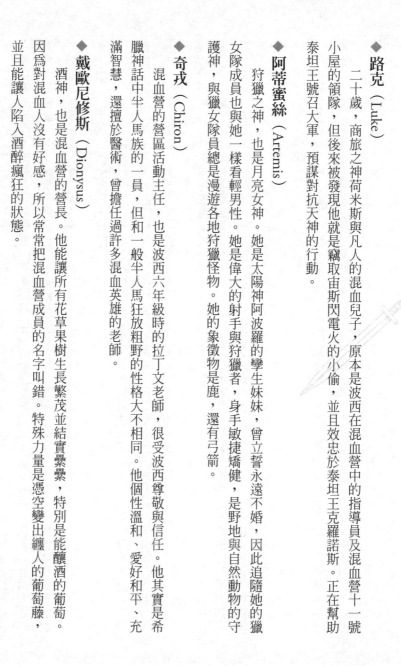

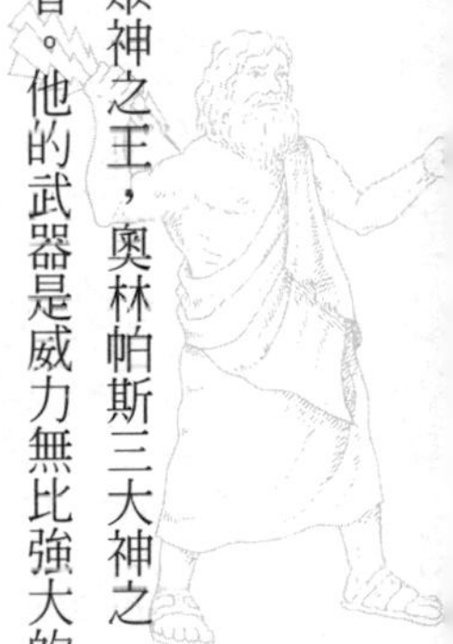

◆宙斯（Zeus）

天空之王，也是眾神之王，奧林帕斯三大神之一。他主宰整個天空，包括雷電風雨等氣象，也是天界和人界的統治者。他的武器是威力無比強大的「閃電火」。

◆波塞頓（Poseidon）

海神，奧林帕斯三大神之一，與宙斯和黑帝斯是兄弟，掌管整個海域，也是波西的父親。他的個性像大海一樣，時而深沉平靜，時而狂暴易怒。他的力量象徵物是「三叉戟」。

◆黑帝斯（Hades）

冥界之王，奧林帕斯三大神之一，與宙斯和波塞頓是兄弟，因爲掌管整個冥界與地底寶藏，故有「財富之神」的綽號。個性陰沉冷酷，力量象徵物是「黑暗之舵」。

波西傑克森 泰坦魔咒

目錄

1 衛斯多佛學校舞會

寒假前最後的星期五，我媽幫我打包了一些東西，包括過夜的衣物和幾樣致命的武器，然後載我前往新的寄宿學校。我們還順路接了我的朋友安娜貝斯和泰麗雅。

從紐約開車到緬因州的海邊小鎮巴爾港，得花上整整八個鐘頭。公路上風雪交加。我跟泰麗雅和安娜貝斯已經好幾個月沒見面了，我們看著車外的暴風雪，想到將要執行的任務，都緊張得說不出話來；不過我媽例外，她愈緊張，話就愈多。我們好不容易在漸漸變暗的天色中抵達了衛斯多佛學校，而我媽也已經把我出娘胎之後的所有糗事，全都說給泰麗雅和安娜貝斯聽了。

泰麗雅抹掉車窗上的霧氣，將視線移到窗外。「哦耶！看來會很有趣。」

衛斯多佛學校的外觀像是一座邪惡騎士的城堡。黑色石造的建築上有幾個塔樓，窗戶如古代堡壘般狹窄細長，入口則是兩扇超大的木門。整座學校矗立在白雪皚皚的懸崖邊，一面可以眺望嚴冬下的廣大森林，另一面則是翻騰不已的灰色海洋。

「你確定不用我留下來等一會兒嗎？」我媽問著。

「媽，不用啦，謝謝你。」我說：「我也不知道會在這裡待多久。我們不會有事的。」

「那你們要怎麼回去？我還是很擔心，波西。」

眞希望我的臉沒有紅起來。光是讓媽媽載我上戰場，就已經有夠丟臉了。

「傑克森太太，沒問題的。」安娜貝斯微笑著向我媽保證。她的金髮全蓋在滑雪帽下，大大的眼睛一如深邃的灰色海洋。她接著說：「我們不會讓他惹上麻煩的。」

我媽看起來似乎稍稍鬆了一口氣。她覺得能唸到八年級的半神半人中，就屬安娜貝斯最冷靜理智，她相信安娜貝斯就是那個能幫我逃離死劫的人。雖然這是事實沒錯，但並不表示我就喜歡這樣。

「好吧，孩子們，」媽媽說：「需要的東西都帶齊了嗎？」

「都帶了，傑克森太太，」泰麗雅回答：「謝謝您載我們過來。」

「有多帶幾件毛衣嗎？記下我的行動電話了沒？」

「媽——」

「波西，你的神食和神飲有帶嗎？要聯絡混血營時，有沒有古希臘金幣啊？」

「媽，拜託，沒問題的！小姐們，我們走吧！」

我很抱歉讓我媽看起來有點傷心，但我眞的已經準備好要下車了。如果讓她再說到關於我三歲時坐在浴缸裡有多可愛這件事，我寧願在雪地裡挖個洞讓自己凍死算了。

安娜貝斯和泰麗雅跟著我下車。刺骨的冷風像把冰鑄的短劍，直直插入我的大衣。

當媽媽的車子終於從我們的視線消失，泰麗雅說：「波西，你媽還眞酷。」

「她是不錯啦。」我承認。「那你呢？你有和你媽媽聯絡過嗎？」

話一出口，我就後悔了。泰麗雅總是打扮得十分龐克，她穿著剪出鬚鬚的仿陸軍夾克和黑色皮褲，戴著長項鍊，搭配上粗黑的眼線和深藍色眼睛，讓她在露出凌厲目光時，看起來還挺漂亮的。不過，她現在投射過來的凶狠目光，殺傷力絕對可以達到滿分。她說：「這不關你的事，波西……」

「我們最好趕快進去，」安娜貝斯打斷我們，「格羅佛一定在等我們了。」

泰麗雅望著城堡，打了個寒顫。「你說的對。不知道格羅佛在這裡發現了什麼，竟然會發出危險通知。」

我抬頭盯著衛斯多佛學校陰暗的塔樓，喃喃說著：「不會有什麼好事的。」

橡木大門咿咿呀呀開啓，我們三個跟著瞬間颳入的風雪一起踏入大廳。

我能說的只有：「哇！」

這地方眞的很大，牆上掛滿了戰旗與武器的展示品，像是古董來福槍、長柄戰斧以及一堆其他的東西。我的意思是，即便我本來就知道衛斯多佛是間軍校，但這裡的整個陳設還是太過殺氣騰騰，太誇張了。

我把手伸進口袋，裡面放著我的寶貝武器波濤劍。我感覺到這地方有些不對勁，有股危險的氣息。泰麗雅也搓磨著她的銀手鍊，那是她最喜歡的法寶。我知道她心裡想的和我一樣——一場戰鬥即將展開。

安娜貝斯先開口說：「我在想哪裡才會……」

我們身後的門突然「碰」的一聲關上。

「好吧，」我嘀咕著：「看來我們八成要待上好一會兒。」

我可以聽見音樂聲從大廳另一端傳來，聽起來像是舞蹈的配樂。

我們將背包藏到一根柱子後面，開始往大廳裡走。沒走多遠，就聽到石砌地板上出現腳步聲。一個男人和一個女人從陰影中出現，走到我們面前。

這兩人都有著灰色的短髮，身著紅邊黑色軍裝。女人嘴上有一點點小髭毛，男人的鬍子反而刮得很乾淨。他們走路的姿勢非常僵硬，就好像有一把掃把固定著他們的脊椎骨一樣。

「喂！」那女人先問說：「你們在這裡做什麼？」

「嗯……」我完全沒料到會有這種狀況。我全心全意想要找到格羅佛、想發現問題的真相，壓根兒沒想過會有人來質問三個暗夜中闖入校園的小鬼。我們三人剛剛在車上也完全不曾討論要如何進入這個學校。於是我說：「您好，我們只是……」

「嘿！」那個男人高聲打斷我，害我嚇了一跳。「舞會是不准外人參加的！你們應該立刻滾蛋！」

這男人講話帶了點特殊口音，也許是法國腔；他說「滾蛋」時，聽起來像是「滾燙」。他個子很高，有著一張像老鷹的臉，講話時鼻孔朝上，讓人想不盯著他的鼻子都很難。他的兩個眼睛顏色不同，一棕一藍，就像野貓一樣。

我想他已經打算把我們趕到外面雪地，但是泰麗雅這時卻突然往前站，然後做了一件非常奇怪的事。

她彈一彈手指頭，發出清脆響亮的聲音。也許只是我的想像，但我感覺有股風從她指間滑出，吹向整個大廳。這陣風吹拂過在場的所有人，吹得牆上的旗幟沙沙作響。

「喔，老師，我們不是外人呀！」泰麗雅說：「我們是這裡的學生，您記得嗎？我是泰麗雅，這是安娜貝斯和波西，我們都是八年級。」

這位男老師瞇起他的雙色眼睛。我不知道泰麗雅在想什麼，現在我們可能會因爲說謊而受罰，再被丟到雪地裡去吧。不過此刻，這位老師似乎遲疑了起來。

他看著身邊的同事。「納芬比老師，你認識這些學生嗎？」

撇開我們身處的險境不說，這時我必須咬著舌頭才能忍住不笑出來。這個老師的名字叫做「拿粉筆」？該不是在開玩笑吧。

女老師錯愕了一下，好像在恍神中突然被人叫醒。「我……我認識他們！」她皺起眉頭對著我們說：「安娜貝斯、泰麗雅、波西，你們離開體育館做什麼？」

我們還來不及回答，又聽到了新的腳步聲，是格羅佛氣喘吁吁地跑過來。「你們終於到了！你們……」

他一看到老師，嘴裡的話赫然中斷。「嗯，納芬比老師、索恩博士，我……我……」

「你是怎麼啦，安德伍德同學？」男老師先開口，語氣中清楚表現出對格羅佛的厭惡。「你說他們終於到了是什麼意思？他們就是這裡的學生呀！」

格羅佛嚥了一下口水說：「是的，老師，他們當然是這裡的學生。我的意思是說，我很高興他們終於……終於把舞會的果汁送到了！那果汁很好喝，是他們做的！」

索恩博士氣沖沖看著我們。我打賭他的眼睛一定有一顆是假的，不知道是棕色那顆，還是藍色那顆？他看起來簡直像要立刻把我們從最高的塔樓扔出去一樣。就在這時，納芬比老師卻像做夢般地開口說：「那果汁的確很好喝。現在，你們每個人都立刻回到體育館去，不准再離開！」

我們可不想再被罵一次，嘴裡馬上回答：「是的，老師！」還敬了禮，做出正常學生應該有的反應。

格羅佛匆匆把我們趕向傳出音樂的那一頭。

我感覺得到那兩人的目光仍停留在我背上，但我還是走到泰麗雅身邊，小小聲問說：「妳剛剛那個彈手指的招數是怎麼做的？」

「你是說『迷霧』？奇戎❶還沒教你怎麼做嗎？」

我的喉嚨頓時像有東西梗在那裡。奇戎是混血營的活動主任，他從來不曾秀過這招給我看。為什麼他教了泰麗雅，卻不教我呢？

格羅佛快步把我們帶到寫著「體育館」的玻璃門前。即使我有閱讀障礙，我還是可以讀出很多字。

「好險！」格羅佛說：「你們終於到了，感謝天神！」

安娜貝斯和泰麗雅都給格羅佛一個大大的擁抱，我則和他擊個掌。隔了這麼多個月，能見到他眞好。他長高了一些，又多冒出幾根鬍子，其他就和過去他打扮成人類時一樣——棕色捲髮上戴著紅色帽子，好蓋住頭上的山羊角；寬鬆的牛仔褲和高筒鞋僞裝的假腳，隱藏住他毛茸茸的羊腿和羊蹄。他身上穿的黑色T恤印了幾個字，我花了幾秒才看出上面寫的是：「衛斯多佛學校：步兵」。我不確定那代表的是格羅佛的兵種，或者只是這間學校的慣用詞。

「到底有什麼緊急狀況？」我問。

格羅佛深吸了一口氣說：「我發現兩個。」

「兩個混血人？」泰麗雅很驚訝地說：「在這裡？」

格羅佛點點頭。

光是要找出一個混血人，就已經夠稀奇了。今年以來，奇戎不斷讓羊男❷超時出任務。他們被分派到全國各地的學校，搜尋四年級到高中之間任何可能的新混血人。現在是非常時

❶奇戎（Chiron）是半人馬族的一員。半人馬族是半人半馬怪，個性粗野暴力，其中只有奇戎個性溫和，充滿智慧，是希臘神話中許多混血英雄的老師。參《神火之賊》九十一頁，註⓲。

❷羊男（Satyrs），森林牧神。參《神火之賊》六十一頁，註❼。

期，混血營的學員一直在減少，我們必須盡可能找到所有新成員加入戰役，但問題就在於並沒有那麼多的半神半人出現。

「是一對姊弟。」格羅佛說：「一個十歲，一個十二歲。我不知道他們的父母是誰，但他們很強壯。只是我們的時間不多了，我需要幫忙。」

「有怪物嗎？」

「一個。」格羅佛看起來很緊張。「他開始懷疑了。我不認爲他已經知道他們是混血人，但今天是學期最後一天，我相信他在沒確定前不會讓他們離開學校。每一次我試著要接近那對姊弟，他總是會出現，擋住我的路。我不知道現在該怎麼辦！」

格羅佛焦急地望著泰麗雅。我努力不讓自己因爲他的這個舉動而感到難過。曾經，格羅佛都是看著我等待答案，但現在這裡最資深的是泰麗雅，不只因爲她的父親是宙斯❸，更因爲她的確比我們擁有更多在眞實世界對抗怪物的經驗。

「好吧，」泰麗雅說：「那兩個混血人在舞會現場嗎？」

格羅佛點點頭。

「那我們也去跳舞吧。」她緊接著問：「怪物是誰呢？」

「喔，」格羅佛緊張地左右看看，「你剛剛見過他了，就是副校長索恩博士。」

軍校裡面就是有這種怪事：當學校有特別活動讓學生可以脫下制服時，所有學生就會變得極端瘋狂。我猜是因爲他們在其他時間受到太嚴格的規範，以致於這種時刻就會想加倍補償回來。

體育館的地板上，到處都是紅色和黑色的氣球。學生們把氣球互相往彼此臉上踢，要不就是拿牆上垂下來的皺紋紙彩帶往別人身上纏。女孩子就是女孩子，她們總是一小群一小群地勾著手走動，都化著濃妝、穿細肩帶小可愛和亮色的褲子，腳上蹬著和整人玩具沒兩樣的高跟鞋。每隔一會兒，她們就會像一群食人魚般包圍一個可憐蟲，對他叫鬧和狂笑一番；等她們轉移到別處，那個可憐男生的頭上就會多了幾個蝴蝶結，臉上還被她們用口紅寫滿了字。有些年紀較長的學生，看起來和我比較類似，他們都徘徊在牆邊，渾身不自在，很想找個地方躲起來，一副隨時準備爲自己的生存搏鬥的樣子。當然囉，以我的例子來說，確實就是如此。

「他們在那裡。」格羅佛往看台方向抬了抬下巴，有兩個比我們年紀小的學生正在講話。「碧安卡．帝亞傑羅和尼克．帝亞傑羅。」

格羅佛指的那個女孩戴著一頂鬆垮垮的綠帽子，似乎想要遮住自己的臉。旁邊的男孩一看就知道是她弟弟，因爲兩個人都有烏亮的頭髮、橄欖色的皮膚，而且講話時手勢一樣多。男孩的手中正搓洗著某種遊戲卡，他姊姊看來正爲了某件事在責備他，邊唸邊四處張望，好

---

❸宙斯（Zeus），天神之王。參《神火之賊》二十一頁，註❸。

像感覺到什麼不對勁。

安娜貝斯問：「他們是不是……我是說，你已經告訴他們了嗎？」

格羅佛搖搖頭。「你知道那會怎樣，那只會讓他們陷入更多危險。一旦那對姊弟知道自己的身分，他們的氣味會變得更強烈。」

格羅佛看著我，我點點頭回應。我從來不知道對怪物和羊男來說，混血人究竟有什麼氣味，但我知道這氣味絕對會害我們小命不保，而且當半神半人的能力變得愈強，聞起來就愈像怪物的美味大餐。

「所以我們要趕快帶他們離開這裡！」我提議。

我跨步向前，泰麗雅卻伸手抓住我的肩膀。副校長索恩博士不知何時從看台邊的走廊出現，就站在帝亞傑羅姊弟附近。他對著我們點點頭，藍色那顆眼睛閃閃發光。

從他的表情看來，他剛剛根本沒被泰麗雅的迷霧騙過去。他懷疑我們的身分，正等著看我們葫蘆裡賣什麼藥。

「不要一直盯著他們看。」泰麗雅命令我們說：「我們必須等待適當的時機才能靠近他們。大家要裝成對那兩姊弟沒興趣的樣子，然後把怪物引開。」

「那要怎麼做？」

「這裡有三個混血人，發出的氣味應該會干擾到怪物。我們就混入人群，表現自然一點，或是跳跳舞，但要隨時留意那對小姊弟。」

「跳舞？」安娜貝斯問。

泰麗雅點著頭，還特意豎起耳朵聽音樂，然後露出一點點不屑的表情。「哼，是誰點了傑西．麥卡尼❹的歌啊？」

格羅佛帶著很受傷的表情說：「是我點的。」

「喔，天神啊！格羅佛，這首歌聽起來軟趴趴的，難道你不能點些像是……『年輕歲月合唱團』❺這類的歌嗎？」

「年輕什麼？」

「算了算了，來跳舞吧。」

「可是我不會跳舞！」

「我帶著你跳就好啦。」泰麗雅說：「來吧，羊小子。」

泰麗雅牽起格羅佛的手，他哀嚎了一聲，就被帶到舞池去。

安娜貝斯笑了起來。

「怎樣？」我問。

❹傑西．麥卡尼（Jesse McCartney, 1987-）美國流行歌手及電影電視演員，成名於二〇〇〇年初，他的音樂多以抒情曲風為主。

❺年輕歲月合唱團（Green Day）是九〇年代後期美國著名龐克樂團，作品曾獲葛萊美獎最佳搖滾專輯獎。至今仍活躍於樂壇。

「沒事，只是覺得有泰麗雅回來還眞酷！」

安娜貝斯從今年夏天開始就長得比我高了，這對我來說多少有些困擾。過去她身上除了混血營的串珠項鍊之外，什麼首飾都不戴，而現在則戴著一對小小的銀耳環，那貓頭鷹的形狀是她媽媽雅典娜女神❻的象徵。她脫掉滑雪帽，一頭金色長髮傾洩下來，不知爲何，我覺得這樣讓她看起來比較老。

「所以……」我試著找些話來說。泰麗雅叫我們要表現自然一點，可是一個正在出危險任務的混血人，要表現得怎樣才算自然？「嗯……你最近有在設計什麼建築嗎？」

安娜貝斯眼睛一亮，只要談到建築她就會這樣。「喔，我的天神啊！波西，你知道嗎？我唸的新學校有三D立體設計課程可以選修，還有很炫的電腦課……」

她開始說明她想在曼哈頓世貿大樓遺址建造出怎樣的巨型紀念碑。她講著紀念碑的支撐結構、外觀特色和種種相關的事，我努力扮演聽眾的角色。我知道她一直夢想成爲偉大的建築師，她是那麼熱愛數學、歷史建築和所有相關事物，但我卻幾乎聽不懂她在說什麼。

事實上，聽見她那麼喜愛新學校，反而讓我有些沮喪。這是她第一次在紐約唸書，我本來還以爲能夠常常見到她。這間安娜貝斯和泰麗雅一起去唸的寄宿學校位在布魯克林區，離混血營不算遠，萬一她們遇到麻煩，奇戎覺得他還來得及趕過去幫忙。可是那是一間只收女生的女校，所以我只好去唸位在曼哈頓的 MS-54 中學，根本就沒機會碰到她們。

「是呀，很酷呢。」我說：「這麼說，你接下來這一年都會待在那裡囉？」

她臉色一沉。「大概吧，如果我不……」

「喂！」泰麗雅突然喊我們。她正和格羅佛跳著超慢的舞步。格羅佛不斷踩到自己的鞋，踢到泰麗雅的腳跟，一副快要死掉的樣子。不過他跳得不好，起碼有個好藉口，就是那雙腳是假的，不像我如果表現這麼笨拙，也找不出任何理由。

「跳舞啊，你們兩個！」泰麗雅命令著：「你們呆站在那邊，看起來遜斃了。」

我緊張地看著安娜貝斯，再看看滿場飛舞的其他女生。

「怎樣？」安娜貝斯問。

「嗯，我該請誰跳？」

她一拳打在我肚子上。「我啊，海藻腦袋！」

「喔，對喔。」

於是我們步入舞池。我眼神一直望向泰麗雅，看他們怎麼跳。我將一隻手放在安娜貝斯腰上，她則緊抓住我另一隻手，用力得像是要使出功夫把我摔出去一樣。

「我又不會咬你。」她說：「老實說，波西，難道你們學校沒有舞會嗎？」

我沒回答。正確答案是，有，但我從來不曾在舞會上跳過舞。我通常是躲在角落玩籃球的那幾個人之一。

❻雅典娜（Athena），智慧與戰技的女神。參《神火之賊》一一五頁，註㉖。

我們隨便跳了幾分鐘。我努力將注意力放在一些小東西上，比如說垂掛的皺紋紙彩帶、裝果汁的大碗等等，就是不想去注意安娜貝斯比我高的事實。我的掌心不斷出汗，也許已經到了噁心的地步，而且還老是踩到她的腳趾頭。

「你剛剛有要說什麼嗎？」我找話問她：「是不是在學校遇到麻煩，還是有什麼狀況？」

她抿一抿嘴說：「都不是，是我爸爸。」

「喔。」我知道安娜貝斯和她爸爸的關係有點僵。「我以爲你們之間已經好一點了。又是因爲你的繼母嗎？」

安娜貝斯嘆口氣說：「我爸決定要搬家。就在我好不容易在紐約定下來的時候，他卻接了一個研究第一次世界大戰書籍的笨工作，在舊金山！」

她說到舊金山的語氣，就好像說到冥界的刑獄❼或黑帝斯❽一樣。

我問：「那他希望你也一起搬過去嗎？」

「那是在這國家遙遠的另一邊，」她悲慘地說：「而混血人是不能住舊金山的，他應該知道這點。」

「爲什麼不行？」

安娜貝斯眼珠子一轉，也許她以爲我在開玩笑。「你知道的，因爲『它』就在那邊呀。」

「喔。」我回答。其實我完全不知道她在說什麼，但我不想表現出一副白痴的樣子。「這麼說……你打算回混血營住，還是怎麼樣？」

「波西，事情還更嚴重些。我……我也許應該告訴你一件事。」

突然間她僵住不動。「他們不見了。」

「什麼？」

我順著她的視線望去。看台上的那兩個混血人，碧安卡和尼克，已經不在原地了。看台邊的門敞開著，索恩博士也不見蹤影。

「我們趕快去找泰麗雅和格羅佛！」安娜貝斯焦急地四處張望。「拜託，他們是跳到哪裡去了？」

她匆匆穿過人群，我急忙要跟上，卻被一群女孩子擋住了去路。我設法繞過她們，以免被綁上蝴蝶結或擦上口紅，但當我能夠自由活動時，安娜貝斯也不見了。我原地轉了三百六十度，仔細往各方向搜尋，想要找到她或泰麗雅、格羅佛的身影，然而眼前只有讓我血液凍結的一幕。

距離我大約十五公尺的地板上，躺著一頂鬆垮垮的綠帽子，很像剛剛碧安卡．帝亞傑羅頭上戴的那頂，附近還散落了幾張遊戲卡。我突然瞄到索恩博士正從體育館另一側的門飛奔

---

❼ 刑獄（Punishment），位於地底的冥界，是作惡之人死後亡魂接受懲罰之地，有各種不同的酷刑區。在波西的故事中，通往冥界的入口位在美國的洛杉磯。

❽ 黑帝斯（Hades），冥界之王，奧林帕斯三大神之一。他掌管了整個地底世界，是天神宙斯與海神波塞頓（Poseidon）的兄弟。

出去，手抓著帝亞傑羅姊弟的脖子，像在抓貓一樣。

我仍舊沒看到安娜貝斯，我知道她應該是往另一邊去找泰麗雅和格羅佛了。

正當我要拔腿去找她時，轉瞬間想到……等一下。

我想到在入口大廳問泰麗雅彈手指是怎麼回事時，她不可置信地對我說：「奇戎還沒教你怎麼做嗎？」我也想到當時格羅佛只向泰麗雅尋求答案，等待她來解救一切。

我並不討厭泰麗雅，她的確很酷。她父親是宙斯，所以會得到最多關注，這些都不是她的錯，但我並不需要依賴她來解決任何問題，況且現在也沒時間了。帝亞傑羅姊弟身陷魔爪，等我找到朋友時，恐怕他們已經永遠消失。我了解怪物，我可以獨力處理這件事。

我從口袋裡掏出了「波濤」，朝索恩博士現身的方向飛奔而去。

這扇門通往一道黑暗的走廊，前方傳來匆促的腳步聲，還有痛苦的呻吟。我打開了波濤的筆蓋。

這支筆在我手中開始延展，變成一把一公尺長的皮柄希臘銅劍。劍鋒隱隱閃爍，在牆邊整排的置物櫃上投射出一道光芒。

我跑過長廊，狂奔到盡頭卻不見半個人影。我打開一扇門，發現自己又回到入口大廳，根本就是繞了一大圈。這裡沒有索恩博士的蹤影，但帝亞傑羅姊弟就站在大廳對側。他們眼神驚恐地瞪著我。

我緩緩走向他們，放低我的劍。「沒事的，我不會傷害你們。」

他們沒有說話，眼中仍然充滿恐懼。這對姊弟是怎麼了？索恩博士又到哪裡去了？或許他是感應到波濤劍的出現就先行閃避了吧，畢竟怪物向來討厭神界的青銅武器。

「我叫波西，」我盡量用平和的語氣說：「我會帶你們離開這裡，到一個安全的地方。」

碧安卡的眼睛突然睜大，雙拳緊握。可惜我太晚才察覺到她表情轉變的意義，她不是怕我，而是想警告我！

我迅速轉身，同時也聽到「咻」的一聲！一陣劇痛從我肩上爆裂開來，彷彿有一隻巨掌把我往後硬扯，用力甩向牆壁。

我揮著劍，卻打不到任何東西。

一陣冷笑在大廳裡迴盪。

「啊哈，柏修斯．傑克森！」索恩博士叫著我的本名，我的姓「傑克森」在他的怪腔怪調中都變音了。「我知道你是誰。」

我想移動一下肩膀，因為大衣和襯衫都被某種尖銳的東西釘到牆上。這看起來像飛鏢的黑色小刀長約三十公分，在劃過我肩上衣服的同時，也擦過我的皮膚。它切出來的傷口像燒灼般疼痛，這感覺我經歷過，有毒！

我強迫自己集中精神，絕不能昏過去。

一個黑色輪廓朝我們接近，索恩博士出現在昏暗的燈光中。他還維持著人形，但那張臉看起來卻像食屍鬼。他一開口便露出整齊雪白的牙齒，一棕一藍的眼睛反射著我的劍光。

「謝謝你離開了體育館。」他說：「我最痛恨中學生跳舞了。」

我又試著揮出我的劍，卻依舊碰不到他。

「咻！」第二個飛鏢突然從索恩博士身後射出，但他看起來沒有任何動靜。這情況就就好像有個隱形人站在他身後把匕首丟出來。

我身旁的碧安卡哀叫一聲。第二支飛鏢刺入石牆中，離她的臉只有一公分。

「你們三個全部跟我來。」索恩博士命令著：「閉嘴！乖乖聽我的話！如果誰敢發出一點聲響、討救兵或有任何反抗，我就讓他瞧瞧我飛鏢丟得有多準！」

2 飛鏢攻勢

我不知道索恩博士是哪一種怪物，但肯定是動作超快的那種。

如果我輕按手錶來啓動我的盾牌，或許還有辦法自衛，但如果要連同帝亞傑羅姊弟一起保護，就非得找人幫忙不可。現在我唯一能想到的求援方式只有一種。

我閉上眼睛。

「傑克森，你在做什麼？」索恩博士大罵著：「趕快走，不要停！」

我睜開雙眼，腳步蹣跚地往前走。「我的肩膀……」我裝出一副痛苦的語調，這一點都不難，「像有火在燒！」

「哼！我下的毒會讓你痛，但不會讓你死。快走！」

索恩博士將我們趕到了屋外，我聚精會神在腦中呈現格羅佛的影像，把危險和痛苦的感覺集中。今年夏天，格羅佛在我們之間建立了一個「共感連結」的聯繫管道，當他陷入險境時，就會傳送影像到我夢中跟我說。據我所知，這個管道應該還有用，但我從來沒試過這樣和他聯絡。我不知道格羅佛清醒的時候能不能收到訊號。

「喂，格羅佛！」我心裡喊著：「索恩博士綁架了我們，他是個會射毒飛鏢的瘋子！快來救我！」

索恩博士押著我們快步向林子裡走去，雪地裡昏暗的小徑僅僅靠著幾盞老式街燈照明。我的肩膀痛到不行，再加上刺骨寒風直接灌入衣服的破洞，冷到讓我覺得自己好像快被凍成一支波西冰棒了。

「前面有一塊空地，」索恩博士說：「我要召喚你們的交通工具。」

「交通工具？」碧安卡終於說話了：「你要把我們帶到哪裡去？」

「閉嘴，你這個討人厭的女生！」

「不准這樣對我姊姊說話！」換尼克出聲了。即使他的聲音顫抖不已，但光是有膽開口就叫人印象深刻。

索恩博士對空嚎叫一聲，那絕不是人類可以發出的聲音，聽得我頸背寒毛都豎了起來。我還是強迫自己跟上他，繼續裝成一個溫順的小俘虜。同時，我也不斷發瘋似的在內心狂喊，任何會引起格羅佛注意的話都用上了。「格羅佛！蘋果！錫罐！快穿上你的山羊大衣，帶一些有武器的朋友過來這裡！」

「停！」索恩博士命令。

林子前方開闊了起來，我們已經靠近懸崖邊。這段懸崖直接瀕臨大海，我可以清楚感受到海水就在下方幾百公尺處。我聽得見翻騰的浪濤，也聞得到又冷又鹹的海水，然而眼前所見只有沉重的霧氣和無盡的黑暗。

索恩博士將我們全趕到懸崖邊。我拐了一下，碧安卡抓住我。

「謝謝。」我小小聲地說。

「他是什麼東西？」碧安卡低聲問：「我們要怎麼對付他？」

「我……我正在想辦法。」

「我好怕。」尼克喃喃說著，手上無意識地搓揉著某樣小東西，那是一個小小的金屬製軍人玩具雕像。

「不要講話！」索恩博士命令著：「全部面對我！」

我們轉身。

索恩博士雙色眼睛發出飢渴的光芒，從大衣下掏出一個東西。剛開始我以為是彈簧刀，後來發現是支行動電話。他按下電話側邊的鈕說：「貨準備好了。」

當斷斷續續的回答聲傳來，我才明白他是用無線電對講機的模式在通話。一隻怪物正在使用最新科技的行動電話！這實在太現代了，真是令人頭皮發麻。

我往身後偷瞄一眼，想看看懸崖到底有多高。

索恩博士狂笑著說：「只管跳吧，海神波塞頓❾之子！海就在那裡，解救你自己呀！」

「他叫你什麼？」碧安卡小聲問。

---

❾ 波塞頓（Poseidon），海神。參《神火之賊》一三三頁，註❼。

「晚點再跟你說。」我答。

「你眞的有辦法吧？」

「格羅佛！」我心中沒命地喊叫：「快來找我！」

或許我應該帶著帝亞傑羅姊弟一起跳入海裡，如果過得了高度落差這一關，我就能用海水來保護大家了。我曾經做過這種事，再說，如果父親心情好，如果他有聽到，也許他肯幫忙，也許。

「在你們碰到水之前，我早就殺掉你們了。」索恩博士彷彿讀到我的想法，他又說：「你不知道我是誰吧？」

他的背後突然閃過一個動作，接著又有一個很像飛鏢的東西從我身邊呼嘯而過，幾乎快要擦到我的耳朵。在索恩博士的後方有某種東西，像是個彈弓，但更有彈性，就像……像個飛甩的尾巴。

「不幸的是，人家是要我活捉你們，不然你們早就死了。」

「誰要捉我們？」碧安卡說：「要是你以爲有人會爲我們付贖金，就大錯特錯了。我們沒有任何親人，尼克和我……」她語帶哽咽地說：「只有彼此而已。」

「哦，」索恩博士說：「小傢伙，不用擔心，你很快就會見到我的老闆，然後就會有個全新的家庭了。」

「路克，」我突然叫出來：「你的老闆是路克。」

索恩博士聽到我說出這個死對頭的名字時，嫌惡地扭曲了嘴。路克曾經是我的朋友，後來卻好幾次試圖殺我。索恩博士說：「柏修斯・傑克森，你根本搞不清楚現在的情況。我會讓將軍來指點你，今天晚上你會去參見將軍，他非常期待和你碰面。」

「『獎金』？」我問，然後才發現自己講話也帶了外國腔。「我是說，誰是『將軍』？」

索恩望向遠遠的地平線。「啊，終於來了。你們的交通工具到了。」

我轉身看到遠方有一絲光線，是海面上的探照燈。緊接著就聽到直昇機螺旋槳拍打的聲音，愈來愈吵，愈來愈接近。

「你要帶我們去哪裡？」尼克問。

「孩子啊，你要感到榮幸才對，你將有機會加入一支偉大的軍隊！就跟你玩的那些卡片、玩偶的遊戲一樣。」

「它們才不是玩偶！它們是雕像！你可以帶你那個偉大的軍隊和……」

「好了，好了，」索恩博士警告說：「孩子，你關於軍隊的想法是會改變的。就算你不想加入，那麼……混血人也還有很多其他的用處，我們可有一堆飢餓的怪物需要食物。『大騷動』正在進行中啊。」

「大什麼？」我問。我只想引他繼續說話，好讓我趕緊想出個辦法。

「怪物大騷動。」索恩博士邪惡地笑著說：「所有最可怕、最有力的怪物都開始覺醒了。這些怪物已經幾千年沒現身，他們即將帶來死亡、破壞和一些凡人絕對無法想像的事。而且我們馬上會得到一隻最最重要的怪物，一個會讓奧林帕斯山垮台的怪物！」

「嗯，」碧安卡小聲對我說：「這個人完全瘋了。」

「我們必須跳下懸崖，」我也小小聲對她說：「跳到海裡去。」

「喔，眞棒的主意。我看你也瘋了。」

我根本沒有機會和她爭論，因爲在那一瞬間，一股隱形的力量猛然衝向我。

回想起來，安娜貝斯這招眞是高明。她讓頭上的棒球帽發揮隱形效果，撲向帝亞傑羅姊弟和我，將我們推倒在地。索恩博士突然被嚇了一跳，射出的第一排飛鏢全都失了準頭，從我們頭上飛過。這個空檔又給了泰麗雅和格羅佛前進到他身後的機會，而泰麗雅此時已經舉起了她的神盾「埃癸斯」[10]。

只要你看過戰鬥中的泰麗雅，就眞的會怕她。她的隨身小皮包裡，有一個可伸縮的防身噴霧罐，在需要時就會延展成一支巨大的長槍，但這還不夠嚇人。泰麗雅用的神盾，是改造自她父親宙斯的同名盾牌，也就是雅典娜送給宙斯的那面埃癸斯。當年蛇髮女怪梅杜莎[11]被砍頭後，她面目猙獰的頭就被鎔到銅中鑄成了這面盾牌。即使盾牌上的臉不再具有把人變成石頭的魔力，但光是看到那張臉，就足以讓大多數人嚇破膽而逃之夭夭了。

就連索恩博士看到盾牌時，臉部肌肉也抽搐起來，嚎叫了一聲。

泰麗雅手持長槍前進。「爲了宙斯！」

我以爲索恩博士的死期到了。泰麗雅猛擊他的頭部，他邊咆哮邊將長槍打到一旁。他的手變成橘色的獸掌，尖銳巨大的爪子凶狠地攻擊泰麗雅的盾牌，迸出陣陣火花。要不是泰麗雅拿著埃癸斯，她應該早就像麵包被切成一片片了。也幸好她拿的是神盾，所以還能勉強翻滾後退，然後再次站穩。

我身後直昇機的聲音愈來愈大，但我不敢轉頭看。

索恩博士朝泰麗雅發射另一波飛鏢，這次我終於看到他是如何運作的。他有一根如蠍子般的革質尾巴，頂端覆滿尖刺。雖然這些飛鏢射到埃癸斯上便被彈開，但那猛烈的力道卻讓泰麗雅倒了下來。

格羅佛跳向前，拿起他的蘆笛開始吹奏，一首像是會讓海盜跳舞的瘋狂舞曲在空氣間飄揚起來。綠草突然劃破白雪冒出頭，不到幾秒的時間，如繩索般粗壯的蔓藤就纏住了索恩博士的腳，將他陷在原地。

索恩博士發出狂吼，然後開始變形。他的身形不斷加大，直到現出怪物的原貌。他那張臉依舊是人類的臉孔，但是身體已經成爲一隻巨大的獅子，而革質尾巴上布滿了可以向四面八方發射的致命尖刺。

---

❿ 埃癸斯（Aegis）是希臘神話中宙斯擁有的盾牌。參《妖魔之海》二三七頁，註㊾。

⓫ 梅杜莎（Medusa），三位蛇髮女怪之一，任何人只要看到她的臉就會變成石頭。

「人面蠍尾獅[12]！」安娜貝斯大喊。她現在沒有隱形，因為她戴的那頂洋基魔法帽在撲倒我們的時候掉了。

「你們到底是誰？」碧安卡問：「『牠』又是什麼東西？」

「是人面蠍尾獅嗎？」尼克吃驚地說：「牠的攻擊力有三千點，外加救援點數五點耶！」

我聽不懂尼克在說什麼，也沒時間去想那些。人面蠍尾獅用利爪撕碎了蔓藤，在咆哮聲中朝我們而來。

「快趴下！」安娜貝斯把帝亞傑羅姊弟推倒在雪地，我在這一刻才猛然想起我的盾牌。我按下手錶旁的按鈕，金屬錶身瞬間放大成一面厚實的青銅盾牌，幾乎在同時，幾枚飛鏢帶著無比的力道射凹了它。這面漂亮的盾牌是弟弟送我的禮物，如今卻傷痕累累，我甚至不確定它能不能抵擋得住下一波攻擊。

接著傳來「啪」的一聲加上一陣哀嚎，格羅佛重重摔到我身旁。

「投降吧！」獅身怪物怒吼著。

「不可能！」泰麗雅從另一頭大聲喊回去。她衝向怪物，那一秒我真的覺得她可以解決掉牠。突然一陣如雷般的噪音和一道強光從我們後方逼近，一架直昇機穿出濃霧現身。它在懸崖邊緣的上方盤旋，是架光亮的黑色軍用直昇機，兩側還裝備著像是雷射導航飛彈的東西。這種直昇機想必是由凡人在操控，它飛來這裡要做什麼呢？尋常人類又怎麼會跟怪物合作？它射出的探照燈讓泰麗雅的眼睛無法直視前方，這時人面蠍尾獅甩出尾巴，將泰麗雅掃到一旁。她的神盾被拋到雪地上，長槍飛向另一邊。

「不！」我奔向泰麗雅，擋掉一個就要刺向她胸口的尖刺。我舉起盾牌擋在前方，但我知道這樣做還不夠。

索恩博士狂笑著說：「你現在知道情況有多絕望了嗎？小英雄們，投降吧！」

我們困在一隻怪物和一架武裝直昇機之間，半點機會也沒有。

這時，一陣清晰尖銳的狩獵號角聲從樹林間傳來。

人面蠍尾獅愣住了。在那一刻，所有人都停止動作，只剩寒風吹襲、雪花飛捲、直昇機的螺旋槳啪啪打轉著。

「不可能，」索恩博士說：「該不會是……」

牠話才說到一半，忽然有某種東西宛如一道月光射過我的面前。一支閃亮的銀箭正插在索恩博士肩膀上。

牠踉蹌後退，痛苦哀號。

「我詛咒你！」索恩大喊，將尾巴上的尖刺猛然彈發出來。一次幾十支的飛鏢，朝著銀箭

⓬ 人面蠍尾獅（manticore），希臘神話中有著人頭、獅身、蠍尾的危險怪物。行動敏捷有力，尾巴上的帶毒尖刺可朝各個方向射出。

射出的林子裡飛去，但銀箭也以同樣快的速度還以顏色。那些銀箭看起來像是和尖刺在空中交會，剎那間把尖刺都一分為二。一定是我的眼睛在耍我，混血營裡從來沒有人射箭的準確度這麼驚人，即使是阿波羅的孩子也一樣。

人面蠍尾獅痛苦地嚎叫一聲。牠拔出肩頭的那支銀箭之後，大口喘息著。我試著拿劍砍牠，但牠的傷勢並不像看起來那麼嚴重。閃過我的攻擊後，牠將尾巴甩向我手中的盾牌，我也被掃到旁邊。

這個時候，弓箭手從林間現身了。她們是一群女孩子，人數有十二個左右，最年輕的看起來大約只有十歲，最年長的大約和我一樣十四歲。她們全穿著銀色的滑雪外套和牛仔褲，身上都背著弓，神情堅定地朝人面蠍尾獅進逼。

「是獵女隊！」安娜貝斯叫出聲。

泰麗雅在我旁邊喃喃說著：「喔，這下好了。」

我根本沒機會問她這句話是什麼意思。

較年長的弓箭手中站出了一個人，弓已拉開，箭在弦上。她身形優雅修長，有著古銅色的皮膚。與其他女孩最大的不同是，她烏黑的長髮上盤著一串銀環，看起來有種波斯公主的味道。「可以發射了嗎，主人？」

我無法判斷她是在跟誰說話，因為她的眼神始終集中在人面蠍尾獅上。

這隻怪物怒喊：「不公平！直接涉入！違反古代律法！」

「並非如此。」另一個女孩開口了。她的年紀看起來比我還要小一點，也許只有十二、三歲而已。她赤褐色的頭髮往後梳攏成馬尾，更突顯出那銀黃色如月亮般閃爍的奇特雙眼。她美麗的臉龐讓我不禁屏住呼吸，但她臉上的表情卻是堅定而危險。「所有野獸的狩獵都歸我管。而你呢，邪惡的東西，你就是一頭野獸！」她看著那個頭戴銀環、較年長的女孩說：「柔伊，可以動手了。」

人面蠍尾獅怒吼著：「如果我不能活抓他們，就要讓他們死！」

牠撲向泰麗雅和我，因為牠知道我們已經精疲力竭了。

「不！」安娜貝斯吶喊，朝人面蠍尾獅衝去。

「退後，混血人！」戴頭飾的女孩說：「退到火線外！」

但安娜貝斯跳上怪物的背，將她的刀刺入怪物鬃毛裡。人面蠍尾獅大聲哀叫，碩大的身軀不斷打轉，還使勁飛甩尾巴。安娜貝斯只能緊抓住牠的身體來確保小命。

「發射！」柔伊下令。

「不要！」我大叫。

但獵女隊的箭已出弦。第一支射中人面蠍尾獅的脖子，另一支射到牠的胸部。牠蹣跚後退，並大吼著：「獵女們，這還不是結局，你們會付出代價的！」

在任何人都來不及反應的時候，這隻怪物躍下斷崖，連同還在牠背上的安娜貝斯，消失在無垠的黑暗中。

「安娜貝斯！」我狂喊著。

我拔腿要去追她，但敵人的行動並未就此結束。直昇機上傳來啪搭啪搭的聲響，開始朝著我們掃射。

獵女隊多數的人立刻散開，在雪地上留下一堆細小的腳印，只有那赤褐色頭髮的女孩不爲所動。她冷靜地仰望著直昇機。

「凡人，」她宣布說：「是不准目睹我狩獵的！」

她伸出一隻手，直昇機瞬間爆炸成灰。不，不是灰，那團黑色金屬幻化成一群烏鴉，接著那群烏鴉又消失在浩瀚的夜空中。

獵女隊朝我們走來。

那個叫柔伊的女孩看到泰麗雅時停下腳步，語帶輕蔑地說：「是你啊。」

「柔伊．奈施德，」泰麗雅顫抖的語調中掩不住氣憤，「一如往常，這麼剛好！」

柔伊將目光掃過我們其他人。「主人，四個混血人和一個羊男。」

「好，」那年輕一點的女孩說：「嗯，我知道其中有幾個是奇戎的學員。」

「安娜貝斯！」我叫著：「你要讓我們去救她！」

赤褐色頭髮的女孩轉過身來面向我說：「很抱歉，波西．傑克森。關於你的朋友安娜貝斯，沒有人幫得上忙。」

我想飛奔出去，可是幾個女孩硬將我拉倒。

「你現在的狀況是無法跳下這個斷崖的。」赤褐色頭髮的女孩說。

「讓我去！」我喊著：「你以爲你是誰？」

柔伊往前站，一副要打我巴掌的樣子。

「不，」那赤褐色頭髮的女孩命令說：「柔伊，我並沒有感受到任何不敬。他只是心煩意亂，他並不了解情況。」

這年輕女孩直視著我，她的眼睛比冬天的月亮還要皎潔冰涼。「我是阿蒂蜜絲⑬，」她接著說：「狩獵女神。」

⑬阿蒂蜜絲（Artemis）是狩獵女神，也是月亮女神、童真女神。她是宙斯和麗托（Leto）的女兒，和太陽神阿波羅是雙胞胎，有眾多仙女隨從，是奧林帕斯十二天神之一。

3 獵女隊

看到索恩博士變身成一隻怪物，又看到牠與安娜貝斯一起墜下懸崖，你或許會以爲沒有別的事能嚇到我了。但當眼前這個十二歲小女生說她是女神阿蒂蜜絲時，我竟然回了句非常聰明的話：「嗯……很好。」

這根本不能和格羅佛的反應相比。他倒抽了一口氣，然後趕忙跪在雪地上，開始用近乎哭泣的聲音說：「感謝您，阿蒂蜜絲女神！您實在是太……太……哇！」

「站起來，羊小子！」泰麗雅插嘴說：「我們還有別的事要擔心。安娜貝斯失蹤了！」

「哇，」碧安卡．帝亞傑羅也開口說：「停一下、停一下！」

所有人都看著她。她伸出手來指著我們，一個接著一個，好像在玩連連看。「你們……你們究竟是什麼人？」

阿蒂蜜絲的表情變得溫和了起來。「親愛的孩子，也許你應該要問問你自己是誰？還有你的父母是誰？」

碧安卡緊張地偷瞄她弟弟，而尼克仍敬畏地盯著阿蒂蜜絲看。

「我們的爸媽早就過世了。」碧安卡說：「我們是孤兒。銀行裡有一筆信託基金會替我們付學雜費，不過……」

她停了下來。我猜她大概覺得我們一臉不相信她的樣子。

「怎麼了？」她問我們。「我說的全都是實話。」

「你是個混血人。」柔伊‧奈施德接口。她講話有種特殊腔調，我聽不出來是屬於什麼地方，而且有時用的是很久很久以前的語法，像是在朗讀古書一樣。「汝之父母，一來自凡間，一來自奧林帕斯。」

「奧林帕斯？」

柔伊回答：「是奧林帕斯山的天神之一。」

「酷！」尼克說。

「不！」碧安卡聲音顫抖著說：「一點也不酷！」

尼克卻像內急一樣開始打轉起舞，還問說：「宙斯眞的擁有『閃電火』那種攻擊點數六百點的武器嗎？他會不會得到額外點數，如果他……」

「閉嘴，尼克！」碧安卡雙手掩面說：「這不是你的笨蛋神話魔法遊戲，懂嗎？這個世界上沒有神！」

即便我焦慮地擔憂著安娜貝斯，滿心只想趕快找到她，但此刻也忍不住替帝亞傑羅姊弟感到難過。我仍記得自己第一次知道半神半人身分時的感受。

泰麗雅一定也有類似的感覺，因為她眼裡的怒火這時稍稍褪去。「碧安卡，我知道這很令人難以置信，但是，天神依舊存在。請你相信我，他們是不死的，而且一旦他們和凡間人類生了小孩，像我們這樣的小孩，那麼……我們的生命就會有危險。」

「危險，」碧安卡說：「就像那個摔下去的女生。」

泰麗雅別過身去，即使阿蒂蜜絲也面露憂傷。

「不要為安娜貝斯感到絕望，」阿蒂蜜絲說：「她是一位勇敢的少女，如果有可能找得到她，我會去找。」

「那你為什麼不讓我們去找她呢？」

「她消失了！波塞頓之子，你感覺不出來嗎？這裡出現了一些魔法，我不確定那是什麼，也不知道原因。你的朋友就是憑空消失了。」

我仍然想要跳下斷崖找她，但我知道阿蒂蜜絲說的沒錯。安娜貝斯消失了，要是她只是掉入大海中，我應該可以感覺到她的存在才對。

「哦，」尼克舉起手問說：「那索恩博士呢？你們剛剛用銀箭射牠，真的是太厲害了！牠死了沒？」

「牠是一隻人面蠍尾獅，」阿蒂蜜絲回答說：「希望牠現在已經被摧毀了。不過，怪物不會真的死亡，牠們會一而再、再而三的變形，一定要在牠們重生時獵殺牠們。」

「不然牠就會來獵殺我們。」泰麗雅補充。

碧安卡打了個寒顫。「原來是這樣……尼克，你記得去年夏天我們在華盛頓特區時，有幾個人在小巷子裡要攻擊我們嗎?」

「還有上次那個公車司機,」尼克接著說:「就是頭上有公羊角的那一個。我就跟你說那是眞的吧!」

「所以之前格羅佛才一直留意著你們,」我說:「他是爲了要保護你們的安全,如果你們眞的是混血人的話。」

「格羅佛?」碧安卡盯著他問:「你也是半神半人?」

「嗯,事實上,我是羊男。」他踢掉鞋子,露出羊蹄。我覺得碧安卡當下快暈倒了。

「格羅佛,把鞋子穿回去。」泰麗雅命令他:「你嚇壞人家了。」

「嘿,我的蹄很乾淨呀!」

「碧安卡,」我說:「我們來這邊就是要幫助你們。索恩博士絕不會是你們碰到的最後一隻怪物,你們需要接受訓練才能生存,你們必須到營地去。」

「營地?」她問。

「混血營。」我說:「那是混血人學習生存和生活的地方。你可以加入我們,喜歡的話待上一整年也沒關係。」

「太好了!姊姊,我們快去吧!」尼克說。

「等等,」碧安卡搖著頭,「我不……」

「你還有另一個選擇。」柔伊突然開口。

「不對，沒有別的選擇！」泰麗雅搶著說。

泰麗雅和柔伊互相瞪著對方。我不知道她們到底想爭論什麼，但看得出來她們曾經有過不愉快。爲了某些原因，她們彼此憎恨對方。

「今天這些孩子們已經累壞了，」阿蒂蜜絲宣布著：「柔伊，我們就在這裡休息幾個鐘頭吧。搭起帳棚，處理傷者，把客人們的行李從學校裡拿出來。」

「遵命，主人。」

「還有，碧安卡，你跟我來。我有些話要跟你說。」

「那我呢？」尼克問。

阿蒂蜜絲想了想，對他說：「你可以玩你最愛的遊戲卡給格羅佛看，我相信格羅佛很樂意陪你一會兒的……算是幫我一個小忙，好嗎？」

格羅佛起身，還自己不小心拐了一下。「沒問題！走吧，尼克！」

尼克和格羅佛一起朝著林子的方向離開，邊走邊討論攻擊點數、武器的級數以及那些遊戲玩家才會講的事。

阿蒂蜜絲帶領一臉茫然的碧安卡沿著懸崖邊走，而獵女隊的成員們則卸下她們的行軍背包，開始紮營的工作。

柔伊又兇巴巴地瞪了泰麗雅一眼，才去監督其他人。

柔伊一離開，泰麗雅就沮喪地跺著腳。「那些狂妄的獵女！她們以爲她們眞的……哼！」

「我跟你是一國的，」我告訴她：「我不相信……」

「哦，你跟我是一國的？」泰麗雅生氣地對我說：「你剛剛在體育館裡是怎麼想的呀，波西？你打算單槍匹馬打敗索恩博士？你要知道牠是一隻怪物耶！」

「我……」

「如果我們一起合作，我們可能早就解決掉怪物了，根本不用獵女隊插手，而安娜貝斯也可能沒事。這些你有想過嗎？」

我緊咬著下唇，一些刺耳的話就快要脫口而出，也可能眞的說了，但當我低下頭來，正好看見腳邊雪地上有個海軍藍的東西。

那是安娜貝斯的洋基隊棒球帽。

泰麗雅沒再多說半個字。她拭去臉頰上的一滴眼淚，轉身大步離開。這裡只剩下我，還有一頂遺落在雪地被踩扁的帽子。

獵女隊只花了幾分鐘，就搭建好她們的營區。有七個銀絲做成的大帳棚，圍著營火的一側排成半月形。其中一個女孩開始吹起銀色的馴狗笛，十幾隻白狼立刻從林間竄出。牠們開始繞著營區行走，彷彿是一隊巡邏犬。獵女們穿梭在狼群間餵牠們食物，看起來一點也不害怕，至於我呢，還是決定靠近帳棚一點比較安全。有幾隻獵鷹站在枝頭俯視我們，牠們眼中閃耀著營火的火光，我可以感覺到這些獵鷹也一樣在守衛著營地。就連天氣似乎也順從女神了，即使依舊凜冽寒冷，但風勢卻漸漸減緩，雪花也不再飄落。此刻坐在營火前，幾乎可以說是一件舒服的事。

幾乎是啦……除了我肩膀的疼痛和內心的罪惡感之外。我很沮喪，不願相信安娜貝斯就這樣失蹤了，可是在對泰麗雅感到氣憤的同時，又覺得她說的沒錯。我的心往下沉，這一切都是我的錯。

安娜貝斯那個時候在體育館裡，到底想跟我說些什麼？「某件嚴重的事情……」她當時是這麼說的，我搞不好永遠都不會知道了。當我想到了在那半首曲子中，我們是如何攜手共舞，心情就變得更加沉重。

我望向泰麗雅，她正沿著營地邊漫步，走過狼群也不恐懼。突然她停下腳步，回頭眺望著衛斯多佛學校。那巨大的城堡建築已經整個暗了下來，只從林子後方的山上露出隱約的輪廓。不知道此時泰麗雅心中在想些什麼。

七年前，泰麗雅的父親爲了救她免於一死，將她變成一棵松樹。當時她爲了讓她的朋友安娜貝斯和路克有時間脫逃，獨自在混血之丘的山頂上對抗怪物軍隊。她在幾個月前才剛變回人，所以有時當她像這樣站著一動也不動，眞的會讓人以爲她還是一棵樹。

終於，有個獵女將我的背包拿回來了。格羅佛這時剛好陪著尼克走回營地，他過來檢查我的傷口。

「都發青了耶！」尼克大聲地說。

「不要動，」格羅佛對我說：「我幫你清理傷口，你趁這時吃點神食。」

在他處理傷口時，我還是痛到忍不住抽動了一下，幸好神食餅乾幫了大忙。這餅乾吃起來很像手工做的布朗尼蛋糕，溶進嘴裡後，帶給全身一股溫暖的感覺。再加上格羅佛在傷口上抹了天神藥膏，不到幾分鐘，我的肩膀感覺好多了。

尼克拿起他的包包開始翻找，顯然那都是獵女們幫他整理打包的，雖然我很難想像她們是如何潛進學校而不會被發現。尼克找出一堆小雕像，直接在雪地上排列起來，有帶著閃電火的宙斯、拿長槍的阿瑞斯，以及阿波羅和他的太陽馬車。

「很棒的收藏。」我說。

尼克笑了起來。「我幾乎全部都蒐集到了，還有他們的遊戲圖卡！只是……還是缺一些眞的很少見的。」

「你玩這個很久了嗎？」

「今年才開始玩的，在那個之前……」他皺起眉頭。

「那個什麼？」我問。

「突然想不起來，好奇怪喔！」

他一臉狐疑，不過並沒有持續多久。「嘿，我可以看看你用的那把劍嗎？」

我把波濤劍拿出來，同時跟他解釋如何打開筆蓋，讓它從筆變成劍。

「酷斃了！那這隻筆的墨水有被用光過嗎？」

「這個嘛，其實我不會用它來寫字。」

「你眞的是海神波塞頓的兒子嗎？」

「嗯，是的。」

「那麼，你很會衝浪囉？」

我轉頭看格羅佛，他正試著不要笑出聲。

「這個嘛，尼克，」我說：「我還從來沒試過。」

他的問題一個接著一個。像是我會不會因爲泰麗雅是宙斯的女兒而常常跟她吵架？（這個問題我沒回答）；既然安娜貝斯的媽媽是雅典娜，爲什麼她不會預知即將墜崖這件事？（這個問題讓我很想掐住他）。還有一個問題：安娜貝斯是不是我的女朋友？（問到這裡，我眞想找一個充滿肉味的痲袋套住他，然後把他丟到狼群裡去。）

我知道他很快就會問到我的生命點數有多少，那我噴發在即的火氣也會眞的爆開來。此時柔伊．奈施德朝我們走過來。

「波西．傑克森。」

她有雙深棕色的眼睛和稍微上翻的鼻子，在銀色頭飾和驕傲神情的襯托下，看起來就像個貴族公主，讓我差點就坐直身體回答她：「是的，殿下。」她則一臉不屑地檢視著我，好像我是一袋打算拿去賤賣的髒衣服。

「跟我來，」她說：「阿蒂蜜絲主人要與汝談話。」

柔伊領著我走到最後一頂帳棚，外觀其實和其他帳棚沒什麼兩樣，然後她揮手示意我進去。碧安卡·帝亞傑羅就坐在赤褐色頭髮的女孩身邊。一直到現在，我仍然很難接受她就是女神阿蒂蜜絲這個事實。

帳棚裡既溫暖又舒服。地上鋪著銀色的地毯，放著銀色的坐墊；正中間有個金亮的火盆，好像不靠燃料就能熊熊燃燒，也不會起半點煙霧。在女神的後方擺放著一個光滑的橡木架子，上面掛著她那雕成羚羊角形狀的銀色大弓。帳棚的內壁還掛了許多動物毛皮，像是黑熊、老虎，還有幾種我認不出來的動物。我想如果讓動物保育團體的人看到這些罕見毛皮的話，他們大概會心臟病發吧。或許就因爲阿蒂蜜絲是狩獵女神，所以她可以隨時補充任何她射殺的物種，讓他們不至於滅絕。我本來以爲她身邊還放著另外一塊毛皮，它的毛色發亮，雙角銀白，但後來我發現那是隻活生生的動物，是一隻溫馴的鹿將頭靠在阿蒂蜜絲腿上。

「波西·傑克森，過來一起坐。」女神說。

我往帳棚的地上坐下，就在女神正對面。這位女神審視著我，讓我感到十分不自在。她那年輕的容顏上，卻有著一對非常老成的雙眼。

「我的年紀讓你覺得驚訝嗎？」她問。

「嗯……有一點。」

「我也可以變成一位成熟的女性，可以化爲熊熊的火光，或是任何我想要的型態，只是我比較喜歡現在這個樣子。這是獵女們的平均年紀，也是所有我庇護的童貞少女的平均年紀，在她們走上迷途之前。」

「走上迷途？」我問。

「她們會長大，會變得迷戀男生、不講道理、心事重重，變得沒有安全感，又搞不清楚自己是誰。」

「喔。」

柔伊坐在阿蒂蜜絲的右邊。她看著我的神情，彷彿剛剛女神講的那些都是我的錯，就像是我讓男生出現在世界上一樣。

「如果獵女們對你有不歡迎的表現，請你原諒她們。」阿蒂蜜絲說：「很少會有男生進入我們的營地，因為獵女們通常是禁止和男生接觸的。上一個來到營地的男生是……」她看向柔伊問：「是誰呀？」

「在科羅拉多州那個男生，」柔伊回答：「您把他變成了一隻鹿角兔⓮。」

「哈，沒錯。」阿蒂蜜絲很滿意地點著頭。「我很喜歡製造鹿角兔。波西，無論如何，我請你過來，是希望你能夠多告訴我一些有關人面蠍尾獅的事。碧安卡剛剛已經告訴我一些關於……嗯，人面蠍尾獅曾說過的怪事，但碧安卡可能不見得了解牠的意思，所以我想聽聽看你的說法。」

於是我將大概情況說了一遍。

當我說完，阿蒂蜜絲若有所思地把手放到她的神弓上。「恐怕這就是答案。」

柔伊坐往前。「主人，是那個氣味嗎？」

「是的。」

「哪個氣味？」我問。

「一些我幾千年來沒獵到，現在卻在騷動的東西。」阿蒂蜜絲小聲地說：「一隻古老到快被我遺忘的獵物。」

她堅定地看著我。「今晚，我們是因爲感應到人面蠍尾獅出現，才會過來這邊，但牠並不是我要搜尋的對象。請你再清清楚楚、一字一句地告訴我一次，索恩博士說了些什麼？」

「嗯，牠說：『我最痛恨中學生跳舞。』」

「不是這個，是後來說的。」

「牠說有個叫『將軍』的會指點我。」

柔伊臉色轉白，她撇過身開始和阿蒂蜜絲講話，但阿蒂蜜絲舉起手來。

「繼續說，波西。」女神要求我。

「然後，索恩博士又說到『大騷亂』……」

⓮鹿角兔（jackalope），一種長有鹿角的兔子，出現在北美西部，因為長相奇特而有許多相關的傳說。有人認為牠是感染到病毒才長出如角的腫瘤，更多人認為牠是許多物種混種後的結果。

「是『大騷動』。」碧安卡糾正我。

「對。後來牠就說：『我們馬上會得到一隻最最重要的怪物，一隻會讓奧林帕斯山垮台的怪物。』」

女神坐著不動，宛如一尊雕像。

「也許牠是騙我們的。」我繼續說。

阿蒂蜜絲搖頭。「不，牠沒有騙人。是我太慢才看到這些跡象，我一定要抓到這隻怪物。」

柔伊顯然極力想隱藏心中的害怕，但還是點著頭說：「主人，我們馬上就出發。」

「不，柔伊，這件事我必須自己來。」

「主人，可是……」

「即使對獵女隊來說，這次的任務也都太危險了。你知道我必須從哪裡開始搜尋，你不准跟我去。」

「我……遵從您的意思，主人。」

「我一定會找到這隻怪物，」阿蒂蜜絲說：「而且要在冬至之前將牠帶回奧林帕斯山。我必須在天神大會說服大家了解目前的險境，而牠將會是我最好的證明。」

「你知道牠是什麼樣的怪物嗎？」我問。

阿蒂蜜絲突然抓住她的神弓說：「讓我們祈禱我的判斷是錯的。」

「天神也會祈禱？」我問，因為我以前從來沒想過這件事。

阿蒂蜜絲的嘴角閃過一抹微笑。她說：「波西・傑克森，在我離開之前，有一項小小的任務要交給你。」

「跟變成鹿角兔有關嗎？」

「很抱歉，沒有關係。我希望你能夠護衛獵女隊回到混血營，這樣她們就可以安全地待到我回來。」

「什麼？」柔伊脫口說出：「可是，主人，我們痛恨那個地方！上一次我們待在那裡的時候……」

「沒錯，我了解。」阿蒂蜜絲說：「但是我很確定，戴歐尼修斯⑮不會因爲一點點……嗯，小誤會，心裡就有什麼芥蒂。你們本來就有權在任何需要的時候使用八號小屋，況且，我聽說他們重建了被你燒掉的那幾間。」

柔伊嘴裡還是喃喃唸著什麼笨蛋混血營學員之類的話。

「現在，只剩下最後一件事要決定。」阿蒂蜜絲轉向碧安卡。她說：「我的好孩子，你做好決定了嗎？」

碧安卡躊躇著說：「我還在考慮。」

「等一下，」我插嘴說：「考慮什麼？」

---

⑮戴歐尼修斯（Dionysus），酒神，發明了釀酒法，常因喝醉而喪失理性。

「她們……她們邀我加入獵女隊。」

「什麼?但是你不行呀!你必須加入混血營,讓奇戎好好訓練你,這是你唯一可以學會存活的方式。」

「對女生來說,那並不是唯一可以學會存活的方式。」柔伊說。

我不敢相信我聽到的這些話。「碧安卡,混血營是很棒的地方,裡面有飛馬的馬廄,還有擊劍場……我的意思是,你加入獵女隊會得到什麼呢?」

「會開啓一條,」柔伊說:「不死之路。」

我看著她,再看看阿蒂蜜絲。「她在開玩笑,對吧?」

「柔伊幾乎不開玩笑的。」阿蒂蜜絲說:「我的獵女們跟隨我去探險,她們是我的隨從,是我的伴侶,也是我的戰友。她們一旦宣誓效忠於我,便不會死亡……除非是獻身於戰鬥之中,但這可能性很低;或者是,她們違背了誓言。」

「什麼誓言?」我問。

「永不戀愛,」阿蒂蜜絲說:「永不長大,永不結婚,永保童貞。」

「像你一樣?」

女神點點頭。

我試圖想像她說的話。長生不死,永遠跟一群中學年紀的女孩子混在一起。我沒辦法再想下去了。「所以你就在各地跑來跑去,招募這些混血……」

「不只是混血人！」柔伊打斷我的話，「阿蒂蜜絲主人沒有身分歧視，只要是崇敬女神的人都可以加入，混血人、精靈、凡人……」

「那你是哪一種？」

柔伊雙眼發出怒火。「小子，那不關你的事！現在的重點是，只要碧安卡願意，她就可以加入我們，這是她的選擇。」

「碧安卡，這太瘋狂了。」我說：「那你弟弟怎麼辦？尼克又不能加入獵女隊。」

「當然不行。」阿蒂蜜絲同意說：「他得要去混血營。很不幸的，男孩子最好的去處就是那裡。」

「喂！」我大聲抗議。

「你可以時常去看他。」阿蒂蜜絲向碧安卡保證，「但你就不再需要爲他負責了，混血營裡的指導員會好好照顧他。你會有新的家人，就是我們。」

「新的家人，」碧安卡做夢般地重複著，「不用再爲他負責……」

「碧安卡，你不能這樣做，」我搶著說：「太荒唐了！」

她對著柔伊問：「這一切值得嗎？」

柔伊點點頭。「值得。」

「那我該怎麼做？」

「跟著我唸，」柔伊告訴她：「我宣誓效忠阿蒂蜜絲女神。」

「我宣誓……效忠阿蒂蜜絲女神。」

「我拒絕男人的相伴，我接受永生的貞潔，加入獵女隊。」

碧安卡重複這些誓詞。「就這樣？」

柔伊點著頭說：「只要阿蒂蜜絲主人接受汝之宣誓，就會生效。」

「我接受。」阿蒂蜜絲說。

火盆中的火焰這時閃耀了起來，將整個帳棚映出銀白色光輝。

碧安卡看來並沒有什麼不同，但她深深地吸了一口氣，然後張開她的眼睛說：「我感覺到……我變強了。」

「歡迎你，好姊妹！」柔伊說。

「謹記你的誓言，」阿蒂蜜絲說：「那是你生命之所繫。」

我說不出半句話。我覺得自己彷彿是個入侵者，還是個徹底的大輸家。我不敢相信一路走到這兒，經歷許多痛苦，爲的只是目睹碧安卡加入什麼永生女孩俱樂部。

「波西．傑克森，別垂頭喪氣。」阿蒂蜜絲說：「你還是要負責帶帝亞傑羅姊弟到混血營去呀。而且如果尼克願意的話，他可以一直留在那裡。」

「很好。」我努力壓抑話中的怒氣。「那我們要怎樣回到混血營？」

阿蒂蜜絲閉上雙眼。「黎明將近，柔伊，準備撤營。你們必須盡快安全地趕到長島去。我會召喚我的兄弟送你們一程。」

柔伊顯然不喜歡這個主意，但她還是點著頭，並且叫碧安卡跟好她。

在她們要離開時，碧安卡突然擋在我面前。「很抱歉，波西！但這是我想要的，我眞的、眞的想要這樣。」

然後她掉頭離開，留下我與十二歲的女神獨處。

「所以呢？」我悶悶不樂地問：「你的兄弟要載我們一程，是嗎？」

阿蒂蜜絲的銀色眼睛閃爍著光芒。「是的，孩子。你瞧，碧安卡並不是唯一擁有麻煩兄弟的人，你也該見見我那毫無責任感的雙胞胎兄弟——阿波羅[16]了。」

---

[16] 阿波羅（Apollo），太陽神。參《神火之賊》八十五頁，註[14]。

4 太陽飛車

雖然阿蒂蜜絲向我們保證黎明就要來臨，但現在的天色卻更加黑暗，雪愈下愈多，氣溫直降。山丘上，衛斯多佛學校的窗子連半點光都沒有。不知道是否有老師發現帝亞傑羅姊弟和索恩博士不見了，我可不想在他們發現時還留在這邊。要是運氣不好，納芬比老師唯一記得的名字就是波西．傑克森，那我又要登上全國通緝排行榜了。

獵女隊撤營的速度和她們紮營一樣快。我站在雪地裡冷得發抖（不像獵女們，她們似乎沒有感到半點不適）。阿蒂蜜絲始終望向東邊，好像在期待什麼。碧安卡遠遠坐在另一頭，正跟尼克說著話。從尼克憂鬱的表情就知道，她一定是在解釋加入獵女隊的事。我忍不住覺得碧安卡很自私，竟然這樣遺棄她弟弟。

泰麗雅和格羅佛走過來圍在我身邊，急切地想知道女神跟我說了些什麼。

當我說完，格羅佛的臉色很難看。「上一次獵女隊來混血營時，情況弄得很僵。」

「那她們是怎麼出現在這裡的？」我問。「我的意思是，她們憑空就出現了。」

「而現在碧安卡竟然要加入她們！」泰麗雅氣憤地說：「都是柔伊的錯，都是那個高傲、沒好心……」

「這不能怪她吧？」格羅佛說：「可以永生不死跟著阿蒂蜜絲耶！」他長嘆了一口氣。

泰麗雅翻了個白眼。「你們這些羊男全都愛上了阿蒂蜜絲！你們難道不知道，她永遠不會愛你們嗎？」

「可是，她是那麼的……融入白然。」格羅佛神情痴迷。

「你發瘋了。」泰麗雅說。

「花和風，」格羅佛夢囈般喃喃說著：「你說的對。」

天空終於露出一點曙光。阿蒂蜜絲低聲抱怨著：「時間也該到了。他在冬天總是這麼的、這麼的懶惰。」

「你是在……嗯，等太陽出來嗎？」我問。

「也可以這麼說。我在等我的兄弟。」

我實在不願表現得太魯莽。我是說，我知道那些關於阿波羅或者是赫利歐斯⓱的傳說，他們駕著壯觀的太陽馬車橫跨天空；但我也知道太陽距離地球有一億多公里。就算我漸漸習慣有些希臘神話是確有其事，但現在……我真的看不出阿波羅要怎樣駕駛太陽。

⓱赫利歐斯（Helios），希臘神話中另一位太陽神，是泰坦巨神的後代。傳說他坐著四匹馬拉的馬車，在白天由東向西飛過天際，夜晚再從西方回到東方。

「事情跟你的理解有一點差距。」阿蒂蜜絲彷彿知道我在想什麼，她這樣對我說。

「哦，是喔。」我開始放鬆了些。「所以，他並不是會拉著一個……」

地平線突然爆出一道光芒，一陣溫暖襲來。

「不要看，」阿蒂蜜絲警告著：「等他停好車！」

停車？

我移開視線，其他人也通通這麼做。那光線和熱度不斷增強，強到讓我覺得身上的雪衣就要化掉了。然後，那光線又突然消失。

我移回視線，簡直不敢相信眼中所見。那不是我的車嗎？嗯，我是說我夢想中的車。一輛紅色瑪莎拉蒂敞篷跑車，帥到發亮。接著，我才注意到它發亮是因爲金屬外殼正滾燙著，而地上的白雪以它爲中心，融化出一個完美的大圓圈。這也說明了爲何此刻我腳下竟然踩著青草，鞋子也變得溼答答。

駕駛面帶微笑走下車。他的年紀看起來有十七、八歲。一時之間我竟然緊張了一下，深怕出現在眼前的會是我的宿敵路克。這個人和路克一樣有著一頭棕黃色頭髮，以及熱愛戶外運動的好體格，但他不是路克。他身高更高，臉上也沒有像路克那樣的疤痕，笑容更明亮、更開朗（這些日子路克頂多只會繃著臉冷笑）。這位瑪莎拉蒂跑車駕駛穿著牛仔褲和背心，腳上搭配的是帆船鞋。

「哇，」泰麗雅低聲說：「阿波羅這麼火熱呀。」

「因爲他是太陽神啊。」我說。

「我不是那個意思。」

「小妹啊！」阿波羅喊著，他那潔白的牙齒若是再白一點，就算沒有太陽車也能射瞎我們的眼睛。「怎麼啦？你從不打電話、從不寫信的，害我擔心得不得了！」

阿蒂蜜絲嘆了口氣。「我很好，阿波羅。還有，我不是你的小妹。」

「喂，我比你早生。」

「我們是雙胞胎！爲了這事，我們要吵上幾百萬年……」

「所以到底是怎麼了？」他插嘴說：「哦，我看到這些女孩都跟著你，她們全都需要我來做箭術指導嗎？」

阿蒂蜜絲氣得咬牙切齒，但還是對他說：「我要拜託你一件事。我要去狩獵某樣東西，只有我去，所以得拜託你送他們去混血營。」

「沒問題，妹子！」然後他舉起雙手，做出請大家停止一切的手勢。「我感覺到，一首俳句詩[18]要出現了。」

獵女隊的人全部開始抱怨，顯然她們以前都見過阿波羅。

他清清喉嚨，很誇張地伸出一隻手。

---

[18] 俳句詩是日本傳統的短詩型式，每首三句，分別是五、七、五個音節，可不押韻。

青草破雪出，
阿蒂蜜絲求我助，
我真是酷。

然後他微笑面向大家，等待我們的掌聲。

「你最後一句只有四個字。」阿蒂蜜絲說。

阿波羅皺起眉頭。「真的嗎？」

「是的，要不要改成『我真是大笨豬』？」

「不行不行，那又多了一個字。我想想……」他開始自言自語。

柔伊・奈施德轉頭對我們說：「阿波羅天神自從去過日本後，開始熱衷創作俳句詩。此還不可謂糟糕，最糟的是他拜訪過利默里克[19]後，便不停編作五行打油詩。最好別再讓我聽到有詩是這樣開頭的：『曾有女神來自斯巴達……』」

「我想到了！」阿波羅突然大叫：「『天下我最酷。』五個字剛剛好！」他隨即一鞠躬，露出對自己非常滿意的樣子。「好啦，妹子。現在呢，要載你的獵女，是嗎？時間剛剛好，我正好準備要出發了。」

「這些半神半人也要拜託你載。」阿蒂蜜絲指著我們說：「有幾個是奇戎的學員。」

「沒問題！」阿波羅看著我們幾個。「我瞧瞧……你是泰麗雅，對吧？我聽說過一堆關於你的事。」

泰麗雅紅著臉說：「嗨，阿波羅天神。」

「你是宙斯的女兒，對吧？所以你是我同父異母的妹妹。你曾經是一棵樹，對不對？真高興你變回來了，我最痛恨把美麗的女孩子變成樹。唉，我記得很久以前……」⑳

「兄弟，」阿蒂蜜絲打斷阿波羅的回憶，「你該出發了！」

「喔，好。」然後他的視線轉移到我身上，瞇起了眼睛問：「波西・傑克森？」

「答對了！喔，我是說，您說的對。」

用「您」來稱呼一個青少年實在很怪，但我已經學會跟這些天神相處時一定要小心，他們很容易被激怒，然後就開始搞破壞。

阿波羅打量著我，沒有說任何話。這反倒讓我感覺毛毛的。

「好吧，」他終於開口說：「我們最好準備上車了，是吧？本車只開往一個方向——西方。如果你錯過了，就來不及啦！」

---

⑲利默里克（Limerick）有兩個意思。一是指愛爾蘭西南方一座城市的名稱，另外也是一種五行打油詩的型態。這種打油詩以「曾有某人來自某處」做為起始，是它最大的特徵之一。

⑳太陽神阿波羅曾在邱比特的作弄下，愛上一個少女達芙妮（Daphne），但達芙妮討厭他的追求，狂奔至河邊，請求河神將她變成一棵月桂樹，令阿波羅懊悔萬分。

我看著瑪莎拉蒂跑車。這輛車眞的很帥，只有兩個人的座位，但是現在我們的人數將近有二十個。

「好酷的車。」尼克說。

「謝謝。」阿波羅說。

「但全部的人要怎麼塞進去？」

「哦。」阿波羅似乎到現在才發現這個問題。「啊哈！我實在很不想換掉跑車的造型，但我想……」

他拿出車鑰匙，按一下安全鎖。嗶嗶！

車子又開始發亮。當炫目的光彩熄滅後，瑪莎拉蒂跑車已經消失，取而代之的是一輛高頂小巴士，就像從前學校載我們去棒球比賽的那種巴士。

「好了，」他說：「大家上車吧。」

柔伊指揮獵女隊的人放行李。她拿起自己的背包，阿波羅走到她身旁說：「來，甜心，我來幫你拿。」

柔伊倒退一步，眼神看起來像是要殺人一樣。

「兄弟，」阿蒂蜜絲責罵他：「不准幫我的獵女，不准注視、不准調戲我的獵女，不准跟她們說話，不准叫她們甜心！」

阿波羅兩手一攤。「對不起，我忘記了。好啦，妹子，那你究竟是要去哪裡？」

「打獵，」阿蒂蜜絲說：「不關你的事。」

「我會查出來的。我看得到一切，知道一切。」

阿蒂蜜絲哼了一聲，說：「你只要負責把他們載到該去的地方就好，阿波羅。不准你在旁邊搗亂！」

「不會、不會，我從來不搗亂的。」

阿蒂蜜絲一臉不信的樣子，然後她看著我們說：「我會在冬至之前去找你們。柔伊，獵女隊就交給你了。好好帶大家，你想我會怎麼做，你就怎麼做。」

柔伊挺直身子回答：「是的，主人。」

阿蒂蜜絲跪下來觸摸地面，好像在找尋什麼蛛絲馬跡。當她站起來時，表情變得十分嚴肅。「危險至極。我一定要找到這隻野獸。」

她隨即飛速遁入林間，消失在白雪和樹影中。

阿波羅面對我們，露齒微笑。他叮叮噹噹搖晃著手中的車鑰匙。「現在，」他問：「誰想開車？」

獵女們魚貫進入車中，她們全都擠到車子最後面的座位，爲的就是要盡可能遠離阿波羅和我們幾個像是有高度傳染病的男生。碧安卡已經和她們坐在一起，她落單的弟弟只好坐到前面和我們混在一塊兒。這讓我覺得碧安卡很冷血，但尼克卻顯得無所謂。

「眞的太酷了！」尼克在駕駛座上上下下跳著，興奮地說：「這部車眞的是太陽嗎？我以爲太陽神和月神是赫利歐斯和西倫[21]。爲什麼有時是他們，有時又是你和阿蒂蜜絲？」

「可以算是裁員吧，」阿波羅回答：「從羅馬人開始，他們負擔不了那麼多的寺廟祭品，所以就裁掉了赫利歐斯和西倫，把他們的職務歸到我們的工作範圍內。阿蒂蜜絲分到月亮，我分到太陽。剛開始時本來覺得很討厭，但起碼呢，我拿到了這輛酷車。」

「可是它是怎麼變的呀？」尼克繼續說：「我以爲太陽是一團氣體組成的大火球呢！」

阿波羅撥一撥尼克的頭髮，咯咯笑了出來。「會有這個說法，大概是因爲阿蒂蜜絲曾經叫我『發火的空氣球』吧。孩子，說眞的，這要看你從什麼角度去思考，是從天文學呢？還是哲學？你要聊天文學嗎？哇，那有半點樂趣嗎？如果來談談人類是怎麼想太陽的，那就有趣多了！人類和太陽搭在一起的事可多著呢……比如說，太陽給人類溫暖，觀照他們的作物，發動他們的引擎，還讓每個東西看起來更耀眼。而這部太陽車，就是利用人類對太陽的夢想打造出來的，和西方文明一樣古老。每一天，它橫跨天際，從東邊駛向西邊，照亮凡間所有渺小的生命。這部車是太陽力量的一種表徵，一種讓凡人體會太陽的方式。懂了嗎？」

尼克搖著頭說：「不懂！」

「那麼你就把它想成是一輛馬力超強、危險度超高的太陽能車吧。」

「我可以當駕駛嗎？」

「不行，你年紀太小！」

「我！我！」格羅佛舉起手說。

「不行，你毛太多！」阿波羅一邊說，一邊將視線越過我，落到泰麗雅身上。

「宙斯的女兒！」阿波羅說：「天空的主宰，太好了。」

「噢，不行！」泰麗雅搖著頭說：「不用了，謝謝。」

「來嘛，」阿波羅鼓勵她，「你現在幾歲？」

泰麗雅猶豫了一下，說：「我不知道。」

眞悲哀，不過的確是事實。泰麗雅在十二歲時被變成一棵樹，但那已經是七年前的事，眞要一年一年算的話，她現在應該是十九歲。只是現在的她仍舊感覺自己是十二歲，如果你仔細觀察她，則會覺得她的年紀似乎介於兩者之間。奇戎能想到的最佳解釋，是她在當樹的那幾年雖然也有成長，但速度減緩很多。

阿波羅用手指輕敲自己的嘴唇說：「你是十五歲，快要十六歲了。」

「你怎麼知道？」

「喂，我是預言之神呀，我當然知道！你再過一週就十六歲了。」

「那的確是我的生日，十二月二十二日！」

㉑ 西倫（Selene），希臘神話中另一位月亮女神，和赫利歐斯是兄妹，也是泰坦巨神的後代。在夜晚時會駕著銀色馬車橫越天空。

「也就是說，你已經大到可以拿學習駕照了。」

泰麗雅緊張地移動她的雙腳。「嗯……」

「我知道你想說什麼，」阿波羅說：「你想說你還沒有這個榮幸可以駕駛太陽車。」

「我不是要說這個。」

「不要緊張，從緬因州到長島只有短短一小段路，也不需要擔心前一個被我訓練的孩子發生了什麼事。你是宙斯的孩子，他不會把你劈出天空的。」

他好意的哈哈大笑幾聲，但我們卻沒半個人跟進。

泰麗雅仍想要抗議，但阿波羅絕對聽不進「不要」這種答案。他按了儀表板上的一個鈕，擋風玻璃上方隨即跳出一排字，我得倒著唸才唸得出來（對一個有閱讀障礙的人來說，倒唸或順唸其實沒有太大差別）。我很確定那排字寫的是：「警告：初學者駕駛中」。

「發動吧！」阿波羅對泰麗雅說：「你會成爲一個天才的！」

我承認我心裡有些嫉妒，我等不及要學會開車。有一年秋天，媽媽帶我去蒙淘克海灘，有好幾次當海邊公路人車稀少時，她就讓我試開她的馬自達。當然囉，那只是一輛日本製的小車，而這是太陽車，但又會差多少呢？

「速度就等於熱度。」阿波羅提醒她說：「所以剛開始時要慢一點，等確定你到達適合的高度，才可以馬力全開。」

泰麗雅緊緊握住方向盤，緊到手指關節都變白了。她看起來就像快生病的樣子。

「你還好吧？」我問她。

「還好，」她聲音顫抖，「我很好。」

她拉起整個方向盤，車子瞬間傾斜，然後就向上飛衝，快到我身體頓時反射向後，撞到某個軟軟的東西。

「噢！」格羅佛說。

「抱歉。」

「慢一點。」阿波羅說。

「抱歉。」換泰麗雅說：「我現在控制住了。」

我努力坐穩，看向窗外。我見到剛剛出發的那片空地上有一圈冒煙的樹。

「泰麗雅，」我說：「油門踩輕一點。」

「波西，我在做了！」她咬牙切齒說著，卻依然猛踩踏板。

「放輕鬆。」我再說一次。

「我很放鬆了！」泰麗雅說。她明明已經僵硬到像個木頭人一樣。

「我們必須轉向南邊才能到長島。」阿波羅說：「往左邊一點。」

泰麗雅又一次猛拉方向盤，也又一次把我摔到格羅佛身上，害他哀哀叫。

「再打一次左邊。」阿波羅建議。

這時我也做錯了一件事，就是再度看向窗外。我們現在到達飛機的飛航高度，因爲位置太高，天色竟然開始變暗。

「啊……」阿波羅說，我感覺他是在努力保持聲音的鎮定，「稍微下降一點點，甜心。波士頓旁的鱈魚岬要結凍了。」

泰麗雅將方向盤打斜。她的臉色發白，額頭汗如雨下。一定是有什麼問題，我從來沒見過泰麗雅這樣。

整輛巴士開始向下俯衝，有人尖叫出來，搞不好就是我。現在我們以上千公里的時速開向大西洋，整個新英格蘭的海岸線都在我們右邊，而車子裡的溫度正急遽升高。

阿波羅被甩到車子後方不知何處，還好他開始往座位爬回來。

「你來開吧！」格羅佛請求他。

「不用擔心。」阿波羅嘴上這麼說，臉上卻也寫著擔心。「她只是需要學著去……哇！」

我知道他看到什麼了。在我們下方是個白雪覆蓋的小鎮，不，應該說是個曾被白雪覆蓋的小鎮。就在我看著它的同時，草地上、屋頂上、樹上的白雪通通在融化中。原本白色的教堂尖塔先變成棕色，然後開始冒煙。絲絲煙霧就像生日蛋糕上的蠟燭，從小鎮的每個角落冒了出來。樹頂和屋頂都是火苗！

「拉高！」我大叫。

泰麗雅閃出狂野的眼神。她使勁一拉方向盤，這次我衝去幫忙抓住。當我們向上疾駛，還可以從後車窗看到小鎮的火勢因為突來的寒冷而漸漸熄滅。

「那邊！」阿波羅手指著前方說：「眞要命，長島就在前面！我們可以慢下來了，親愛的。還有，那個『眞要命』只是語助詞。」

泰麗雅朝長島北邊的海岸線轟隆隆飛過去，混血營就在那裡，包括了那片山谷、那座森林，還有那道海灘。我已經看得到餐廳涼亭、小木屋和圓形競技場。

「我控制住了，」泰麗雅喃喃自語說：「我控制住了。」

現在只剩下幾百公尺。

「煞車。」阿波羅說。

「我辦得到。」

「快煞車！」

泰麗雅一腳猛然踩向煞車踏板，整輛太陽巴士頓時以四十五度角拋向地面，「嘩啦」一聲衝進混血營的獨木舟湖中。水蒸氣如奔騰萬馬向天空發散，嚇得一堆水精靈帶著編了一半的籐籃逃離水中。

巴士半浮半沉在湖面晃盪，旁邊還伴隨著幾艘被燒掉一半又翻船的獨木舟。

「呼！」阿波羅帶著勇敢的微笑說：「親愛的，你說的對，你控制住了！讓我們來看看有沒有把什麼大人物給煮熟了，好嗎？」

5 混血營新生

我從來沒見過冬天的混血營，這裡的雪景眞是讓我驚訝。

整個營區裡有一種終極魔法氣候控制系統，除非是營長戴先生想要的東西，否則其他事物根本就跨不進營區邊界。我本來以爲混血營此時會是溫暖又陽光普照，怎知這裡竟然容許微微的飄雪，馬車車道和草莓園都覆蓋著一層薄薄的霜。所有的小木屋都妝點著閃爍的小燈，看起來很像聖誕節的燈飾，只是在這兒閃爍的似乎都是火球。樹林裡還有更多發亮的燈火，最詭異的是，連主屋的閣樓窗也閃著火光。那個閣樓就是神諭所在之處，而神諭現在寄身於一個古老的木乃伊體內。我猜想，或許這個德爾菲㉒神殿的靈魂，正在閣樓裡做些烤棉花糖之類的事。

「哇！」尼克一爬出車門就大叫：「那是攀岩場嗎？」

「是的。」我回答他。

「爲什麼有火山熔岩從上面流下來？」

「增加一點挑戰性。走吧，我要介紹奇戎給你認識。柔伊，你見過……」

「我認識奇戎。」柔伊冷冷地說：「告訴他我們會去八號小屋。獵女們，跟我走。」

「讓我來帶路。」格羅佛好心地說。

「我們知道路。」

「喔，真的，不算麻煩的。在營地裡很容易迷路，如果你不……」他講到一半就被獨木舟絆倒，邊爬起來還邊說：「就像我那羊老爸說過的！跟我走吧。」

柔伊翻了個白眼，但我想她也不覺得需要刻意擺脫格羅佛。獵女隊的人揹起背包和弓，直接朝小木屋的方向走去。碧安卡．帝亞傑羅要離開時，靠到尼克身邊說了些悄悄話。她望著尼克，等待回音，但是尼克臭著臉，掉頭走開。

「好好照顧自己呀，甜心們！」阿波羅在獵女隊身後大喊，然後對我使個眼色。「留意那些預言，波西。我很快會再見到你的。」

「我不懂您的意思。」

阿波羅並沒有回答我，他直接跳回車上。「等一下，泰麗雅！」他突然又喊：「那個啊……保重！」

他給泰麗雅一個詭異的微笑，就是那種我知道某件事但你不知道的表情，然後關上車門發動引擎。我轉過身去，太陽車就在一道強烈熱流間火速起飛。等我再回頭看時，整個湖面已經變成冒著氣的大蒸鍋。從樹林飛騰出去的太陽車，此時變回紅色瑪莎拉蒂跑車的酷樣，

㉒德爾菲（Delphi），希臘古鎮，是阿波羅神殿所在地，即阿波羅神諭的發布地點。

愈爬愈高，愈飛愈亮，最後消失在陽光中。

尼克的臉還是很臭，不知道他姊姊究竟跟他說了什麼。

「誰是奇戎呀？」他問我。「我沒有他的小雕像。」

「他是我們的活動主任，」我說：「他是……嗯，你馬上會知道的。」

「如果那些獵女們不喜歡他，」尼克抱怨著：「對我來說最好不過了。我們走吧。」

混血營裡第二件讓我驚訝的事，是這裡空得嚇人。沒錯，我本來就知道大多數混血人只在暑假過來受訓，會整年留下的只有少數，而且都是無家可歸，或是一離開這裡就會被怪物攻擊的人。但現在就這些人數看來，似乎也太少了些。

我看到兵工廠外有人顧著熔鐵爐的爐火，那是赫菲斯托斯[23]小屋的查爾斯・貝肯朵夫。營區商店那裡則有兩個人在拿鎖，是荷米斯[24]小屋的史托爾兄弟——崔維斯和柯納。樹林邊還有幾個正在和森林精靈打雪仗的孩子，應該是阿瑞斯[25]小屋的學員。這大概就是營區裡所有的學員了，就連我的死對頭——阿瑞斯小屋的克蕾莎也不在。

我往主屋走去，整棟建築的外觀裝飾得很漂亮，一串串黃色、紅色的小火球環繞門廊，帶來溫暖卻不會引燃任何東西。主屋內的壁爐噼哩啪啦燃燒著火焰；空氣聞起來有熱巧克力的味道。營長戴先生和奇戎正在起居室裡安靜地玩牌。

奇戎棕色的鬍鬚在冬天變得更加茂密，捲髮也長了一些。他今年不用負責教師的工作，所以我猜他可以表現得隨性一點。他穿了一件有蹄印圖案的毛衣，大腿上披著的毯子幾乎把輪椅完全遮住了。

他看見我們，露出微笑。「波西！泰麗雅！哦，這一位應該是……」

「尼克．帝亞傑羅。」我說：「他和他姊姊都是混血人。」

奇戎鬆了一口氣，說：「所以，你們成功了。」

「嗯……」

他的笑容消失。「發生什麼事？安娜貝斯呢？」

「噢，親愛的，」戴先生語氣透出不耐，「不要又不見一個人！」

我試過假裝忽略戴先生的存在，但是沒有一次成功。他穿了整套運動服，花色竟然是閃亮的豹紋，腳上搭配一雙紫色的慢跑鞋，好像在他不死的生涯中，真的像樣地慢跑過。他捲曲的黑髮上戴了頂歪向一邊的金色桂冠，那鐵定是代表他贏了前一輪牌局。

「這句話是什麼意思？」泰麗雅問：「還有誰也不見了？」

就在這時，格羅佛快步走進來，一副痛得不得了的模樣。他臉上還有黑眼圈和紅線條，

㉓ 赫菲斯托斯（Hephaestus），火神與工藝之神。參《神火之賊》一二九頁，註㉚。

㉔ 荷米斯（Hermes），商旅、偷竊、醫藥及信使之神。參《神火之賊》一〇三頁，註㉑。

㉕ 阿瑞斯（Ares），戰神，統管所有戰爭相關的事項。參《神火之賊》一〇九頁，註㉕。

像是被人呼過巴掌的痕跡。「獵女隊的人全進來了！」

奇戎皺著眉說：「咦，獵女隊？看來，我們要談的事可多了。」他瞄了尼克一眼，然後說：「格羅佛，我想你應該先帶這位年輕朋友到裡面看介紹影片。」

「可是……喔，好的。遵命，長官。」

「介紹影片？」尼克突然問：「是普遍級還是保護級？因為碧安卡對這個一向很嚴格……」

「是保護級。」格羅佛說。

「太棒了！」尼克高興地跟著格羅佛走出房間。

「現在，」奇戎對著泰麗雅和我說：「我想你們應該先坐下來，好好地告訴我這到底是怎麼一回事。」

當我們報告完畢，奇戎轉身向戴先生說：「我們應該立刻開始尋找安娜貝斯的下落。」

「我要去！」泰麗雅和我同時說。

「當然不行。」戴先生冷冷地回答。

我們兩人一起抗議，但戴先生舉起手要我們停止。他眼裡發出紫色怒火，意思是說，如果我們再不閉嘴，那種只有天神才辦得到的恐怖事情就會發生在我們身上。

「照你們的說法，」戴先生說：「這場鬧劇結束，我們的收穫和損失也打平了。我們，嗯，不幸地損失安妮貝爾……」

「是安娜貝斯！」我猛然插嘴。安娜貝斯從七歲就待在混血營了，戴先生卻還故意說錯她的名字！

「對，對，但你們已經得到一個煩人的小男孩來取代她啦。所以，冒著失去混血人的風險再出一趟可笑的搜救任務，在我看來，完全沒有必要。安妮很有可能已經死了！」

我眞想扭斷戴先生的脖子！這實在很不公平，宙斯讓戴先生來這裡當一百年的營長，是爲了懲罰他在奧林帕斯山上做的錯事，結果卻變成是對我們所有人的懲罰。

「安娜貝斯也許還活著。」奇戎說，但聽得出他的聲音一點也開朗不起來。在安娜貝斯決定給她父親和繼母再次共同生活的機會之前，她整年都待在混血營中，所以這些年來實際上照顧她的就是奇戎。「安娜貝斯很聰明，就算……就算她被敵人抓走了，也會想辦法拖延時間，甚至假裝配合。」

「沒錯，」泰麗雅說：「路克會讓她活著。」

「如果是這樣，」戴先生說：「恐怕她要夠聰明才能自己逃出來囉。」

我從桌邊站了起來！

「波西。」奇戎的聲音充滿了警告的意味。我心裡明白戴先生是我惹不起的人，即使你像我一樣是個個性衝動的過動兒，他也不會因此就寬待你一些。但我實在是太牛氣了，根本就管不了那麼多。

「我們少了一個人你高興得很！」我大聲說：「你就是希望我們通通都不見！」

他掩嘴打了個大哈欠。「你有什麼意見？」

「有，」我咆哮著說：「你被罰到這裡來，不代表你就非得當個懶惰的廢物！你也該跟著進步，至少可以想辦法幫一點點忙！」

接下來這一秒鐘，整個房間安靜到只剩柴火噼啪燃燒的聲音。映在戴先生眼中的火光跳動著，讓他看起來更加兇惡。他正張開口想說些什麼，八成是要詛咒我碎屍萬段之類的話，這時尼克突然衝了進來，後面跟著格羅佛。

「太酷了！」尼克大叫，手還指著奇戎說：「你是……你是一匹半人馬！」

奇戎勉強擠出一個微笑。「是的，帝亞傑羅先生，如果你眞要這麼說的話。不過我比較喜歡在第一次碰面時，嗯，保持坐在輪椅上的人類模樣。」

「還有……哇！」尼克看著戴先生。「你是那個酒鬼？不會吧！」

戴先生的視線從我身上轉向尼克，還給了他一個嫌惡的眼神。「酒鬼？」

「你是戴歐尼修斯，對吧？喔耶，我有你的小雕像呢！」

「我的小雕像？」

「我玩的神話魔法遊戲。我不但有你的雕像，還有你的遊戲卡！雖然你的攻擊力好像只有五百點，大家都覺得你是最遜的一個天神，可是我一直相信你有一種甜蜜的力量！」

「喔。」戴先生似乎困惑起來，搞不好也因此救了我一命。「嗯，這聽起來眞是……令人感到欣慰啊。」

「波西，」奇戎趕忙出聲：「你和泰麗雅先下去小屋區，告訴所有學員明天傍晚要舉行奪旗大賽。」

「奪旗大賽？」我說：「可是我們的人不夠……」

「這是傳統，」奇戎說：「只要獵女隊來訪，就會有一場友誼賽。」

「對啊，」泰麗雅嘟噥著說：「我打賭這眞的是在考驗友誼。」

奇戎快速瞄了一眼戴先生，確定他還在專心聽著尼克解釋電玩遊戲中所有天神的防禦點數。「趁現在快去！」他回頭對我們說。

「好！」泰麗雅轉頭對我說：「波西，走吧。」

在戴歐尼修斯想起他要殺掉我之前，泰麗雅把我拖出了主屋。

「你已經得罪過阿瑞斯了，」我們往小屋區走時，泰麗雅提醒我說：「你還需要另一個永遠的敵人嗎？」

她說的對。我來到混血營的第一個夏天就和阿瑞斯打起來，現在他和他的孩子都想殺了我。我實在沒必要把戴歐尼修斯也惹毛。

「對不起，」我說：「我剛剛就是忍不住。這眞的很不公平。」

她在兵工廠前停下腳步，視線越過山谷，落在混血之丘的山頂上。她那棵大松樹依舊挺立在原地，金羊毛在最低的枝頭閃耀著。大樹的魔法依舊守護著營區的邊界，只是不再以泰麗雅的精神做為力量來源。

「波西，每件事都是不公平的。」泰麗雅喃喃說著：「有時候我會希望……」

她沒有把話說完，但語氣中的哀傷已經夠讓我替她難過的了。她那頭蓬鬆的黑髮，還有龐克的黑衣包裹在過時的羊毛大外套下，讓她整個人看起來有點像隻巨大的烏鴉，在一片白茫茫的雪地裡顯得更加突兀。

「我們一定會把安娜貝斯找回來。」我保證。「只是，我還不知道該怎麼做。」

「一開始我先發現路克不見了，」她說：「現在，連安娜貝斯也……」

「不要這麼想。」

「你說的對。」她終於挺直身子。「我們會找到方法的。」

不遠處的籃球場上，幾個獵女在玩投籃，其中一個獵女和阿瑞斯小屋的孩子吵了起來。那個孩子已經拿出他的劍，而獵女也隨時就要把手上的籃球換上弓箭。

「我去把他們分開，」泰麗雅說：「你去小屋繞一圈，告訴所有人明天要舉行奪旗大賽。」

「好，你就是我們的隊長。」

「不對，不對。」她說：「你來混血營比較久了，你當才對。」

「我們可以，那個……共同隊長之類的。」

她看起來對這個提議的感覺跟我差不多，她點點頭。

當她往籃球場走去，我叫住她：「泰麗雅！」

「什麼事？」

「對不起，關於在衛斯多佛學校的事。我應該要等你們來的。」

「沒關係的，波西。換成是我大概也會那樣做。」她輕跺著腳步，似乎在考慮要不要跟我再多說幾句。「你知道，你問我我媽的事那時，我對你有點兇。那是因爲……隔了七年，我回去找她，卻發現她死了，在洛杉磯。她……酗酒得很厲害，大概是在兩年前的一個深夜，她開車出去，然後……」泰麗雅掉下了眼淚。

「我很抱歉。」

「嗯。其實……其實我們並不是那麼親密。我十歲時離家，生命中最美好的時光，就是和路克、安娜貝斯一起晃盪的那兩年。但我還是……」

「所以你開太陽車才會那麼有狀況。」

她的眼神警戒起來。「這話是什麼意思？」

「你緊張僵硬的模樣。一定是因爲想到了你媽媽，所以才不願意坐在方向盤前。」

我很後悔說了這些話。泰麗雅臉上顯露的危險表情很像宙斯，我見過一次宙斯生氣的樣子，當時他彷彿隨時要射出百萬伏特的雷電。

「對，」她咕噥著：「沒錯，一定是這樣。」

她朝籃球場走去，阿瑞斯小屋的學員已經準備用劍和拿籃球的獵女廝殺了。

混血營的小屋是世界上最奇特的建築群。有著白色石柱的一號和二號小屋最大，位在中間，屬於宙斯和希拉[26]。右邊是五位女神的小屋，左邊則是另五位男性天神的小屋。這十二間屋子圍著中央廣場和火爐排成U字型。

我到小屋區繞了一圈，告訴所有人要舉行奪旗大賽的事。阿瑞斯小屋裡在午睡的人被我吵醒，他們氣得叫我滾出去。我問其中一人克蕾莎去哪裡了，他回我說：「奇戎叫她出任務去了，最高機密！」

「她還好嗎？」

「我們已經一個月沒她的消息了，她是在執行任務時失蹤的。如果你再不走的話，小心你的屁股開花！」

我決定讓他繼續補眠。

最後我來到三號小屋，波塞頓的小屋。這低矮的灰色建築是用海底石頭砌成的，還有片片珊瑚貝殼鑲嵌在其中。房子裡面除了我的床之外，空空盪盪一如往常。我床邊牆上吊掛的裝飾，是彌諾陶[27]的角。

我把安娜貝斯的棒球帽從背包裡拿出來，放到床頭櫃上。等我找到她時我會還給她。我一定要找到她。

我取下手錶，啓動我的盾牌。它螺旋開展時發出了嘰嘎的怪聲，因爲被索恩博士的尖刺弄凹了十幾個地方，其中一道裂痕讓盾牌開展時一直受到影響。盾牌整個打開後，看起來就像缺了兩片的大披薩。我弟弟親手雕刻的幾個美麗金屬圖案已經扭曲變形，尤其是那幅我和安娜貝斯大戰許德拉㉘的圖，我的頭像是被隕石打到破了個大洞一樣。我將盾牌吊回掛鉤，和彌諾陶的角並排放著，但愈看心就愈痛。或許赫菲斯托斯小屋的貝肯朵夫可以修好它，畢竟他是混血營裡最會修製兵器的人，等晚餐時再來拜託他好了。

當我凝視著盾牌時，注意到一個奇怪的聲音，像是水在流動所發出的聲響。這時，我終於發現房裡多了項新東西。在小屋最裡面，有一方用灰色海底石頭築成的水池，裡面還有一個雕成魚頭形狀的噴水孔。那出自石雕魚嘴的涓涓細流是海水噴泉，正潺潺流進池中。那流水想必是熱的，因爲它替週遭冷空氣帶來一團水霧，彷彿蒸汽浴一樣。整個房間也因此像夏天一樣溫暖，還散發著大海的新鮮氣息。

我站到池邊。那裡沒有貼著任何告示或標籤之類的東西，但我知道這池子出現的唯一可能，就是波塞頓送來的禮物。

我望著水面說：「謝謝您，父親。」

水面起了漣漪，池底還有硬幣在閃爍，是十幾個古希臘金幣。我突然了解這池噴泉的意義，它是在提醒我要和家人保持聯絡。

㉖希拉（Hera），天神之后，是宙斯的姊姊也是妻子。她是掌管婚姻的女神。
㉗彌諾陶（Minotaur），牛頭人身怪。參《神火之賊》七十五頁，註⑩。
㉘許德拉（Hydra），希臘神話中的九頭蛇怪物。

我打開最近的一扇窗，冬天的陽光映照在水霧上，形成了一道彩虹。我從溫熱的水中撈出一塊金幣。

「彩虹女神伊麗絲[29]，」我說：「請接受我的請求。」

我將金幣投向霧氣，金幣消失在空中。我這時才想到，我連要先跟誰聯絡都不知道。

媽媽嗎？這似乎是所謂「乖兒子」該做的事，但媽媽應該還沒開始擔心我。她早就習慣有時我會好幾天，甚至幾個星期都沒消沒息。

爸爸嗎？距離我上次眞正跟他講話已經有好長一段時間，大概一年多了。只是，人類可以透過伊麗絲傳遞訊息給一位天神嗎？我不曾試過。這樣會不會讓那些天神生氣？會不會讓天神覺得像是接到一通推銷電話的感覺？

我陷入猶豫中，不過又很快地做出決定。

「請找泰森，」我請求著：「在獨眼巨人[30]的鐵工廠。」

水霧開始閃耀，接著我同父異母弟弟的影像便出現了。他的四周都是火，這對一個獨眼巨人來說完全不是問題。他彎身在一塊鐵砧旁，奮力捶打著一把火紅的劍身。他的身旁火星四濺，烈焰燃燒。在他後方有一扇大理石圍成的窗戶，看出去是極深極藍的水，那裡是海底世界。

「泰森！」我大聲喊他。

他一開始沒有聽到我的喊叫，因爲鐵鎚敲打和火焰燃燒的聲音太大了。

「泰森！」我叫得更大聲。

他轉過身子，那隻巨大的眼睛睜得很開，笑得露出他那彎鉤狀的牙。「波西！」

他鬆掉手上的劍要奔向我，想給我一個擁抱。影像瞬間變得模糊，我本能地往後退。「泰森，是伊麗絲傳訊，我不是眞的站在那裡。」

「喔。」他又出現在影像中，有點尷尬的樣子。「對，對，我知道這回事。」

「你好嗎？」我問：「工作怎麼樣？」

他的眼睛亮了起來。「我喜歡這個工作！你看！」他徒手拿起依舊火紅的劍身對我說：「這是我做的！」

「眞的很酷。」

「我把我的名字刻在上面，就在這裡。」

「棒極了。泰森，我問你，你常和父親說話嗎？」

他的笑容黯淡下來。「不常。父親很忙，他在擔心那場戰爭。」

「什麼意思？」

泰森嘆了口氣。他將手上的劍伸出窗外，引起一陣沸騰的泡泡聲，當他的手縮回來時，

㉙伊麗絲（Iris），彩虹女神也是使者神，她沿著彩虹降臨人間，幫眾神向人類傳遞消息。

㉚獨眼巨人（Cyclops），善於煉製天神武器的巨人族，也是火神赫菲斯托斯的助手。參《神火之賊》一五七頁，註㉟，以及《妖魔之海》七十五頁，註⑰。

劍已經冷卻了。「那些海中老妖在作怪了，就是阿蓋翁[31]、歐開諾斯[32]那些傢伙。」

我開始有點了解他說的事情。那些老妖在奧林帕斯天神統治世界之前，也就是泰坦巨神主宰一切的時代，就是負責掌管海洋的。眼前的事實是，他們回來了，再加上泰坦之王克羅諾斯以及他的同盟也勢力漸增，情況真的很不妙。

「我可以幫什麼忙嗎？」我問。

泰森哀傷地搖搖頭。「我們在替人魚準備武裝，明天還要再幫她們做一千把劍。」他望著手中的劍身，嘆口氣說：「老妖怪們在保護那艘壞船。」

「你是說安朵美達公主號？」我說：「路克的船？」

「沒錯，他們讓那艘船很難被找到，讓它躲過父親製造的風暴，不然那艘船早就毀了。」

「能毀掉它就好了。」

泰森的神情突然又振作起來，好像剛好想到另外一件事情。

「安娜貝斯！她在那裡嗎？」

「喔，她呀……」我的心情有如保齡球般沉重。泰森一直覺得安娜貝斯是世上最酷的人，跟他最最喜愛的花生醬有得拼。我真的不願意告訴他安娜貝斯失蹤的事，不然他可能會傷心哭泣到把爐火都弄熄。「嗯……她……她現在不在這裡。」

「幫我跟她打招呼，」他擠出一個笑臉說：「哈囉，安娜貝斯！」

「好，」我的喉嚨打結了一下，「我會幫你說的。」

「還有，波西，別擔心那艘壞船。它要離開了。」

「你說什麼？」

「巴拿馬運河！很遠很遠！」

我皺起眉頭。路克為什麼要讓他那艘充滿怪物惡魔的郵輪開向那麼遠的地方？上一次我們看到他時，他沿著東岸巡航，一邊招募混血人，一邊訓練怪物軍隊。

「好吧。」我回答著，但心裡很不踏實。「那……也算好事，我想。」

鐵工廠傳來幾聲低吼，不知道說了什麼。泰森害怕地說：「我要回去工作了，老闆在生氣！兄弟，祝你好運！」

「謝謝，告訴父親……」

我話還沒說完，影像就開始閃爍，然後很快消失。在我的小屋裡，我又回到孤單一人的狀態，而且感到更深的寂寞。

這天的晚餐，感覺糟透了。

我指的不是食物。混血營的食物和過去一樣完美，只要有烤肉、披薩和永不見底的汽水

㉛ 阿蓋翁（Aigaios），掌管海上風暴的精靈，是泰坦巨神的盟友。

㉜ 歐開諾斯（Oceanus），泰坦巨神之一，掌管海洋，是泰坦時代的海神，勢力遍及陸地上的河流與湖泊。

杯，餐點是不可能會有差錯的。火把和火盆使整個戶外涼亭都很溫暖，但因爲所有學員必須和小屋的室友同桌，這就表示我得孤伶伶坐在波塞頓這桌。泰麗雅同樣是一個人坐在宙斯那一桌。我們不能一起坐，這是營規。還是有一些桌子能夠幾個人同坐，像是赫菲斯托斯、阿瑞斯、荷米斯小屋的人。尼克和史托爾兄弟坐在一塊兒，因爲只要雙親身分還不明的新進學員，都會先到荷米斯小屋報到。史托爾兄弟一直跟尼克說著話，似乎在說服他撲克牌比神話魔法遊戲好玩得多。我希望尼克身上沒有錢，要不然玩輸牌就慘了。

唯一眞正愉快享受晚餐的，好像只有阿蒂蜜絲那桌。獵女隊的隊員們開懷暢飲、歡笑進食，就像一個大家庭。柔伊坐在桌首，彷彿媽媽的角色，雖然不像其他人笑得那麼開心，卻也不時露出淺淺的笑容。她的銀色頭飾在烏黑髮辮中閃耀，讓我覺得微笑的她看起來美多了。碧安卡．帝亞傑羅似乎也放鬆了心情。她向一個較大的女孩請教比腕力的技巧，那個女孩就是下午在籃球場單挑阿瑞斯小屋學員的人。她每一次比腕力都贏過碧安卡，但碧安卡看來完全不在意。

用餐將近尾聲，奇戎照例帶著大家舉杯敬天神，然後正式歡迎阿蒂蜜絲的獵女隊來訪，餐廳裡響起稀稀落落的掌聲。接著，他宣布明天晚上要舉辦的「友誼賽」——奪旗大賽，這次得到的回應就熱烈多了。

晚餐後，因爲冬天的熄燈時間比較早，大家都直接走回各自的小屋。我身心的疲累已經到達頂點，所以很快就進入了夢鄉。往好的地方講是這樣沒錯，如果往壞的地方講，那就是我很快就做了一個惡夢，而且以我的標準來看，還是個超級大惡夢。

安娜貝斯在陰暗的山邊，濃霧時而遮蔽她的身影。這裡幾乎就像在冥界，因爲我抬頭看不見天空，又立刻有種幽閉恐懼症的感覺。仰頭所能看到的，只有閉鎖、深沉的黑暗，如同身處洞穴之中。

安娜貝斯掙扎著往上爬。斷裂的古希臘黑色大理石柱四散，好像一棟大建築被什麼東西給炸成廢墟。

「索恩！」安娜貝斯喊著：「你在哪裡？爲什麼把我帶到這裡？」她翻過一堆斷垣殘壁，到達山丘頂。

她氣喘吁吁。

路克出現了，面帶痛楚。

他倒在礫石地上，想要站起來。他身體四周的黑暗似乎更濃更深，霧氣瘋狂圍繞。他的衣服到處撕裂破碎，臉上滿是刮傷，汗水浸溼了那張傷痕累累的臉。

「安娜貝斯！」路克說：「救救我，求求你！」

安娜貝斯跑向他。

我想要大聲喊出：「他是叛徒！不要相信他！」

可是我的聲音在夢中起不了作用。

安娜貝斯眼裡滿是淚水。她彎下腰想要撫摸路克的臉，但在最後一秒，她猶豫了。

「發生了什麼事？」她問。

「他們把我留在這裡。」路克哽咽地說：「求求你，我真的快不行了。」

我看不出路克身上有什麼不對勁。他或許正在跟什麼看不到的魔咒對抗，因爲那濃霧壓迫他的方式的確足以讓他致命。

「我憑什麼相信你？」安娜貝斯問他，語氣中充滿哀傷。

「你是不應該相信我，」路克說：「因爲我過去眞的對你很不好，但是如果你不救我，我就死定了。」

「讓他死！」我內心咆哮著。好幾次他冷酷無情地要殺掉我們，他不值得安娜貝斯爲他做任何事！

這時路克頭上那一大團黑暗開始分崩離析，彷彿山洞頂遇上了地震一般。大塊的黑色石頭開始掉落，安娜貝斯卻在裂痕要崩解的當下衝過去，整片黑頂就這樣垮了下來。她硬是撐住這好幾噸重的巨石！她用自己的力量，撐住差點崩塌在路克和她頭頂的一切。這根本不可能，她絕對無法承受得住！

路克低身滾出，上氣不接下氣，終於說出一聲：「謝謝你。」

「幫我撐住它。」安娜貝斯幾乎是在呻吟。

路克仍在喘息，汗水、塵土爬滿他的臉。他搖搖晃晃地站起來。

「我就知道我可以依靠你。」他邁出步伐，一步步離開，就在那顫動的黑暗幾乎要壓垮安娜貝斯的同時。

「救我！」安娜貝斯哀求。

「喔，別擔心。」路克說：「你的援兵已經上路了，這都是計畫的一部分。不過在這段時間裡，你可要撐著你的小命呀。」

那黑暗穹頂再次劇烈搖晃，讓安娜貝斯承受更多的壓力。

我猛然從床上坐起，雙手緊抓床單。除了海水噴泉的水流聲之外，小屋裡靜悄悄的。床頭櫃上時鐘的指針告訴我現在才剛過十二點。

一切都只是夢，但我很確定兩件事：安娜貝斯身陷極端險境，而路克絕對脫不了關係。

6 閣樓木乃伊

第二天一早吃完早餐，我就告訴格羅佛昨晚做的惡夢。我們坐在草地上看幾個羊男在雪地裡追逐森林精靈。森林精靈告訴羊男說，如果能抓到她們，就會送他們香吻，可惜這些羊男老是抓不到。通常精靈會先送給羊男滿頭蒸氣，然後化身為蓋滿白雪的樹；等到可憐的羊男往前衝，一頭撞到樹，然後再被滿樹落下的白雪潑溼一身。

我說著我的惡夢，格羅佛的手指開始在濃密的腿毛間扭轉著。

「山洞的洞頂塌到她身上？」他問。

「是啊，這到底代表什麼意思？」

格羅佛搖搖頭。「我也不知道，但是跟柔伊的夢比起來——」

「什麼？你是說，柔伊也做了相同的夢嗎？」

「我……其實也不確定。凌晨三點時，她去主屋要見奇戎。她看起來非常恐慌。」

「等一下，你為什麼知道這些事？」

格羅佛臉紅了。「我……我算是露宿在阿蒂蜜絲小屋外。」

「為什麼？」

「只是為了，你知道嘛，接近她們。」

「你這個有蹄的跟蹤狂！」

「我才不是！反正，我只是跟著她到主屋去，我躲到樹叢後面看事情怎麼發展。結果守門的阿古士㉝不讓柔伊進去，她看起來很沮喪，那時的狀況看起來有點緊張。」

我試著想像當時的狀況。阿古士是營區的警衛隊長，是個全身長滿眼睛的金髮壯漢，除非事態嚴重，他通常不會輕易現身。我可不希望他和柔伊・奈施德打起來。

「柔伊說了什麼？」我問。

格羅佛皺著臉說：「她變得十分沮喪，開始用一種非常非常古老的方式說話，還眞讓人聽不太懂。聽起來應該是阿蒂蜜絲遇上了大麻煩，需要獵女隊幫忙。接著她就開始罵阿古士是腦袋裝漿糊的蠢蛋……我也覺得這樣不太好，然後換成阿古士叫她……」

「哦，等等，阿蒂蜜絲怎麼可能遇到麻煩呢？」

「這個我也……總之，最後奇戎出來了。他穿著睡衣，馬尾巴上了髮捲和……」

「他的尾巴上髮捲？」

格羅佛趕緊摀住嘴巴。

「對不起，」我說：「你繼續說。」

㉝阿古士（Argus），希臘神話中的百眼巨人。參《神火之賊》一〇三頁，註㊶。

「好的。柔伊請求奇戎允許她們立即離營，奇戎拒絕了。他提醒柔伊，獵女隊只有在收到阿蒂蜜絲命令後才能離開。然後，柔伊就說……」格羅佛嚥了下口水，「她說：『如果阿蒂蜜絲失蹤了，我們又怎麼收到她的命令呢？』」

「你說失蹤是什麼意思？阿蒂蜜絲迷路了嗎？」

「不是，我覺得柔伊是說她不見了，被帶走了，被綁架了。」

「綁架？」我的腦子似乎不大能接受這個想法。「你怎麼能夠綁架一位不死的女神？這有可能嗎？」

「嗯，可能呀。我是說，泊瑟芬[34]不就被綁架過？」

「但是，泊瑟芬比較像是……像是花仙。」

格羅佛有點氣憤地說：「但她也是象徵春天的神呀！」

「不管怎麼說，阿蒂蜜絲是力量更強大的天神，有誰能綁架她？而且爲什麼綁架她？」

格羅佛用力搖頭。「我眞的不知道。難道是克羅諾斯[35]？」

「他目前還沒有那個能耐吧？」

我們上一次見到克羅諾斯時，他還是碎片……嗯，其實我們並不是眞的看到他。幾千年前，在奧林帕斯天神與泰坦巨神大戰之後，克羅諾斯被天神切成碎片，連同他的鐮刀一起被丟到塔耳塔洛斯[36]，那裡像是天神對他們敵人所設下的無底資源回收桶。去年夏天，克羅諾斯將我們騙到深淵邊緣，幾乎要把我們也拉進去。然後是今年夏天，我們在路克的邪惡郵輪上見到一個金色棺材，路克宣稱他在召喚泰坦之王，他說只要每次有新血加入他們的陣營，就能一點一滴將他從深淵中召喚出來。克羅諾斯能夠靠夢境和詭計影響人，但如果他的形體還只是一堆邪惡的樹皮碎屑，我無法想像他要如何打贏阿蒂蜜絲。

「我不知道，」格羅佛說：「如果克羅諾斯的形體重新組合了，應該會有人知道，天神也會更緊張才對。可是你跟柔伊在同一個晚上做惡夢，真的很奇怪。這簡直就像……」

「我們的夢境是有關聯的。」

結凍的草原上，羊男還在追逐森林精靈。有個羊男追著紅頭髮的樹精靈時跌了一跤，精靈咯咯笑著伸出手，那個羊男趕緊奔向她。「啪！」精靈突然變成一棵蘇格蘭松樹，羊男飛速親到的是硬梆梆的樹幹。

「啊，愛情！」格羅佛像說夢話般地說著。

我依舊在想柔伊的惡夢，她做夢的時間比我晚兩、三個小時而已。

「我要去找柔伊談談。」我說。

「喔，你要去之前……」格羅佛從他外套口袋掏出一樣東西，是一份摺頁，很像旅遊導覽

㉞ 泊瑟芬（Persephone）是宙斯和農業女神狄蜜特（Demeter）的女兒，被冥王黑帝斯綁架到冥界成為冥王的妻子。參《神火之賊》二〇九頁，註㊼。

㉟ 克羅諾斯（Kronos），泰坦巨神的首領。參《神火之賊》十九頁，註❶。

㊱ 塔耳塔洛斯（Tartarus），希臘神話中的冥界最深處，是永無止盡的黑暗之地。

用的那種。「你記得你之前說過，獵女隊憑空出現在衛斯多佛學校很奇怪嗎？我想她們可能是在找我們。」

「找我們？什麼意思？」

他把摺頁遞給我，原來這是介紹阿蒂蜜絲獵女隊的摺頁。封面寫著：「給你的未來更明智的選擇！」裡面放了些年輕女孩在狩獵、追趕怪物和練習弓箭的照片，還寫了幾行大大的字，像是「健康有益——永生不死的美好生活！」、「沒有男生的美麗明天！」。

「我在安娜貝斯的背包裡發現的。」格羅佛說。

我看著他說：「我不明白。」

「嗯，在我看來……也許安娜貝斯考慮過要加入她們。」

我本來很想說，我知道這個消息後的反應還算正常。

但事實上，我眞想一次一個掐死這些死不了的獵女隊隊員！這一天接下來的時間，我努力讓自己保持忙碌，然而心裡對安娜貝斯的擔憂已經到達頂點。我去上標槍投擲課時，很快就被阿瑞斯小屋的人丟出來，因爲我一時分心，在他還沒離場時就對著標靶丟標槍，害他褲子破了個洞。雖然我向他道歉，還是難逃被趕出來的命運。

我走向飛馬的馬廄，發現阿芙蘿黛蒂[37]小屋的瑟琳娜・畢瑞嘉正在和一個獵女吵架，我決定還是不要介入她們比較好。

之後，我坐在空盪盪的馬車房裡生悶氣。奇戎正在下面的射箭場教射箭。如果想找人談談，我知道奇戎是最佳人選，也許他能給我一些建議；但是，我又被另一個想法拉了回來。奇戎一直在保護我，我隱約覺得他不會將他知道的事都告訴我。

我往另外一個方向望去。就在混血之丘的山頂，戴先生正和阿古士一起餵著守護金羊毛的那隻小龍。

這時我突然意識到一件事：現在主屋裡沒有半個人！主屋裡還有某個……嗯，某樣東西可以給我一些指引。

我跑進主屋，衝上樓，清楚聽見自己的血液奔流作響。這件事我只做過一次，到現在想起來還會做惡夢。我打開活板門，跨進閣樓。

這間房間非常陰暗，滿布著灰塵和垃圾，和我印象中一模一樣。裡面堆放著被怪物咬過的盾牌、被彎成妖魔頭形的劍，以及一大堆被剝了皮的標本，標本看起來像是清潔鳥妖，還有亮橘色的巨蟒。

靠窗的那頭擺著一張三腳凳，上面坐著一位身穿紮染洋裝的老女人。她是一具乾枯的木乃伊，也就是神諭所在。

我鼓起勇氣朝她走去。我想她應該會像上次那樣從嘴裡翻騰出一陣綠色煙霧，但等了一

37 阿芙蘿黛蒂（Aphrodite），愛與美之神。即羅馬神話中的維納斯（Venus）。

會兒，什麼事都沒發生。

「嗨！」我開口說：「嗯，近來可好？」

聽到自己說的蠢話時，我又有些畏縮了。當一個人死掉後又被困在閣樓上，還有什麼好或不好可言？但是我知道神諭的靈魂就在這房裡的某處，這裡感覺得到一股寒意，如同一隻沉睡中蜷曲的蛇。

「我有一個問題，」我說得大聲一點，「我想知道關於安娜貝斯的事。我該怎麼救她？」

沒有回答。陽光從滿是塵埃的閣樓窗戶斜射進來，照亮空中跳舞的灰塵。

又等了一會兒。

眞令人生氣！這個冷冰冰的屍體一點也不合作。

「好！」我說：「我自己去想辦法！」

我一轉身，就被一張滿是紀念品的桌子絆倒。這張桌子似乎比我上次來的時候更亂。混血英雄們會把各式各樣的東西都塞到閣樓裡，像是不想再放在小屋的尋找任務戰利品，或是充滿傷痛回憶的個人物品。我知道路克曾經把一個龍爪丟來這兒，那就是弄傷他臉頰的元兇。另外還有一把壞掉的劍柄，上面標示著：毀損於一九九九年，殺死勒洛伊。

然後我注意到一條掛著吊牌的粉紅色絲巾。我拿起吊牌，試著讀出：

阿芙蘿黛蒂的絲巾

安娜貝斯・雀斯與波西・傑克森
於科羅拉多州丹佛市的水世界水上樂園

我望著絲巾，這件事我已經完全忘了。一年多前，安娜貝斯曾從我手中搶過這條絲巾，嘴上好像還唸著：「不行不行，離愛情魔法遠一點！」

我以爲她早就丟掉那條絲巾了，但它卻在這裡出現。安娜貝斯一直收著它嗎？那又爲什麼把它丟到這個骯髒閣樓來呢？

我回頭看看木乃伊，她毫無動靜，但橫過她臉龐的一道陰影，卻讓她嘴角看起來像浮出一抹陰森的笑意。

我放下絲巾，想跑又不敢跑地快速離開這裡。

晚餐後，我非常認眞地做好準備，一定要在奪旗人賽贏過獵女隊。其實這算是場小型比賽，參加者只有十三個混血營學員，剛好對上十三個獵女，包括碧安卡・帝亞傑羅。

柔伊・奈施德看起來非常心煩，始終怨恨地瞪著奇戎，好像不敢相信他竟然在這時候叫她做這種事。其他獵女看起來也不開心，不像昨晚又笑又鬧的。她們齊聚在餐廳涼亭裡，一邊穿上盔甲，一邊緊張地低聲談話。其中幾個人臉上還有哭過的痕跡，我猜柔伊一定是把惡夢說給她們聽了。

至於我們這隊的成員，有貝肯朵夫和另外兩個赫菲斯托斯小屋的人、幾個阿瑞斯小屋的人（克蕾莎不在的感覺實在很怪）、荷米斯小屋的史托爾兄弟和尼克，還有幾個阿芙蘿黛蒂的孩子。阿芙蘿黛蒂小屋有人願意參賽還真稀奇，他們通常都坐在邊線看著水中倒影和聊天。這次他們一聽到是要和獵女隊比賽，全都搶著要參加。

「我要讓她們看看什麼叫『愛情無用』！」瑟琳娜・畢瑞嘉穿盔甲時嚷嚷著：「我要打垮她們！」

當然還有泰麗雅和我。

「我負責攻擊。」泰麗雅主動說：「你負責防禦。」

「喔！」我有些猶豫，因爲我正要說一樣的話，「你不覺得憑著你的神盾，負責防禦會更好一些？」

泰麗雅已經將神盾埃癸斯架在手臂上，這時連我們自己的隊員都紛紛走避，免得看到上面梅杜莎的頭像就腿軟。

「嗯，我覺得它更適合用來攻擊。」泰麗雅說：「更何況，你已經練習防禦好幾次了。」

我不確定她是否在嘲笑我，我幾次奪旗大賽的防禦經驗都很慘。比如第一年，安娜貝斯把我當誘餌一樣推出去，我差點就被長槍刺穿、被地獄犬殺死。

「好吧，沒問題。」我說的不是眞心話。

「酷。」泰麗雅回過身去協助阿芙蘿黛蒂小屋的人，他們指甲都弄斷了還穿不好盔甲。尼克・帝亞傑羅笑嘻嘻地跑到我身邊。

「波西，這眞的好炫哦！」他裝飾著藍色羽毛的青銅頭盔大到蓋住眼睛，護胸鎧甲也足足比他的身材大上六號。我不禁懷疑自己剛來的時候，全身上下是不是也蠢成這樣。很不幸的是，應該一樣。

尼克用力舉起劍。「我們眞的可以殺掉對手嗎？」

「這個嘛……不行。」

「但是獵女是不會死的，對吧？」

「她們的確只有在身陷戰役時會死，況且……」

「這實在很炫耶，如果說，可以一被殺死就復活，那我們就可以一直打、一直打……」

「尼克，這不是在開玩笑！這些都是眞的，是可以傷人的劍。」

他盯著我看，眼中帶著些許失望。我突然發現自己說的話就跟我媽一樣，唉，這可眞不是件好事。

我拍拍尼克的肩膀。「嘿，這個比賽確實很酷。你要跟好隊伍，離柔伊遠一點，我們會給她來個猛烈的攻擊。」

奇戎的蹄轟然踏著餐廳地板。

「英雄們！」他大喊著：「你們都清楚規則了。以這條小溪爲界，藍隊混血營的基地在西邊樹林，紅隊獵女隊的基地在東邊樹林。由我來擔任裁判和戰地醫生。請注意，絕對不可以蓄意傷害他人肢體！所有魔法道具都可以使用。各就各位！」

「親愛的，」尼克對我咬耳朵說：「什麼魔法道具？我會有嗎？」

我正要回說他沒有時，泰麗雅叫著：「藍隊隊員，跟我來！」

大家一陣高呼，緊隨她的腳步移動。我必須快步才能跟上他們，還撞上不知道是誰的盾牌。我看起來不像個共同隊長，反倒像個傻瓜。

我們將藍隊旗子插在「宙斯之拳」的頂端。所謂宙斯之拳，其實是西邊樹林正中間的一個卵石堆。它從某個角度看過去，就像是一個突出地面的巨大拳頭，但是如果你從其他角度看，更像一坨體積龐大的鹿大便。奇戎當然不會允許我們把這裡叫做「糞堆」，特別是在決定用「宙斯」命名之後，因爲宙斯是出了名的缺乏幽默感。

不論如何，這的確是個插旗子的好地方。最頂端那顆巨大的石頭高達六公尺多，要爬上去可不容易，而旗子也因此清晰可見，符合比賽的規定。比賽還規定守旗人不可以站在距旗子九公尺內的地方，就這堆石頭來說就更不是問題了。

我命令尼克、貝肯朵夫和史托爾兄弟負責守旗，我想說把尼克放在進攻路線之外，應該比較保險。

「我們要派一組誘餌到左邊，」泰麗雅向隊員們說：「瑟琳娜，由你帶頭。」

「了解！」

「你帶著蘿拉和傑森，他們腳程夠快。你們從獵女隊的外圍繞過去，想辦法盡量引走多一點人。我會帶著游擊隊從右邊進攻，給她們來個出其不意。」

每個人都點頭回應。計畫聽起來很不錯，而且泰麗雅又說得那麼信心十足，讓你不得不相信一定會成功。

泰麗雅看著我。「波西，還需要補充什麼嗎？」

「喔，是的。防禦的時候要提高警覺。我們有四個人守旗，兩個人偵查。對這麼大的森林來說，人手並不算多，所以我會在附近巡邏。如果需要援手時，請大聲呼叫我。」

「還有，不要離開你的崗位！」泰麗雅說。

「除非你看到千載難逢的機會。」我補充著。

泰麗雅沉下臉。「就是不准離開崗位！」

「對，除非……」

「波西！」她碰一下我的手，還電到我。我的意思是說，每個人在冬天都很容易發出靜電，但當發電的是泰麗雅時，卻特別痛！我猜那是因爲她的父親是閃電之神宙斯，她本來就以讓別人的眉毛燒焦而聞名。

「對不起！」泰麗雅說，雖然她的語氣聽不出什麼歉意。「現在，大家都清楚了嗎？」

所有隊員點點頭，然後立刻分散成幾個小組。當號角響起，比賽開始！

瑟琳娜一行人迅速消失在左邊樹林中，泰麗雅的游擊隊也在幾秒後向右邊飛奔離開。

我等著大事發生。我爬上宙斯之拳，幾乎可以瞭望整片森林。我記得獵女隊在對抗人面蠍尾獅時，曾經突然出現在樹林中，而現在我也預期會有類似的情形發生，她們八成會來一次強力的突襲直接擊潰我們。但是，林子裡毫無動靜。

我瞄到瑟琳娜和她的兩個跟班跑過一塊空地，往遠離泰麗雅的方向深入樹林。他們後面跟著五個獵女，顯然我們的計畫奏效。接著我看到另一群獵女手持弓箭往右邊過去，她們一定是發現泰麗雅了。

「現在怎麼樣？」尼克問我，奮力地想爬到我旁邊來。

我腦子不斷閃過各種想法。泰麗雅絕對衝不過去，但獵女們也被分散開了。既然那麼多人都從左右兩邊過去，那她們的基地中心必然門戶洞開。如果我動作快……

我看著貝肯朵夫。「你們幾個能守住堡壘嗎？」

貝肯朵夫哼了一聲說：「當然可以！」

「我要闖進去。」

尼克和史托爾兄弟在我要衝過邊界時發出歡呼聲。

我急速奔跑，感覺很棒。我越過小溪進入敵方的地盤，很快就看到前方的銀色隊旗。守旗人只有一位，而且她並沒有注意我這個方向。我聽見左右兩方的樹林間都有交戰的聲音。我做到了！

守旗人終於看到我，是碧安卡。我撲向她時，她睜大了眼睛跌坐到雪地上。

「抱歉囉！」我大聲叫著，從樹頂將銀色絲質旗子扯下來。

在碧安卡出聲求救之時，我已經跑離她快十公尺遠，心想可以一路順暢地返回基地。

「咻！」一條銀繩飛快越過我的腳踝，固定在我身邊的樹幹上。是獵女隊射出的絆腳繩！我根本還來不及反應，就整個人身體前傾，重重摔進雪堆裡。

「波西！」泰麗雅的叫喊聲從遠處的左側傳來。「你在做什麼？」

她還來不及衝過來，一支箭已經射到她腳邊。瞬間爆出一團黃色煙霧圍繞著泰麗雅和她帶領的隊員。他們開始不停咳嗽，幾乎快要窒息了。即使我隔著林子都聞得到那股氣息，是可怕的硫磺味。

「不公平！」泰麗雅喘著氣說：「這種屁箭完全不符合運動家精神！」

我爬起來，趕緊開始跑。只要再幾公尺就可以跨過小溪，贏得勝利。更多的箭飛過我耳邊，還有一個獵女突然出現朝著我揮刀，但我閃過她繼續往前衝。

這時，我聽見小溪的另一頭傳來喊叫聲。尼克和貝肯朵夫跑過來，我以為他們是要歡迎我，但仔細一看，原來他們在追柔伊・奈施德。柔伊以獵豹般的神速朝我奔來，混血營的人完全阻擋不了她，而她手上還拿著我們的旗子！

「不行！」我大叫，加快腳步。

我離水邊只剩六十公分的距離，柔伊卻跨過了小溪回到獵女隊的基地！兩方人馬都已經集合在溪邊，她全速衝撞我，獵女隊登時響起如雷的歡呼。奇戎從林中出現，表情非常嚴肅。他後面緊跟著史托爾兄弟，看來兩人的頭部都受到惡意攻擊。柯納．史托爾的頭盔上插著兩根箭，看起來彷彿昆蟲的觸角。

「獵女隊獲勝！」奇戎面無喜色地宣布。接著他喃喃說著：「連續第五十六次了。」

「柏修斯．傑克森！」泰麗雅的喊叫聲如風暴般傳來。現在的她，整個人聞起來像一顆壞掉的臭蛋，她氣憤到連長槍都閃出了藍光。大家都很怕見到埃癸斯，拼命往後退，而我必須憑藉所有的意志力叫自己不要退縮。

「以天神之名你老實說，你到底在想——什——麼？」她怒吼著。

我握緊雙拳。我這一天已經受夠了許多事，現在更不需要這種屈辱！「我有拿到旗子，泰麗雅！」我把旗子放到她面前揮舞，「我看到機會就過去搶它！」

「我已經到她們的堡壘了！」泰麗雅大喊著。「可是旗子卻不在那裡！要不是你來攪局，我們就贏了！」

「你扛了太多責任在身上！」

「哦，所以一切都是我的錯？」

「我沒這麼說。」

「哼！」泰麗雅推了我一把，一陣電流通過我全身，把我震到三公尺外的溪水裡。幾個學員嚇得驚呼，而獵女們則掩嘴偷笑。

「抱歉，」泰麗雅臉色轉白，「我並不是故意要……」

氣憤在我耳裡吶喊。一道波浪頓時從溪中湧出，撲向泰麗雅的臉，將她從頭到腳淋成落湯雞。

我站起來。「喔，」我大聲說：「我也不是故意的。」

泰麗雅喘著大氣。

「夠了！」奇戎對我們說。

但泰麗雅拿起她的長槍。「你要試試看嗎，海藻腦袋？」

如果是安娜貝斯這樣叫我，我還能接受，至少我習慣了。但現在從泰麗雅口中聽到，卻一點也不酷！

「來呀，松果臉！」

我舉起波濤劍，可是還沒來得及防衛自己，泰麗雅已經大喊一聲。一道閃電從天而降，將她的長槍變成一根閃電棒，並重擊著我的胸口。

我砰然跌坐地上。附近飄出一股怪味，應該是我的衣服燒焦了。

「泰麗雅！」奇戎說：「夠了！」

我爬起來站穩腳步，用意志力呼喚水面升高。溪水當下轉起漩渦向上爬升，千百公升的水形成一團巨大的冰冷漏斗雲。

「波西！」奇戎語帶請求。

我正要將漏斗雲擲向泰麗雅時，突然看見樹林裡有個東西。我的氣憤和專注力立刻消失無蹤，溪水全都灑回溪床。泰麗雅驚訝極了，也隨著我的視線轉身。

有個人……不，有個東西正朝我們接近，籠罩著朦朧灰暗的綠色霧氣。等它靠得近一點，營隊隊員和獵女全都倒抽了一口氣。

「不可能。」奇戎說。我從來沒聽過他的語氣像現在這麼緊張。「它……這位女士，不曾離開過閣樓，從來沒有過。」

然而此刻，這個神諭所寄身的乾枯木乃伊，眞的拖著腳步，走到我們這群人的中間。綠色霧氣在我們腳邊旋繞，讓白雪也染上一抹陰鬱的色調。

沒有半個人敢動。接著，她的聲音在我的腦子裡嘶嘶出現。顯然所有人都聽到這個聲音了，因爲有好幾個人把手拱起來放到耳朵後面。

「我是德爾菲的神靈，」這個聲音說：「阿波羅的預言家，殺死巨蛇匹松的兇手。」

神諭木乃伊用她那了無生氣的冰冷雙眼凝視我，接下來卻準確地轉身面向柔伊・奈施德。「靠過來，尋找的人，問吧。」

柔伊吞了一口口水，問說：「我要怎麼做才能幫助主人？」

神諭開口了，綠色煙霧傾洩而出。我看到朦朧的山影，一個女孩站在荒無的山頂，那是阿蒂蜜絲！她被鏈條纏綁著，腳鐐的一端固定在岩石上。她雙膝跪地，高舉著雙手像是要抵擋別人的攻擊，而且面帶痛苦的表情。這時神諭說：

五人同行前往西方，解救鎖鏈下的女神。
在無雨的土地上，將會失去一人。
眾神的剋星現出了蹤跡，獵女與營人合力取得勝利。
泰坦魔咒僅一人能抵擋，一人將命喪父母手上。

就在我們專心注視的當下，霧氣宛如一條綠色巨蛇飛旋縮回木乃伊口中。神諭木乃伊坐到一顆石頭上，像她在閣樓凳子上的模樣，彷彿已經在這裡坐了好幾百年。

7 五人任務小組

神諭木乃伊應該要自己走回閣樓才對。

但事實並非如此，最後是我和格羅佛被選上要送她回去。我想那絕對不是因爲我們兩人最受歡迎。

「小心她的頭！」爬樓梯時格羅佛提醒我，可惜太遲了。

「砰！」我害木乃伊的臉直接撞到活板門的門框，塵埃瞬間飛揚四散。

「啊，天呀！」我將她放下來檢查一下。「有弄壞哪裡嗎？」

「我看不出來。」格羅佛承認說。

我們把她拖進閣樓，擺回那張三腳凳上。兩個人都流了滿身大汗，氣喘吁吁。誰知道一個木乃伊會這麼重啊？

雖然我認定木乃伊不會跟我說話，事實也正是如此，但我還是等到關上房門、離開房間後，才眞正卸下了心裡的重擔。

「嗯，」格羅佛說：「剛剛還眞是讓人起雞皮疙瘩。」

我知道他這樣說是想讓氣氛輕鬆一點，但我的心情依舊糟糕透頂。整個混血營的人會因為輸給獵女隊責怪我，而且神諭的新預言也出現了。德爾菲的神靈出走這麼大一段路，好像只是為了把我排除在外。她寧可忽視我的問題，卻願意多走好幾百公尺去回答柔伊。而且，她說的沒有半個字跟安娜貝斯有關，完全沒有。

「奇戎會怎麼做呢？」我問格羅佛。

「我希望我知道。」我們站在二樓窗口，格羅佛渴望的眼神落在遠方覆滿白雪的層疊山丘上。「我想去那裡。」

「去找安娜貝斯嗎？」

他一時間沒聽懂我的話，之後才紅著臉說：「喔，對！也是啦，當然囉！」

「怎麼了？」我問：「你在想什麼？」

他不安地輕跺腳蹄。「只是想到人面蠍尾獅說的那些話，那些關於大騷動的話。我忍不住會想……如果所有的古老力量全都甦醒，也許……也許不會全是邪惡的力量。」

「你是在說天神潘[38]。」

我突然感到自己有多麼自私，竟然完全忘記格羅佛生存的目標。野地之神已經失蹤兩千年，傳說他死了，但羊男們不相信，他們決心要找到他。他們經過幾個世紀的探查始終沒有結果，而現在格羅佛被認定會是成功找到潘的人。不過今年奇戎派出所有羊男執行找出混血

---

[38] 潘（Pan），野地之神、牧羊人的守護神，也是羊男的首領。參《神火之賊》二一一頁，註[48]。

人的緊急任務，所以格羅佛根本無法繼續他探尋天神潘的工作。這一定困擾他很久了！

「我已經讓蹤跡都冷掉了，」他說：「我覺得心浮氣躁，好像錯失了某些關鍵的事。他明明就在某處，我可以感覺得到。」

我不知道能接什麼話，只想安慰他，卻連該怎麼安慰也不知道。我的樂觀已經在森林的雪地連同奪旗的希望被摧毀殆盡。

我沒來得及回應，泰麗雅已經大步踏上樓。她目前和我正處於冷戰狀態，只看著格羅佛說：「叫波西滾下樓來。」

「爲什麼？」我問。

「那個人剛剛有說話嗎？」泰麗雅問格羅佛。

「嗯，有啊。他問爲什麼。」

「戴歐尼修斯召集所有小屋的領導人開會，討論有關預言的事。」她說：「很不幸的，波西也在其中。」

會議在康樂室的乒乓球桌邊舉行。戴歐尼修斯招招手就出現了點心飲料，有起司醬、薄餅乾和幾瓶紅酒。奇戎馬上提醒戴先生他的禁酒令尚未解除，而且我們大多未到法定飲酒年齡。戴先生嘆口氣，他叩了一下指頭，紅酒都變成健怡可樂，只是這種可樂也沒人要喝。

戴先生和奇戎（現在是坐在輪椅上的模樣）坐在長桌子一頭，柔伊和碧安卡則坐在另一頭，而碧安卡現在儼然是柔伊的個人小助理了。我、泰麗雅和格羅佛坐在桌子右側，其他小屋的領導人貝肯朵夫、瑟琳娜和史托爾兄弟坐在左側。按理說阿瑞斯小屋應該也要派一個代表來，不過，他們在奪旗大賽中被獵女隊弄到不是斷手就是斷腳（據說全屬意外），所以現在都躺在醫務室休息。

柔伊率先發言，她語氣高昂地說：「這一點意義也沒有！」

「起司醬！」格羅佛輕呼。他開始四面搜羅薄餅乾和乒乓球，把它們通通抹上起司醬。

「已經沒有時間多說了，」柔伊繼續說：「主人需要我們，獵女隊必須立刻上路。」

「去哪裡？」奇戎問。

「西邊！」碧安卡回答。我很訝異她才不過和獵女隊相處幾天時間，改變竟然這麼大。她的深色頭髮如今編了和柔伊同樣的辮子，所以可以清楚看到那張臉。她臉上的雀斑橫過鼻翼，深邃的眼睛讓我依稀覺得像是某個名人，卻又想不起來是誰。她看起來已經受過訓練，並且和其他獵女一樣皮膚透著淡淡月光般的色調。「你聽到預言了，她說：『五人同行前往西方，解救鎖鏈下的女神。』我們可以派五個獵女立刻出發。」

「對！」柔伊附和，「阿蒂蜜絲被當成人質，我們要趕快找到她、解救她！」

「你們又和以前一樣，老是忽略掉某些東西！」泰麗雅說：「『獵女與營人合力取得勝利』是指我們要一起進行這項任務。」

「不！」柔伊說：「獵女隊毋需汝之協助！」

「是『你的』協助，」泰麗雅叨唸著說：「『汝之』是三百年前的說法了。柔伊小姐，跟上時代一點！」

柔伊停頓一下，像是努力在發出正確的音。「泥的……我們毋須泥的協助！」

泰麗雅翻了個白眼。「算了算了。」

「按照預言所說，你的的確確需要我們的幫忙。」奇戎說：「混血營與獵女隊必須合作。」

「眞的要嗎？」戴先生若有所思地插嘴，一邊將可樂杯放在鼻尖下搖晃，好像它也散發著酒香。「會失去一人，還有一人將會喪命，這聽起來不是很可怕嗎？要是你們因爲嘗試合作而失敗，又該怎麼辦？」

「戴先生，」奇戎嘆口氣說：「我尊敬的您啊，到底是站在哪一邊呢？」

戴歐尼修斯揚起眉毛。「對不起，親愛的半人馬先生，我只是想幫上一點忙。」

「我們應該要合作，」泰麗雅態度堅定地說：「柔伊，我跟你一樣討厭這個想法，但你明白預言是什麼。你想要反抗預言嗎？」

柔伊噘著嘴，但我知道泰麗雅的話有說到她心坎裡。

「我們不能再拖延了。」奇戎警告大家。「今天是星期天，接下來的星期五就是十二月二十一日——冬至。」

「喔，」戴先生喃喃說：「又一次無聊的年度大會。」

「阿蒂蜜絲在冬至那天一定要現身，」柔伊說：「她一向主張要對克羅諾斯的爪牙採取行動，更是大會上最積極的人之一。如果她不出席，天神們一定不會有結論，那我們又將流失一年的準備時間。」

「你是在暗示天神不容易達成共識嗎，年輕人？」戴歐尼修斯問。

「是的，戴歐尼修斯天神。」

戴先生點點頭說：「我只是確定一下。當然，你說的很對，請繼續。」

「我必須同意柔伊的看法，」奇戎說：「阿蒂蜜絲的出席對冬至大會非常關鍵，而我們只剩下一週的時間要找到她。還有另一件事更重要，就是找出阿蒂蜜絲想獵捕的怪物位置。現在，我們要決定尋找任務的成員名單。」

「三個和兩個。」我說。

大家都在看我，連泰麗雅也忘記要假裝我不存在。

「我們預計要有五個人出任務，」我滿懷自信地說：「三個獵女和兩個混血營成員，這樣再公平不過了。」

泰麗雅和柔伊交換了眼神。

「嗯，」泰麗雅說：「聽起來算有道理。」

柔伊清一清喉嚨。「我希望所有獵女一起行動，這樣才夠強。」

「你們要重新找尋阿蒂蜜絲的路徑蹤跡，」奇戎提醒她說：「行動要快，不論她要追捕的罕見怪物是什麼，無疑的，她是跟著怪物氣味向西方走，所以你們也要這樣做。預言說的很清楚：『眾神的剋星現出了蹤跡。』我想你的主人應該會說『獵女太多會干擾氣味』吧？所以，一小隊人馬最好。」

柔伊拿起一支乒乓球拍盯著看，好像在想要先打誰。「關於這隻怪物，也就是奧林帕斯眾神的剋星，雖然我跟在主人身邊狩獵那麼久，卻完全想不出那是什麼。」

大家都轉頭看戴歐尼修斯，我猜大概因爲他是在場唯一的天神，而天神應該會知道最多事情。戴先生正在翻閱一本葡萄酒雜誌，當他發現會場突然靜下來時，終於抬起目光。「嗯，別看我！我是最年輕的天神，記得嗎？我沒有保留所有古代怪物和泰坦碎片的記錄，這些可是聚會時很掃興的話題呢。」

「奇戎，」我問：「你也想不出是什麼怪物嗎？」

奇戎抿著雙唇。「我想到好幾個可能，沒有一個好東西，但也沒有一個合理。舉例來說，像是泰風[39]就符合描述，他眞的是奧林帕斯眾神的剋星，或者是海怪凱托[40]。但如果他們開始騷動，我們一定會知道。他們是像摩天大樓那般高大的海怪，要是有動靜，你的父親波塞頓早就發出警告了。我想這隻怪物恐怕更難以捉摸，甚至更強壯有力。」

「你們要面對的可不是普通的危險耶！」說話的是柯納・史托爾。我喜歡他用的主詞是「你們」而非「我們」。他又說：「聽起來，五個人中至少有兩個會死掉。」

「『在無雨的土地上，將會失去一人。』」貝肯朵夫說：「我要是你們就會遠離沙漠。」

會場一片低語附和。

「那個『泰坦魔咒僅一人能抵抗』，」瑟琳娜問：「又是什麼意思？」

我看到奇戎和柔伊緊張地交換眼神，但不管他們各自在想什麼，兩人都沒有說出口。

「『一人將命喪父母手上』，」格羅佛在舔起司醬和乒乓球時說：「這怎麼可能，有誰的父母會害死自己的小孩？」

桌邊的寧靜比鋼鐵還沉重。

我偷瞄泰麗雅一下，猜想她是否會和我想起同樣的事。好幾年前，奇戎得到一個關於三大神——宙斯、波塞頓或黑帝斯所生的混血人長到十六歲的預言。預言說，那個孩子做的決定會永遠的拯救，或者是毀滅天神。因爲這個預言，三大神在二次世界大戰後發誓不再有小孩。但無論如何，泰麗雅和我都出生了，而且我們都離十六歲生日不遠。

我記得去年和安娜貝斯的一段對話。我問她說，如果我潛在的危險這麼大，爲什麼天神們不乾脆殺掉我。

當時她說：「有一些天神是想殺掉你，可是他們又不敢得罪波塞頓。」

---

39 泰風（Typhon），希臘神話中有一百個龍頭且威力強大的怪物。牠是大地之母蓋婭（Gaea）和塔耳塔洛斯所生的兒子，曾和怪物之母艾奇娜（Echidna）生下許多恐怖的怪物，包括噴火怪凱迷拉（Chimera）、九頭蛇許德拉及看守地獄的三頭犬色柏洛斯（Cerberus）等。

40 凱托（Keto），大地之母蓋婭與泰坦海神歐開諾斯所生的女兒，也是古老的海怪。曾生下許多怪物，像是蛇髮女怪（Gorgons）和賽蓮女妖（Sirens）等等。

一位奧林帕斯天神有可能對付自己的混血人小孩嗎？有時候，讓小孩死掉是不是還簡單一點？如果有任何一個混血人需要擔憂這類問題，那一定就是泰麗雅和我了。我忍不住去想，是否應該在父親節時送父親海螺圖案的領帶來討好他一下。

「會出現死亡事件，」奇戎打破沉默說：「我們能知道的就是這些。」

「哦，太好了！」戴歐尼修斯突然冒出這句。

所有人都盯著他看。他這才放下他的《葡萄酒行家》雜誌，無辜地看著大家說：「我是說，灰皮諾㊶又重返葡萄酒舞台是很好的事。不用在意我的話。」

「波西說的沒錯，」瑟琳娜．畢瑞嘉說：「混血營應該要有兩人前往。」

「喔，我知道，」柔伊諷刺地說：「我想你是自願要參加囉？」

瑟琳娜臉紅了。「我才不會跟獵女隊去任何地方，不要看我！」

「愛與美之神阿芙蘿黛蒂的女兒竟然不喜歡被別人看，」柔伊繼續挖苦她說：「不知汝母做何感想？」

瑟琳娜氣得起身離開座位，史托爾兄弟趕忙把她拉回來。

「別吵了！」貝肯朵夫再次出聲。他的個頭大，嗓門更大，平常雖不多話，可是一旦開口，大家就會洗耳恭聽。「先討論獵女隊吧，你們要派哪三個人？」

柔伊站起來說：「我當然會去。還有妃比，她很擅長追蹤。」

「是那個最喜歡打別人頭的大個子女生嗎？」崔維斯．史托爾小心提問。

柔伊點點頭。

「就是那個把箭射到我頭盔的？」柯納再問。

「是的。」柔伊不耐煩地說：「怎麼樣？」

「喔，沒事，」崔維斯說：「只是我們從營隊商店準備了一件T恤要送她。」他拿出一件大大的銀色T恤，上面印著大字：「月亮女神阿蒂蜜絲，二〇〇二年秋獵巡迴紀念」，然後下面一長串的小字寫著許多國家公園之類的名稱。「這是件收藏品，妃比很喜歡。你要幫忙拿給她嗎？」

我知道史托爾兄弟一定別有目的，他們總是如此，但柔伊可不像我一樣了解他們。她嘆了一口氣，收下T恤。「我剛剛說，我會帶妃比去，而另外一個人選，我希望是碧安卡。」

碧安卡嚇了一跳。「我？可是……我是個新成員，我什麼也不會！」

「你會做得很好的，」柔伊堅持說：「此乃汝證明自身之最佳途徑。」

碧安卡不再說話，我卻有點替她難過。我記得自己在十二歲第一次出任務時，也是感覺一切都還沒準備好就上場。或許心裡會有一點榮耀感，但更多的是怨忿和恐懼。我猜現在碧安卡腦中所想的和我當時一樣。

㊶灰皮諾（pinot noir）為葡萄品種名稱。原產於法國，可釀成白葡萄酒或甜酒，近年來在美國及紐西蘭也有大規模種植。

「那麼，混血營的成員呢？」奇戎問。他的眼神和我交會，但我看不出他在想什麼。

「我去！」格羅佛搶先站起來，還撞到了乒乓球桌。他把腿上的餅乾屑和乒乓球拍掉，說：「我願意做任何事幫助阿蒂蜜絲！」

柔伊皺起鼻子說：「我不覺得可以，這位羊男。你根本連混血人也不是！」

「但他是『營人』，」泰麗雅說：「而且他有羊男的特殊感應和森林魔法。格羅佛，你還會吹『追蹤者之歌』嗎？」

「絕對沒問題！」

柔伊顯然動搖了。我不知道追蹤者之歌是什麼，但在柔伊心中應該是有好處的。

「很好，」柔伊繼續問：「那第二個人選呢？」

「我去。」泰麗雅站起來環視大家，看有沒有人敢質疑她的決定。

好吧，我想。雖然數學不是我最強的一科，但現在我也知道成員已達五人，而且裡面沒有我。「喂，等等，」我說：「我也想去！」

泰麗雅沒說話。奇戎看著我，露出抱歉的眼神。

「啊！」格羅佛第一個回應，他這時才突然意識到問題。「對了，我忘記波西是一定要去的！我並不是想……我留下來好了，我的位置讓波西去。」

「不可以，」柔伊說：「他是男生，我不想讓獵女跟男生一起走。」

「你們來這裡也是跟我來的呀！」我提醒她。

「那是短期的緊急狀況，而且是女神的命令。我不想在橫越整個國家、抵抗眾多危險時，身邊有男生。」

「那格羅佛算什麼？」我追問。

柔伊搖頭說：「他不在限制內，他是羊男，技術上來說不算男生。」

格羅佛大聲抗議：「喂！」

「我一定要去，」我說：「我必須出這趟任務。」

「爲什麼？」柔伊問我：「因爲汝之密友安娜貝斯嗎？」

我感覺自己耳根紅了起來，我討厭大家盯著我看。「不是！我是說，或許有那麼一點點關係，但最主要是，我感受到我應該要去！」

沒有人站起來反駁我。戴先生一副無聊的樣子，繼續翻著他的雜誌。瑟琳娜、史托爾兄弟、貝肯朵夫都低頭盯著桌面，碧安卡則同情地看著我。

「不可以，」柔伊冷漠地說：「我很堅持這一點。如果必要，我願意帶著一個羊男，而非一個男生。」

奇戎嘆口氣說：「這次任務是爲了尋找阿蒂蜜絲，獵女隊應該有權認可出任務的成員。」

我坐下來，耳朵嗡嗡作響。我知道格羅佛和其他人正同情地看著我，但我不想看到他們的眼神。奇戎開始做出會議總結，而我只是呆坐著。

「所以，結論是，」奇戎宣布：「泰麗雅、格羅佛將與柔伊、碧安卡以及妃比一同出這趟任務。你們要在明天第一道曙光出現時出發，願眾神……」他瞥了戴歐尼修斯一眼，才說：「……相隨保佑，我們的心與你們同行。」

當晚我沒去餐廳吃飯，這是一個錯誤，因為奇戎和格羅佛都過來找我。

「波西，眞的很對不起！」格羅佛坐到我床邊跟我說：「我不知道她們……還有你會……我是說眞的！」

他開始啜泣。我想要是我再不安慰他一下，他就會嚎啕大哭或咬掉我的床單。他每次心情不好，就會有嚼食居家用品的傾向。

「我還好啦，」我騙他說：「眞的還好。」

格羅佛的下唇顫抖著。「我當時都沒有想到……我全心全意只想著要幫阿蒂蜜絲的忙。我跟你保證，我走到天涯海角都會幫你找安娜貝斯，我會盡力的。」

我點點頭，想要假裝胸口迸開的那個大黑洞不存在。

「格羅佛，」奇戎說：「可以讓我跟波西說幾句話嗎？」

「當然可以。」格羅佛抽搐地回答。

奇戎在旁邊等著。

「喔，」格羅佛恍然大悟，「您的意思是單獨談談！當然囉，奇戎。」他一臉悲哀地看著我，「看到了嗎？沒有人需要一隻羊。」

他一步一步走出我的房間，不斷用袖子抹著鼻子。

奇戎長嘆一口氣，將他的馬腳跪下來。「波西，我不會假裝了解預言。」

「對，」我說：「那也許是因爲它一點道理也沒有。」

奇戎凝視我房間角落的海水湧泉。「要挑選成員出這趟任務，泰麗雅其實不會是我的首選。她太衝動，往往沒想清楚就行動，也對自己太有信心。」

「那你會想要選我嗎？」

「坦白說，不會。」他說：「你和泰麗雅太相似了！」

「嗯，謝謝喔。」

他微笑說：「你們之間的不同是，你對自己的信心少於她，這有好處也有壞處。但我必須要說，讓你們兩個人一起去是一件危險的事。」

「我們會處理得來的。」

「像今晚在溪邊的處理方式嗎？」

我無法回答，他說贏我了。

「也許這樣是最好的，」奇戎若有所思地說：「你可以回家和媽媽歡度佳節。如果我們需要你，一定馬上通知你。」

「好吧，」我說：「也許就這樣。」

我從口袋掏出波濤劍，把它放到床頭櫃上。看來它除了用來寫寫聖誕卡之外，暫時發揮不了什麼功用。

奇戎看到那隻筆，表情頓時扭曲。「難怪柔伊不希望你去。只要你帶著那把特別的武器，她都不會希望有你隨行。」

我不懂他這幾句話的意思，然後我想起他在給我這支魔法劍時，曾經告訴過我：「這把劍有著長遠而悲慘的歷史，這我就不多說了。」

我本來想追問這件事，但他從背包裡拿出一個古希臘金幣丟給我。「和你媽媽聯絡吧，讓她知道你明天早上會回到家。還有……嗯，其實，以這個任務的重要性，連我都幾乎要自願參加了。如果沒有神諭說的最後那句，我會去的。」

「『一人將命喪父母手上』，是嗎？」

不需要多問，我知道奇戎的父親是克羅諾斯，也就是邪惡的泰坦之王。如果奇戎出這趟任務，那麼這句話就很符合了，因爲克羅諾斯根本不在乎任何人，包括自己的小孩。

「奇戎，」我說：「你知道『泰坦魔咒』是什麼，對吧？」

他的表情一沉，伸出手指放在心臟位置，再將手指往外推。那是一種古老的驅邪手勢。「讓我們祈禱預言和我猜想的不一樣。現在，波西，晚安了。你的時刻將會來到，我深信這點。不要心急。」

他說「你的時刻」的方式就好像人家在說「你的死期」一樣。我不知道奇戎的意思是否如此，但他的眼神讓我不敢再問。

我站在這一方海水噴泉池前，一邊搓著奇戎給我的金幣，一邊思考著要和媽媽說什麼。我眞的不想再聽到任何一個大人告訴我說，不做事就是最好的事。但我想媽媽還是應該知道我的最新消息。

終於，我深呼吸一口，丟下我的金幣。「彩虹女神，請接受我的請求。」水霧發出微光，從浴室射過來的光線只能形成一道淺淺的彩虹。

「請找莎莉．傑克森，曼哈頓上東區。」

霧氣中出來的畫面，是我萬萬想不到的。媽媽坐在廚房桌邊，還有一個……一個男人。他們兩人瘋狂大笑，中間隔著高高一疊課本。這個男人的年紀我看不太出來，大約三十幾歲吧，長髮黑白相間，身穿黑色上衣，外罩棕色夾克。他看起來有點像個演員，就是電視上演臥底警察的那種。

我震驚到說不出話來，幸好媽媽和那個男生也笑到沒發現我送來的伊麗絲訊息。

那男人說：「莎莉，你眞有趣！要不要再來點紅酒？」

「喔，我不該再喝了。如果你想喝，請隨意。」

「老實說，我可能得先借一下洗手間。可以嗎？」

「走廊直走到底。」媽媽說話的同時還拼命忍住笑意。

那個像演員的痞子微笑一下，起身向左邊走出去。

「媽！」我喊了一聲。

媽媽整個人跳起來，差點翻倒桌上的書。她好不容易看到我的影像。「喔，親愛的波西！你一切都好嗎？」

「你在做什麼？」我直接問。

她眨眨眼說：「做功課呀。」然後她突然從我的表情意識到我問的原因。「喔，親愛的，那是保羅……嗯，布魯菲斯老師。他指導我的寫作研討課。」

「咕嚕肥死老師？」

「布魯菲斯。他再一分鐘就回來了，快告訴我出了什麼事。」

每次出事媽媽總是會知道。我跟她說安娜貝斯的事，當然還有提到其他一些事情，但主要都是安娜貝斯。

媽媽的眼眶溼了。我知道她是爲了我努力不讓眼淚掉下來。「喔，波西……」

「嗯，所以他們告訴我，沒有我幫得上忙的地方，我想我只能回家了。」

媽媽轉著手上的鉛筆，然後說：「波西，你知道我有多想要你回家，」她嘆了一口氣，彷彿在氣她自己，又說：「多希望你永遠平平安安，但我還是要讓你知道一件事。你必須去做你認爲應該做的事。」

我瞪著她問：「你的意思是……？」

「我的意思是，你眞的眞的打從心裡相信你必須幫忙解救她嗎？你覺得去救她是一件對的事情嗎？因爲我很了解你，波西，你有一項特質，你的心永遠站在對的這一方。仔細聽聽自己心裡的話。」

「媽，你是要我……去救她？」

媽媽噘起嘴說：「我是說……你已經長大了，不需要我告訴你該去做什麼事。我要告訴你的是，我永遠支持你，即使你決定要做的事充滿危險。啊，眞不敢相信我竟然這麼說！」

「媽……」

廁所的沖水聲從另一頭傳來。

「我沒有太多時間跟你說，」媽媽說：「波西，不論你做什麼決定，我都愛你！而且爲了安娜貝斯，我相信你會做出最好的選擇。」

「你爲什麼這麼相信？」

「因爲她也會爲你做同樣的事。」

說完這句，媽媽在霧氣中對我揮揮手就斷訊了。留下的最後畫面，是她的新朋友布魯菲斯先生對著她微笑。

我不記得何時睡著的，但我記得我的夢。

我又回到那個荒蕪的山洞，洞頂低懸沉重。安娜貝斯被一大團如巨石合體的黑暗壓到跪在地上，累到叫不出聲，雙腳不停顫抖。我知道，她隨時有可能力氣耗盡，而整個洞頂都將坍塌到她頭上。

「我們的客人怎麼了？」一個男性的聲音轟隆隆傳來。不是克羅諾斯。克羅諾斯的聲音像金屬般刺耳，彷彿一把刀劃過石頭。我之前曾在夢裡聽過他恐嚇我好幾次。但現在這個聲音更加低沉，像一把低音貝斯，傳出來的力量甚至讓地面震動。

路克從陰影中出現，他跑向安娜貝斯，跪在她旁邊，然後回頭看那個隱身的男子。「她愈來愈虛弱，我們要趕快。」

這個僞君子！說得好像他眞的關心安娜貝斯一樣。

那低沉的聲音輕笑一下，他在陰影之下，在我的夢境邊緣。然後一隻多肉的手把某人推向光線之中，是阿蒂蜜絲！她的手腳都被天界的銅鏈束縛住。

我忍不住驚呼。她身上的銀色衣衫襤褸破爛，手上、臉上有好幾處傷痕。她的身體流出了天神體內的金色血液。

「你聽到那個男孩說的了，」陰影下的男子說：「快做決定吧！」

阿蒂蜜絲的雙眼發出熊熊怒火，我不明白她爲什麼不把鏈條直接弄斷，或是讓自己隱形。她現在似乎做不到。也許是鏈條阻礙了她，又或許這個黑暗可怕的地方具有某種魔力。

女神看向安娜貝斯，表情轉變爲關心和更加憤怒。「你怎麼有膽這樣虐待一位少女！」

「她快死了，」路克說：「你可以救她。」

安娜貝斯發出微弱的抗議，我的心整個糾結在一塊。我多希望能跑向她，但卻不能動。

「鬆開我的手。」阿蒂蜜絲說。

路克拿出他的武器——暗劍，以無比精準的一擊劃開女神的手銬。

阿蒂蜜絲跑向安娜貝斯，接過她肩上的重擔。安娜貝斯頓時垮了下來，癱在地上顫抖。

可是阿蒂蜜絲也搖搖晃晃，努力地撐住那團黑色巨石的重量。

陰影中的男子又開始笑了起來。「阿蒂蜜絲，要猜測你的反應，就和打倒你一樣容易！」

「你是很讓我訝異，」女神費力抵抗重擔，繼續說：「但同樣的事不會再發生。」

「確實是不會，」那男子說：「現在，你就要永遠結束了！我知道你老是忍不住想幫年輕的女孩子，親愛的，那終究是你的特質啊。」

阿蒂蜜絲咬牙切齒。「你這個沒有心的惡魔，卑鄙！」

「你這樣講，」那男子說：「我可以同意。路克，現在可以殺掉那個女孩了！」

路克猶豫著。「她……她或許還有用處，長官。她可以當接下來的誘餌。」

「哼，你相信這一套？」

「是的，將軍。他們會為她而來，我很確定。」

男子思考一會兒。「那麼，就讓龍女先在這裡看管她，要是她沒因傷重而死，你就可以把她的小命留到冬至。到那天之後，如果我們的祭品都按照計畫出現，她的小命也就毫無意義了，所有人類的性命都將毫無意義。」

路克前去抱起安娜貝斯虛弱的身體，將她帶離女神身邊。

「你永遠也找不到你要找的怪物，」阿蒂蜜絲說：「你的計畫一定會失敗。」

「你知道的事情太少了，我年輕的女神呀！」陰影中的男子繼續說：「即使現在你那些小小跟班開始搜索你的下落，她們都會直接落入我手中。好了，很抱歉，我們還有很長一段路要走。我要招呼你的獵女們，確保她們的任務非常……富有挑戰性。」

男子的笑聲在黑暗中迴盪，引發的震動似乎要將整個洞頂給震垮。

我驚醒過來，確定聽到了一個很大的聲響。

我看看小屋四周，一片黑暗。海水噴泉依舊湧出涓涓細流，這時只聽得到樹林裡貓頭鷹的呼呼叫聲和遠方海浪的拍岸聲。在月光下，我出神地看著床頭櫃上那頂安娜貝斯的棒球帽一會兒，突然傳來「砰！砰！」聲。

有人，或者有東西，正在敲我的門。

我抓起波濤跳下床。

「是誰？」我問。

砰！砰！

我躡手躡腳走到門邊。

我拔下筆蓋，猛開房門，結果是和一匹黑色飛馬面對面。

牠退步向後躲掉劍鋒，同時我腦中聽到牠說：「哇，主人！我不想變成馬肉串！」

牠的黑色雙翅開展成警戒狀態，拍出的風讓我也後退一步。

「黑傑克，」我說，並稍微鬆了一口氣，「現在是半夜耶！」

黑傑克哼著氣。「主人，才不是哩！現在已經是清晨五點，你怎麼還在睡覺？」

「我告訴過你幾次了？不要叫我主人！」

「不管你怎麼說，主人，你是眞正的男子漢，你在我心中永遠第一名。」

我揉揉眼睛，想趕走睡意，更想避免被黑傑克看出我的心思。這就是身爲波塞頓兒子的一大困擾，因爲波塞頓用浪花創造出馬，所以我可以讀出多數馬類動物的心思；然而另一方面，牠們也可以知道我在想什麼。有時候，就像黑傑克的情況一樣，牠們會把我當成主人。

記得嗎？黑傑克今年夏天還是路克船上的俘虜，直到我們的調虎離山之計給了牠脫逃的機會。嚴格說來，我和牠的成功脫逃沒有多少關係，但黑傑克認定是我救了牠。

「黑傑克，」我說：「你應該要待在馬廄裡。」

「哦，馬廄。你什麼時候看過奇戎待在馬廄？」

「這個嘛……從來沒有。」

「那就對啦！你聽著，我們有一個小小的海中朋友需要你的幫忙。」

「又來囉？」

「對，我跟馬頭魚尾怪說會過來載你。」

我抱怨著。每一次我靠近海邊，馬頭魚尾怪就會拜託我幫牠們解決問題，而牠們的問題可多著呢，像是擱淺的鯨魚、被網子困住的小海豚、有肉刺的美人魚……牠們都會叫我潛到水裡去幫忙。

「好吧，」我說：「我去。」

「你是最棒的，主人。」

「不要再叫我主人！」

黑傑克溫柔地咧著嘴，牠一定是在笑。

我回頭望著舒適的床。房間的牆上依舊掛著我損傷嚴重且無法使用的銅盾。床頭櫃上，安娜貝斯的魔法洋基帽也還安靜躺著。我突然湧起一股衝動，抓起那頂帽子塞進背包裡。我猜，就在那時，我已經感覺到將會離開這房子很久、很久了。

8 危險承諾

黑傑克載我沿著海灘低飛，我必須承認這眞的是一件很酷的事。坐在飛馬背上以百公里時速掠過海面，風吹過耳際，水花飛濺臉龐……嘿，這種快感遠勝過任何一次滑水經驗。

「就是這裡。」黑傑克減慢速度，迴轉一圈。「正下方。」

「謝了！」我翻下馬背，直接跳入冰冷的海洋。

這幾年來，我已經對施展這種驚險絕技愈來愈有信心。在水面下，我幾乎可以隨心所欲的自由移動。只要用意志力呼喚海流，它們就會圍繞著我改變方向，將我推到想去的地方。我在水中能毫無問題的呼吸，衣服也不會溼，除非是我要讓它溼。

我縱身潛入整片黑暗。

十公尺、二十公尺、三十公尺。水壓不曾帶來不適，而我也從來不曾試過挑戰深度，看看潛水能力有沒有極限。我知道正常人一般若潛到七十公尺深，大概就會像罐頭被踩扁一樣。而且按理來說，在深海中視力應該也會喪失，畢竟深海這麼黑暗，但我卻看得到生命體所發出的熱度，還有洋流挾帶的冷涼。這很難形容，它不像一般的視覺，但我就是有辦法分辨出海裡的每一種事物。

當我接近海底，我看到三隻馬頭魚尾怪圍著一艘翻覆的船。馬頭魚尾怪非常美麗，牠們的魚尾有著彩虹般的顏色，磷光閃爍，馬鬃則是一片潔白。牠們在水中奔跑的樣子，就好像雷雨風暴中緊張的馬。一定有事情困擾牠們。

我靠得更近，看到問題所在。有一團黑色的東西，像是某種動物，被卡在沈船底下，而且被困在漁網之中。那是一種最大型的漁網，拖網漁船如果想要一次捕獲所有東西，就會使用這種利器。我最痛恨這類東西，它把大小海豚都弄死已經夠糟了，有時就連神話中的動物都會被抓進去。如果網子打結了，有些懶惰的漁夫就直接剪掉纏住的部分，根本不管受困其中動物的死活。

顯然這隻可憐的東西本來在長島海峽底部亂晃，不知怎麼的讓自己陷到沉船的漁網中。牠也許曾拼命想要逃出來，結果卻被纏得更慘，還害船身都移動了。現在，本來靠在大石頭上的船殼殘骸開始搖晃，隨時都有可能倒下砸到牠。

馬頭魚尾怪在這附近發狂似地巡游，想幫忙卻又不知該怎麼辦。其中一隻試著去咬漁網，問題是馬頭魚尾怪的牙齒並不是生來咬繩索的。馬頭魚尾怪的確是一種強壯的動物，可惜牠們沒有手，也……（噓──）不夠聰明。

「快救救牠啊，主人！」一隻馬頭魚尾怪看到我時向我求救，其他幾隻也立刻加入了請求的行列。

我往陷在網子裡的動物游去，想先查看一下牠的情況。剛開始我還以為牠是隻年幼的馬頭魚尾怪，就像以前我曾救過的那些。但接著我聽到一聲非常奇怪的叫聲，一種不應該出現在水面下的聲音。

「哞——哞——」

我靠到牠身邊，才看清楚牠是一頭牛。嗯……我是有聽過海牛啦，就是和海獅、海豹長得很像的海牛，然而眼前這頭牛，看起來眞的就像陸地上的牛一樣，只不過有著蛇的尾巴。仔細瞧牠的上半身就是頭小牛，一頭黑毛牛寶寶，有著哀傷的棕色大眼睛、白色的口鼻，但是下半身有著棕黑相間的蛇尾巴，上面覆滿了鱗片，也有點像一條巨鰻。

「哇，小傢伙，」我說：「你是從哪裡來的？」

犢牛憂傷地看著我叫：「哞——」

我聽不懂牠的話，我只能和馬溝通。

「我們不知道牠是什麼東西，主人。」一隻馬頭魚尾怪說：「很多奇怪的事在騷動。」

「嗯，」我喃喃地說：「我聽說了。」

我打開波濤劍，它在我手中迅速延展伸長，青銅劍身在黑暗中發出光芒。

蛇尾犢牛害怕極了，開始在網子裡拼命掙扎，眼神充滿恐懼。「嘿，小傢伙，」我對牠說：「我不是要傷害你，我只是要劃開網子！」

但牠在裡面扭動得更厲害，被網子纏住的情況當然也更糟。船身開始傾斜，將海底的淤泥翻攪上來，船殼垮向蛇尾犢牛的危機迫在眉睫。而馬頭魚尾怪只會在旁邊亂游亂竄、驚聲尖叫，一點幫助都沒有。

「好，好！」我安撫牠，一邊移開劍，一邊用最溫柔的語氣試著平息馬頭魚尾怪和蛇尾犢牛的恐慌。我不確定這會不會引發海底大竄逃，但我眞的不想知道答案。「你看，很棒吧，沒有劍了，看到了沒？沒有劍了喔！你先冷靜下來，想一想溫和的海草、牛媽媽，而且沒有人會吃牛肉。」

我很懷疑蛇尾犢牛聽不聽得懂我說的話，但牠對我的語氣有了反應。馬頭魚尾怪們雖然仍帶著畏懼的表情，但也很快就停止繞著我打轉。

「救救牠，主人！」牠們繼續請求著。

「好，」我說：「我已經知道你們的意思了，我正在想辦法。」

但我要怎麼解救這頭一看到劍就會恐慌的小母牛呢（不知爲何我覺得牠是母的）？顯然牠看過劍這種東西，所以知道我手上拿的是危險物品。

「好了，」我告訴馬頭魚尾怪，「現在，我需要你們按照我說的方式來推東西。」

我們從船身開始。這不是輕鬆的工作，但靠著三匹馬的強大馬力，總算把船殼殘骸移到不致於壓傷蛇尾犢牛的地方。接著我獨自處理網子，一個部分一個部分鬆開纏繞的地方，把鉛錘、魚鉤清除掉，再去掉套在犢牛蹄上的繩結。感覺上好像花了一輩子的時間在解繩結，這比我之前那堆糾纏的電視遊樂器遙控線還要難搞數百倍。在這漫長解救過程中，我不斷跟犢牛說話，只要牠一哞叫或哀嚎，就要趕快安慰牠事情進行得很順利。

「沒問題的，貝絲。」我對牠說。別問我爲什麼叫牠貝絲，我只是覺得這是一個很好的牛名字。「小乖牛，你好棒！」

好不容易漁網鬆開了！蛇尾犢牛飛快鑽出來，開心地翻了一個跟斗。

馬頭魚尾怪歡呼鳴叫。「謝謝你，主人！」

「哞——哞——」蛇尾犢牛靠過來用口鼻摩擦我，大大的棕色眼睛望著我。

「好了，」我說：「沒事了，小乖牛。你自己要……多多小心喔。」

這句話也提醒了我自己，我到水底有多久了？起碼一個鐘頭。我得趕在阿古士或清潔鳥妖發現我違反宵禁之前回到小屋。

我彈射往上游，一出水面，黑傑克立刻看到我。牠飛近到讓我可以抓住牠的脖子，等我一坐穩便躍升空中，朝岸邊歸去。

「成功了嗎，主人？」

「嗯，我們救了一頭小寶寶……像牛之類的東西。好像花了我一輩子的時間，還差點引發海底人竄逃。」

「主人，義行總是危險的，你也救過我這匹可憐的馬，不是嗎？」

我忍不住想到出門前做的夢，尤其是安娜貝斯氣若游絲地癱在路克手裡的模樣。此刻的我，能夠解救一隻小怪物，卻救不了我的朋友。

黑傑克載著我飛回小屋時，我的視線剛巧瞄到餐廳涼亭。有個人影在那邊！一個男孩蹲在大理石柱後方，好像正躲著誰不想被發現。

是尼克。但現在連一絲曙光都尚未出現，離早餐時間更是遙遠，他在這裡做什麼？

我有些猶豫。我最不想要面對的事，就是尼克再跟我提起那些神話魔法遊戲，但現在一定有狀況，我可以從他躲藏的形跡判斷出來。

「黑傑克，」我說：「在那裡放我下來可以嗎？就是柱子的後面。」

我差點把事情搞砸了。

我從尼克身後的階梯往上爬，他根本沒發現我。他躲在角落的柱子後面偷窺，全部的注意力都集中在用餐區。我離他只剩下一公尺半的距離，嘴裡已經要大聲說出「你在做什麼？」時，才赫然發現尼克就跟格羅佛一樣，在暗中監視獵女隊。

用餐區那邊出現兩個聲音，是兩個女孩在某張餐桌旁談話。在這種天還沒亮、褻瀆天神的時刻？我猜除非是黎明女神[42]，不然誰敢這樣！

我從袋子裡拿出安娜貝斯的魔法棒球帽戴到頭上。

我沒有感覺到任何不同，但舉起手來卻看不見自己的手。我知道我成功隱形了。

我爬到尼克附近，躲在他身旁。黑暗的天色下，我看不清楚那兩個女孩，但我認得那聲音，是柔伊和碧安卡。聽起來她們似乎有些爭執。

「沒辦法好的，」說話的是柔伊，「至少，不會馬上好。」

「可是怎麼會這樣呢？」碧安卡問。

「一場愚蠢的惡作劇！」柔伊氣憤地說：「都是荷米斯小屋那對史托爾兄弟！半人馬的血是酸性物質，大家都知道的，那對可惡的兄弟卻把它噴到阿蒂蜜絲秋獵巡迴紀念T恤上。」

「眞是太糟了！」

「那種酸對她沒有生命威脅，」柔伊繼續說：「但接下來幾個禮拜，她都得忍受嚴重的蕁麻疹，根本不可能出任務。所以，只能靠我……以及汝。」

「但是預言說是五個人，」碧安卡說：「如果妃比不能去的話，我們就只剩四個，必須再找一個人。」

「沒時間了，」柔伊反駁說：「我們要在第一道曙光出現時離開，時間馬上就到了，而且預言也說，我們會失去一人。」

「但那是在無雨的土地，」碧安卡說：「不可能是這裡！」

「有可能，」柔伊再次反駁，但語氣卻不怎麼堅定，「混血營有它自己的魔法邊界，未經允許的東西就是進不來，即使天氣也一樣。所以它有可能是無雨的土地。」

「但是……」

㊷希臘神話中的黎明女神（the goddess of dawn）是伊爾絲（Eos）。她是泰坦巨神的後代，也是舊太陽神赫利歐斯的姊姊。傳說她每天都會幫赫利歐斯打開東邊的天門，讓他駕著太陽馬車完成白天的旅程。

「碧安卡，聽我說，」柔伊的聲音緊繃了起來，「我……我無法解釋爲什麼，但我就是覺得我們不該再選一個人。這實在太危險了，她們可能會碰到比妃比還可怕的後果，而我又不想讓奇戎從混血營裡另外選一個人。我眞的……眞的不想再讓任何一位獵女去冒險。」

碧安卡安靜了半晌。「你應該告訴泰麗雅你夢境的另一半。」

「沒必要，於事無補。」

「但如果你的懷疑是對的，關於那個將軍……」

「汝承諾不提此事，」柔伊的聲音顯得極端痛苦，「我們很快就會知道。時間差不多了，黎明即將破曉。」

柔伊尾隨碧安卡衝出餐廳涼亭。

尼克馬上閃出她們要走的路，速度比我還快。

她們兩個女孩飛奔下階梯時，柔伊還差點撞到我。她怔了一下，瞇起雙眼，手伸向背後的弓箭，但這時碧安卡叫著：「主屋的燈亮了，快點！」

我看得出尼克在想什麼。他深吸一口氣，打算跟在姊姊後面跑出去。就在他要拔腿起跑的當下，我摘下魔法帽喊：「等等！」

他猛然轉身找我，差點滑下結冰的階梯。「你是從哪裡冒出來的？」

「我一直都在這邊，我能隱形。」

他默唸著「隱形」兩字，然後說：「哇，好酷！」

「你怎麼會知道你姊姊和柔伊在這裡？」

他臉紅了。「我聽見她們從荷米斯小屋旁走過去。我……我來到營地後一直睡不好，所以聽得見腳步聲，還有她們的竊竊私語，所以我就想說跟過來看看。」

「而現在你想說，要跟著她們一起出任務。」我說出我的猜測。

「你怎麼知道？」

「因爲如果裡面有我的姊姊，我大概也會這麼想。但是你不能去！」

他看來不認同我的話。「因爲我年紀太小嗎？」

「因爲她們不會讓你去。她們會抓到你，把你送回混血營。而且……而且你眞的年紀太小！記得人面蠍尾獅嗎？還會有更多那樣的怪物出現，會有更多的危險降臨。有些出任務的混血人會因此喪命。」

他的肩膀垮下來，不安地跺著腳。「也許你說的對。不過，你可以代替我去。」

「你說什麼？」

「你可以隱形，你可以去！」

「獵女隊不喜歡男生，」我提醒他，「她們要是發現……」

「那你就不要讓她們發現呀！隱形跟蹤她們，幫我看顧我姊姊。你一定要去，拜託？」

「尼克……」

「反正你也打算要跟去的，不是嗎？」

我很想告訴他不是那樣的，但當他凝神看著我時，我竟無法說出謊話。

「嗯，」我說：「我必須去尋找安娜貝斯。就算其他人不希望我去，我也一定要幫她。」

「我不會去告密的，」他說：「但請你答應要確保我姊姊平安。」

「我……尼克，這趟任務非比尋常，你要我承諾的不是一件普通的事。況且，她有柔伊、格羅佛和泰麗雅作伴……」

「答應我！」尼克堅持。

「我會盡我所能，我只能承諾這點。」

「好吧，那你就出發吧，」他說：「祝你好運。」

眞是瘋狂。我沒有打包、沒有裝備，僅有身上的衣服和這頂魔法隱形帽，以及我口袋裡的波濤劍。我本來應該在今天早上回曼哈頓和媽媽團聚的。「尼克，告訴奇戎……」

「我會編個好理由的。」尼克露出狡猾的笑容。「這是我的專長，你就去吧！」

我邁開大步，戴上安娜貝斯的帽子。就在太陽升起的當下，身影化為無形。我衝上混血之丘的山頂時，正好看見混血營的小巴士從山腳下的鄉間小路離開。也許是阿古士載著出任務者進城，在那之後，他們眞的要獨自奮鬥了。

我的心忐忑不安，懷有罪惡感，也有點氣自己愚蠢莽撞。我現在應該怎麼追上他們？跑步嗎？

就在這時，我聽到一陣巨翅拍擊聲。黑傑克降落到我身旁。牠開始若無其事低頭撥弄藏在冰雪下的幾叢草。

「主人，如果我沒猜錯，我想你需要一匹逃家馬。有興趣嗎？」

滿心的感激瞬間泉湧而上，卻又卡在喉嚨說不出口。最後，我勉強說：「有興趣啊，我們起飛吧。」

9 骷髏武士

光天化日之下在空中騎著飛馬，一不小心就可能釀成長島公路大車禍。我必須隨時小心翼翼，讓黑傑克的高度保持在雲裡面，幸好冬天的雲層比較低。我們的速度很快，不能讓混血營的白色巴士超出我們視線。如果此時地面的氣候叫做寒冷，那我們在空中可以說是冷爆了，還有冰雨像刺一般穿透我的皮膚。

眞希望我有帶著幾件混血營商店裡賣的橘色保暖內衣。話說回來，想到妃比穿上那件沾有半人馬血T恤的下場，眞不知道店裡的東西還能不能再相信。

我們跟丟了兩次，但我十分確信他們會先去曼哈頓，所以要重新跟上並不難。

因爲剛好碰上假期，交通狀況實在很糟。等他們進入市區時，早上已經過了一半。我讓黑傑克在克萊斯勒大樓樓頂降落，一面觀察白色巴士。我以爲小巴士應該會進入公車站，但它卻繼續行駛。

「阿古士要載他們去哪裡？」我自言自語。

「哦，主人，不是阿古士開車。」黑傑克告訴我：「是那個女孩在開。」

「哪個女孩？」

「獵女隊的女孩，頭上有銀色髮飾那個。」

「柔伊？」

「對，就是她。啊，那裡有一間甜甜圈專賣店！我們可以買一些帶著走嗎？」

我試著跟黑傑克解釋，帶一匹飛馬去買甜甜圈可能會讓當地所有警察心臟病發，可惜牠就是無法理解。在此同時，白色巴士往林肯隧道蛇行而去。我從來沒有想過柔伊會開車，或許應該說，她看起來根本不像十六歲，當然囉，她是長生不老的。我又忍不住去猜測她是否持有紐約州的駕照或相關證件；如果她有的話，那上面的出生日期會怎麼寫？

「嗯，我們還是跟過去吧。」

我們正準備從克萊斯勒大樓頂端起飛，黑傑克突然一聲警示的長鳴，差點把我摔出去！我的腳像是被蛇那樣的東西纏住了。我拿起劍往下看，發現腳下纏繞的不是蛇，是藤蔓，從大樓石塊縫隙間冒出的葡萄藤。葡萄藤緊繞著我的腳踝，連黑傑克的腿也被纏住了，我們停在原地無法動彈。

「想去哪兒呀？」戴先生問。

戴先生身體靠著大樓，雙腳騰空，黑色的頭髮和紫色豹紋運動外套不停被人風吹打著。

「天神來了！」黑傑克喊著：「是那個酒鬼！」

戴先生憤怒地說：「再讓我聽到有人，或者是有馬叫我酒鬼，我會把他整個塞進一瓶葡萄酒裡去！」

「戴先生，」即使葡萄藤繼續爬上我的腳，我仍然努力保持冷靜的語調對他說：「您想要做什麼？」

「哦，我想要做什麼？難道，你以爲那個不朽的、全能的混血營營長，不會發現你未經允許就擅自離營？」

「嗯……也許不會。」

「我應該把你丟下這棟大樓，讓你和你的飛馬分開，然後聽看看你掉下去的聲音，到底有多像個英雄！」

我握緊了拳頭。我知道我應該閉緊嘴巴，可是戴先生如果不是要殺掉我，就是要把我拖回混血營，兩條路我都不想走。「爲什麼你這麼討厭我？我到底對你做過什麼？」

紫色怒火在他眼裡閃爍。「小子，因爲你是個混血人。就是這樣，沒有別的理由。」

「我一定要參加這趟任務！我要幫助我的朋友，有些事你不會理解的！」

「嗯，主人，」黑傑克緊張地叫我，「如果你看看我們正被藤蔓困在三百公尺的高空，也許你的語氣會好一些。」

葡萄藤纏得更緊，下方的白色小巴士也離我們愈來愈遠，馬上就要超出我們的視線。

「我有告訴過你亞莉阿德妮[43]的事嗎？」戴先生問我。「克里特國那位年輕美麗的公主，聽過嗎？她也很喜歡幫助朋友。事實上，她就幫過一位名叫鐵修斯[44]的年輕英雄，這位英雄偏偏也是波塞頓的兒子。亞莉阿德妮交給鐵修斯一球魔法毛線球，讓他進入迷宮後可以找到出路。結果，你知道鐵修斯怎麼回報她？」

我本來想回答說，我懶得管！但我不認爲這種回答會讓戴先生長話短說。

「他們結婚了，」我說：「從此過著幸福快樂的日子。故事結束！」

戴先生輕蔑地笑著說：「差得遠哩！鐵修斯說要娶她，他把亞莉阿德妮帶上他的船，渡海回雅典去。結果才航行到一半，就在一個叫納索斯的小島，他……你們這些凡人是怎麼說的……喔，他遺棄了她！後來，是我發現亞莉阿德妮在島上絕望地哭泣。她孤單一人，心都碎了。她放棄所有、拋下一切去幫助一個勇敢的年輕英雄，但他卻對她棄如敝屣！」

「這樣做當然不對，」我說：「但那是幾千年前的事了，跟我有什麼關係？」

戴先生冷冷地看著我。「小子，我愛上亞莉阿德妮，我癒合了她破碎的心靈。當她死時，我讓她獲得永生，成爲我的妻子，住進奧林帕斯山。即使到現在，她都還在等我回去，等我結束這一百年的惡魔懲罰。當完什麼無聊荒謬的營長之後，我就要回到她身邊。」

我驚訝地瞪著他說：「你……你結婚啦？我一直以爲你是因爲追求一個森林精靈才惹上麻煩的……」

㊸亞莉阿德妮（Ariadne），克里特（Crete）國王米諾斯（Minos）的女兒。因為愛上英雄鐵修斯（Theseus），而幫助他進入迷宮打敗牛頭人身的怪物彌諾陶。在被鐵修斯拋棄後，她嫁給酒神戴歐尼修斯為妻。

㊹鐵修斯（Theseus），希臘神話中雅典國的英雄。有勇有謀，為人正義，很受雅典人愛戴。參《神火之賊》一〇五頁，註㉒。

「我要講的重點是，你們這些混血英雄從來沒變過！你們指控天神冷血自負，你們應該看看你們自己。你們想帶走什麼就帶走，利用對你們有利的人，然後又背叛身邊所有的人。所以你要原諒我對混血英雄一點好感也沒有。英雄就是自私，就是忘恩負義！你去問問亞莉阿德妮或是梅蒂亞㊺。這樣的事情還可以去問問柔伊・奈施德！」

「問柔伊・奈施德？什麼意思？」

他不屑地對我揮揮手。「去呀，去追你那些古怪朋友吧。」

我腳邊的葡萄藤突然鬆開了。

我不可置信地看著他。「你……你要讓我走？就這樣？」

「預言說，至少有兩個人會死。要是我的運氣夠好，你就會是其中之一。但是，波塞頓之子，記住我的話：不論是生是死，你比其他任何混血人更有資格去證明。」

這句話說完，戴歐尼修斯彈了一下手指，整個人的影像如同一張紙般捲了起來。然後又「啪」的一聲，薄紙消失，只留下一股淡淡的葡萄香氣。香氣很快被風吹散，了無痕跡。

「好險喔。」黑傑克說。

我點點頭，卻忽然覺得要是被戴先生拖回混血營，可能還比較不用擔心。擺在眼前的事實是，他讓我去，因爲他相信我們任務失敗的機率很高。

「黑傑克，我們走吧。」我說，並盡量讓聲音聽起來很有精神。「我到紐澤西就買甜甜圈給你吃。」

結果，我沒有在紐澤西幫黑傑克買甜甜圈。因爲柔伊瘋狂地向南開，等她終於停下來休息時，已經進入馬里蘭州了[46]。黑傑克差點從空中直接摔下去，牠已經累到了極點。

「我還好，主人，」牠喘著氣說：「只是……只是需要喘口氣。」

「你留在這兒。」我告訴牠：「我去附近看看。」

「留在這兒……我做得到，我做得到。」

我戴上隱形帽，往便利商店走去。不用偷偷摸摸走路，對我來說竟然有點難，因爲我必須不斷提醒自己沒有人會看到我。還有一件事也很難，那就是我得記住避開其他人會走的路，以免被人撞倒。

我想進去店裡取暖一下，看能否拿杯熱巧克力之類的熱飲。我的口袋裡還有些零錢，或許可以把錢放在櫃檯上。不知道我拿起杯子時，杯子是否會跟著隱形？還是會出現在空中移動的熱巧克力？不過我的整個計畫在瞬間就毀滅了，因爲泰麗雅、格羅佛、柔伊和碧安卡突然全都出現在店裡。

---

[45] 梅蒂亞（Medea），希臘神話中魔法高強的女巫，曾幫助過英雄傑生（Jason），最後被傑生拋棄。參《妖魔之海》六十九頁，註[16]。

[46] 從紐約曼哈頓上州際公路往南開，會經過紐澤西州、賓州、德拉瓦州，然後是馬里蘭州，接著才進入華盛頓特區。

「你確定嗎，格羅佛？」泰麗雅問。

「嗯……非常確定，百分之九十九的確定。好吧好吧，百分之八十五。」

「你憑橡實就能辦得到？」碧安卡用不可置信的語氣問他。

格羅佛自我捍衛地說：「這是一種古老的追蹤法術，我很確定我的做法沒問題。」

「華盛頓特區距離這裡九十公里，」碧安卡說：「尼克和我……」她皺起眉頭，「我們在那裡住過，可是……可是很奇怪，我幾乎都忘了。」

「我不喜歡這個建議。」柔伊說：「我們應該直接往西。預言說得很清楚，要往西行！」

「哦，看來你的追蹤技術比較高明啊？」泰麗雅接口。

柔伊跨步到她面前。「你這個婢女，你膽敢挑戰我的技術？你根本不懂獵女隊的內涵！」

「哦，婢女？你叫我婢女？婢女是什麼古早的東西呀？」

「喂，兩位小姐，」格羅佛緊張地說：「拜託，別再這樣了！」

「格羅佛說的對，」碧安卡說：「華盛頓特區是現在最有可能的選擇。」

柔伊對這個決定還是存疑，但仍不情願地點點頭。「好吧，我們就繼續往南開。」

「你再開下去，會害我們全被警察抓的。」泰麗雅抱怨。「我看起來還比較接近十六歲的法定駕駛年齡！」

「或許是，」柔伊不客氣地回嘴說：「但我從汽車發明之後就開始開車了。上路！」

我和黑傑克繼續跟著白色小巴士往南飛。我忍不住猜想柔伊剛剛是不是在開玩笑。我記不得確切的汽車發明年代，但那彷彿是史前時代的事，就是人類看黑白電視或是獵捕恐龍的遠古年代。

柔伊到底是幾歲？而戴先生說可以問她的又是什麼事？難道她和混血英雄之間曾有什麼過節嗎？

我們距離華盛頓特區愈來愈近，黑傑克的速度卻開始減慢，連高度也掉了下來。牠愈喘愈厲害。

「你還好嗎？」我問牠。

「主人，還好。我……我可以載得動一支軍隊。」

「但我覺得你聽起來不太好。」突然間我感到很抱歉。我已經催趕了黑傑克大半天，都沒有讓牠休息，只是叫牠努力追上高速公路的車流。而這段路程對一匹會飛的馬來說，還是太辛苦了。

「不要擔心我，主人。我是條硬漢！」

我知道牠說的對，也知道黑傑克在倒下前絕不會有半點埋怨。但我眞的不希望牠倒下。

幸好白色小巴士開始減速。它穿過波多馬克河，往華盛頓特區的中心前進。我開始擔心空中警察或防禦飛彈之類的東西會出現在我旁邊。雖然不知道那些系統是如何運作，也不確定飛馬是否會顯示在正常的軍事雷達上，但我更不想在空中被射穿來換取答案。

「把我放在那裡，」我跟黑傑克說：「這樣夠近了。」

黑傑克累到完全沒有抱怨。牠將我放在華盛頓紀念碑旁的草地上。

小巴士就在幾個路口外，柔伊把車停在路邊。

我看著黑傑克說：「我要你回去混血營好好休息，好好吃一頓。我沒問題的。」

黑傑克懷疑地抬起頭。「主人，你確定嗎？」

「你已經幫我夠多了，」我說：「我真的不會有問題。謝謝你，一百萬個謝謝！」

「也許給我一百萬捆乾草吧。」黑傑克沉思著說：「聽起來不賴喔。好吧，但你一定要小心，主人。我感覺他們一行人來到這裡，一定不會遇到任何像我這樣英俊又和善的傢伙。」

我再三保證我會小心，黑傑克終於起飛。牠繞著紀念碑飛兩圈後，迅速消失在雲端。

我往小巴士的方向看去，他們正在下車。格羅佛用手指著國家廣場旁整排建築其中的一棟，而泰麗雅點點頭。他們四個的身影在冷風中開始行走。

我拔腿要跟上，卻呆住了。

隔著一個街口，有一輛黑色轎車的車門正好打開。一個理著軍人平頭的灰髮男子步出車外，他戴著深色的太陽眼鏡，身穿黑色長大衣。你或許會想說可能華盛頓特區到處有人做這樣的打扮，然而真正令我吃驚的是，其實在我們南下的這一路上，我一直見到這輛車，原來它在跟蹤白色小巴士！

那個人拿出行動電話講了一會兒，然後左右看看，確定沒有人注意他，才開始往國家廣場，也就是我朋友們行進的方向走去。

更糟的是，就在他剛好轉頭面向我時，我認出了那張臉。他是索恩博士，衛斯多佛學校那隻人面蠍尾獅！

因爲戴了隱形帽，我隔著一段距離跟在索恩博士後方。我的心臟怦怦狂跳。如果索恩博士從懸崖縱身一躍都可以存活，那麼安娜貝斯一定也可以。我的夢境是眞的，安娜貝斯還活著，只是被監禁在某處。

索恩和我的朋友們保持著適當距離，小心翼翼地不被他們看到。

最後，格羅佛停在一棟巨大的建築物前，建築的牆上寫著「國立航空太空博物館」。啊，這裡是史密森尼博物院[47]！我記得幾百年前我媽曾經帶我來過，不過那時每樣建築物看起來都比現在大得多。

泰麗雅先在門口觀望一下。博物館有開放，不過進去的人不多，畢竟天氣太冷，學校又放假。接著他們一行人便快步入內。

索恩博士不知道爲什麼一副猶豫不決的模樣，他並沒有跟著進入博物館。他掉頭離開，

[47] 史密森尼博物院（Smithsonian Institution），是全美最大的博物館體系。底下包含了十八座博物館、美術館及國家動物園等機構。其中有十座坐落於華盛頓國家廣場兩側，如國家航空太空博物館、國立自然史博物館等等。

越過國家廣場。我用不到一秒的時間，決定要跟蹤他。

索恩到了對面的自然史博物館。他登上博物館前的階梯。門口豎立著一塊大大的招牌，一開始我以爲上面寫著：「本日包湯，恕不開放」，後來再仔細看清楚，才確認它寫的是「本日包場」。

我尾隨索恩博士進入館內，穿過滿是猛瑪象和恐龍骨頭的長廊。前方出現了聲音，是從一組關著的門後傳來。有兩個守衛站在門口，他們替索恩開了門，我則趕忙在他們關上門前迅速閃入。

這裡面的情景，誇張到我差點放聲倒抽一口氣。好險我硬是忍下了這會害我送命的舉動。

這是一間極爲寬廣又挑高的圓形房間，二樓環繞著一圈迴廊，起碼有十幾個人類守衛在那兒站崗。除了人類之外，還有兩隻爬蟲類怪物，牠們上半身是女人，下半身應該是腿的位置卻長著兩條蛇尾。我之前見過牠們，安娜貝斯叫牠們「塞西亞[48]龍女」。

然而，這還不是最糟的部分。站在那兩個龍女之間的，是我的宿敵路克，而且我發誓他正直視著我！他看起來慘斃了，膚色蒼白，金髮已經變成灰色，整個人彷彿在幾個月間老了十歲。他那憤恨的眼神依舊，臉上被龍抓傷的疤痕也還在，只是那疤痕呈現出醜陋的紅色，像是最近又被重新劃開過。

他旁邊有另一個男人，因爲是坐著，身形都被路克的影子給掩蓋住。他坐在如同王座般的椅子上，而我只能看到他放在金扶手上的手指關節。

「怎麼樣？」座椅上的男人問。這聲音與我夢境中出現的一模一樣，不像克羅諾斯那麼令人毛骨悚然，卻更低沉、更有力，好像土地的聲音。即便他沒有大聲斥喝，聲音卻迴盪充滿了整個空間。

索恩博士摘下太陽眼鏡。他那分別爲棕色和藍色的眼睛閃爍出興奮的光芒。他鞠了一個九十度的躬，然後用那帶著法國口音的怪腔怪調說：「報告將軍，他們到了！」

「我早就知道了，笨蛋。」那男子低聲說著：「重點是他們人在哪裡？」

「在那個火箭博物館。」

「是『航空太空博物館』。」路克語氣尖銳地指正。

索恩博士瞪他一眼。「隨『您』怎麼說。」

我感覺得出來，索恩在說「您」的當下，根本就想瞄準路克發射飛鏢。

「幾個人？」路克接著問。

索恩假裝沒聽到他的問題。

「有幾個人？」這次換成將軍問。

「報告將軍，有四個。」索恩回答：「有那個叫格羅佛．安德伍德的羊男，還有那個滿頭刺刺黑髮，穿著……嗯，要怎麼說……龐克衣的女孩，她有一面可怕的盾牌。」

48 古希臘所稱的「塞西亞」（Scythian），指的是現今烏克蘭的無樹大草原，分布於第聶伯河流域。

「是泰麗雅。」路克說。

「另外兩個是獵女隊的人，其中一個戴銀色頭飾。」

「我知道她！」將軍突然怒吼。

所有的人都不自在地騷動起來。

「讓我去解決他們，」路克對將軍說：「我們的兵力遠超過……」

「有點耐心。」將軍說：「他們就要有得忙了，我會先送一個小玩伴陪他們消遣一下。」

「可是……」

「孩子，我們不能讓你去冒險啊。」

「是啊，『孩子』……」索恩冷笑著說：「你太脆弱了，我們不能讓你去冒險。還是讓我來了結他們吧。」

「不。」將軍說話的同時站了起來，我終於第一次看見他。

這個人又高又壯，有著亮棕色的皮膚，深色頭髮則往後梳得光滑油亮。他身穿昂貴的咖啡色絲質西裝，就像華爾街人士的穿著，但你絕對不會把他誤認成股票交易員。他有張冷酷的臉、寬闊的肩膀，粗大的手掌像是能瞬間捻斷一支旗竿。他的雙眼像石頭般，害我本來還很驚訝自己看到的是一尊會動的石雕像。

「索恩，你已經失敗過一次了！」他說。

「但是，將軍……」

「不要找藉口！」

索恩縮了一下。我記得第一次在衛斯多佛學校見到穿軍裝的他，還超級令人害怕；但現在站在將軍面前的他，卻只是個唯唯諾諾、力求表現的小兵。這個將軍才是眞正的狠角色，他完全不需要軍裝，天生就是發號施令者。

「光說你沒完成的那件任務，我就應該把你丟到地獄深淵塔耳塔洛斯裡！」將軍說：「我派你去抓三大神的小孩，你卻把雅典娜瘦巴巴的女兒帶回來。」

「但是你答應要讓我報仇的！」索恩抗議著：「你答應要讓我自己指揮！」

「我是克羅諾斯的高級指揮官，」將軍說：「我會選一些能達到我要求的人來當中尉！要不是有路克，我們的計畫根本救不回來。現在就滾出我的視線，索恩！等我找到什麼需要下人做的事，你再回來！」

索恩盛怒的臉轉成紫色。我以爲他即將口吐白沫或發射飛鏢，結果他只是極爲難堪的鞠躬退場，離開了房間。

「現在，我的孩子，」將軍轉身面對路克說：「現在的當務之急，就是要孤立那個混血人泰麗雅，我們要找的怪物會去找她。」

「可是獵女隊很難甩得開，」路克說：「那個柔伊．奈施德……」

「不准提她的名字！」

路克嚥了下口水說：「對……對不起，將軍，我只是……」

將軍揮手叫他閉嘴。「孩子，我會讓你看看如何打倒那些獵女。」

他指著一個一樓的守衛問：「你有沒有帶那些牙齒？」

守衛步伐不穩地捧著一個陶罐走向前。「有的，將軍。」

「種下它們！」將軍說。

在這房間的中心有著一塊圓形土壤區，我猜那裡本來是要做恐龍展示區。我緊張地看著那個守衛從陶罐裡掏出白色尖牙，將它們塞進土中。他把土抹平，將軍在旁邊冷笑著觀看。

守衛從土壤區後退，他擦擦雙手後報告：「種植完畢，將軍！」

「做得好！現在澆水，我要讓牠們自己嗅聞獵物。」

那個守衛拿起一個小小的錫製澆花器，上面還印有小雛菊的圖案。這個景象眞是有夠怪異，因爲從那小巧澆花器裡流出來的並不是水，而是深紅色的液體，我敢保證，那絕對不是草莓果汁。

被澆淋的土壤開始冒泡泡。

「路克，」將軍說：「你馬上會看到一群士兵，讓你那小船的軍隊顯得一點也不重要。」

路克握緊了拳頭。「我花了一整年的時間訓練我的軍隊！當安朶美達公主號到達山邊時，他們會是最強的……」

「哈！」將軍說：「我並非要否認你的軍隊，我相信他們會是克羅諾斯大王的忠實守衛，而你呢，當然也會扮演一個重要的角色……」

路克聽到這裡時，臉色變得更加蒼白。

「……不過，在我的領導之下，克羅諾斯大王的力量會以百倍激增，我們將會無人能擋！看吧，我的無限殺戮機器！」

土壤開始上竄，我緊張地退後幾步。

在每個種下牙齒的地方，開始有生物冒出來。第一隻出土的動物發出了聲音：「喵！」是一隻小貓，有著橙色毛皮與條紋的虎斑貓。緊接著一隻跟著一隻出現，總共冒出了十二隻小貓，在中心土壤區裡打滾玩耍。

所有人不可置信地看著貓咪，將軍怒吼著：「這是什麼東西？可愛寵物貓？你是在哪兒弄來這些牙齒的？」

那個負責拿牙齒的守衛嚇得渾身發抖。「報告長官，我在展覽廳拿的！就遵照您的指示拔下尖牙，從暴虎……」

「你這個蠢蛋，我是說暴龍！把那些……那些可憎的小毛球通通抓起來丟到外面去，還有，再也不要讓我看到你的臉！」

那個嚇壞的守衛丟下澆花器，衝去抓起所有的小貓，驚惶地跑出房間。

「你！」將軍指著另一個守衛說：「去拿正確的牙齒過來，現在就去！」

這個守衛立刻跑去執行任務。

「一群蠢蛋。」將軍喃喃說著。

「這就是我不用普通人類的原因，」路克說：「他們完全無法信賴。」

「哼，他們意志脆弱，容易收買，又喜歡暴力。」將軍回說：「我就是愛用他們！」

一分鐘後，那個守衛就衝回圓形大房間，滿手都是尖銳巨大的牙齒。

「很好。」將軍說。他爬上二樓迴廊的欄杆，然後往下一跳，那落差有六、七公尺高！在他落地的地方，也就是他那雙高級皮鞋底下，大理石地面竟然裂開了。他站在原地，臉部肌肉有些抽搐，一隻手摩擦著肩頭。

「可惡的脖子，又僵硬了！」

「您需要再一片熱敷墊嗎，將軍？」一個守衛問：「還是要再來幾顆止痛藥？」

「不用，待會兒就好了。」他脫下西裝外套，一把抓去所有牙齒。「這次我自己來。」

他拿起一顆牙，笑著說：「恐龍牙齒……哈哈！這些愚笨的人類，竟然不知道他們擁有龍牙，而且還不是普通的龍牙，是古代錫巴里斯龍女㊾的牙齒呢！這些牙想必威力十足。」

十二顆龍牙被將軍一一種入土裡。他拾起地上的澆花器，將暗紅液體淋進土中，然後甩開澆花器，張開雙臂喊著：「快長大吧！」

土壤開始劇烈晃動，一隻骷髏手臂赫然射出地面，在空中緊握著拳頭。

將軍往上看著迴廊。「快點，你們有獵物的氣味嗎？」

「有……有的，主人。」其中一個龍女回答。她拿出一片銀布，看起來很像是獵女身上穿的衣服布料。

「太好了，」將軍說：「一旦我的武士們掌握了這個氣味，就會毫不留情追逐它的主人。沒有任何事能阻擋我的武士，不管是混血人的兵器，還是獵女隊的弓箭，那些傢伙通通沒有用。我的武士會把獵女隊和她的同盟撕成碎片！把布丟下來，就是現在！」

在他說話的同時，骷髏一個個從土中冒出，總共有十二個，也就是將軍種下的牙齒數。他們不像萬聖節扮裝的骷髏，也不像恐怖電影中的骷髏，他們就在我的眼前長出了皮肉，蛻變出人形。他們很像人，但卻有著暗沉的灰色皮膚和臘黃的無神雙眼。他們打扮得和現代人一樣，緊身上衣、迷彩褲、短筒靴，幾乎讓你誤以為他是眞人，但他們的血肉是透明的，裡面的骨頭閃出螢光，就像X光影像一樣。

其中一個骷髏武士一直盯著我看，表情冷酷。現在我才知道，沒有任何隱形帽能夠騙得過這群骷髏。

那個龍女拋下銀布。輕盈的布飄向將軍的手。一旦將軍把銀布交給了骷髏武士，他們將會追殺柔伊一行人直到他們死光為止。

我沒有時間思考。我衝開骷髏武士全力奔出去，高跳至空中，攔截那片銀布。

「什麼東西？」將軍怒吼著。

我落地時踩到一個骷髏武士的腳，他哼叫了一聲。

㊾ 錫巴里斯龍女（Sybaris），希臘神話中盤據在德爾菲附近的怪物，恫嚇著過往的牧羊人與旅人。

「有人入侵！」將軍咆哮著：「一個隱形人！快去關緊門窗！」

「是波西．傑克森，」路克大喊：「一定是他！」

我奔向出口，卻聽到一陣撕裂聲，隨即發現是骷髏武士撕下了我袖子的一角。我回頭一看，看到他將破布放到鼻尖嗅聞著，再把布遞給他的同夥，一個傳過一個。我很想尖叫，但是不行。就在守衛砰然關上門的前一秒，我鑽出房間，還差點被門夾到。

我開始拼命狂奔！

10 奈米亞獅子

我頭也不敢回地穿越國家廣場，衝進航空太空博物館去。通過入口門廳之後，我將隱形帽脫下來。

這間博物館的主要部分是中央大廳，挑高的天花板懸吊了各式各樣的火箭和飛行器，大廳旁環繞著三層樓的開放式走廊，所以遊客可以從不同高度看到場內的展示品。中央大廳裡並不擁擠，只有幾個家庭和幾隊學童，也許是來做寒假旅行的。我很想叫他們趕快離開，但又怕這樣做會讓我被警察逮捕。我必須先找到泰麗雅、格羅佛和獵女們，因爲骷髏武士隨時都可能攻過來，他們當然不會閒到去借語音導覽逛逛博物館。

我衝向泰麗雅。但事實上是，我急速跑在通往最高層走廊的坡道時，直接撞上她，把她撞進了阿波羅號太空艙。

格羅佛驚叫出聲。

我還沒恢復平衡，柔伊和碧安卡已經箭在弦上，瞄準我胸口。我完全沒看到她們的弓是打哪兒冒出來的。

當柔伊看清楚衝撞泰麗雅的人是我後，一點也沒有要放下弓箭的意思。「你！你竟敢在這裡出現？」

「波西！」格羅佛叫著：「感謝天神！」

柔伊瞪他一眼，格羅佛臉紅了。「嗯……我是說，你不應該在這裡吧？」

「路克，」我上氣不接下氣地說：「他在這邊！」

泰麗雅眼中的憤怒頓時消失，她把手放到銀手鍊上，問說：「在哪裡？」

我告訴他們自然史博物館裡的事，包括索恩博士、路克，還有將軍。

「將軍在這裡？」柔伊看起來十分震驚，立刻說：「不可能，你騙人！」

「我為什麼要騙你們？瞧，已經沒有時間了，骷髏武士……」

「什麼？」泰麗雅問：「總共有幾個？」

「有十二個，」我回答她：「但還不是全部。那個傢伙，就是那個將軍說，他要送一個東西，某種玩伴，來這邊對付你們，我想是一隻怪物。」

泰麗雅和格羅佛交換了眼神。

「我們在追蹤阿蒂蜜絲的足跡，」格羅佛說：「我很有把握才追到這裡，這裡有一些強烈的怪物氣味……她一定曾經停在這邊找尋那隻神秘怪物。不過，我們到現在還沒有什麼特別的發現。」

「柔伊，」碧安卡也緊張地開口：「如果真的是將軍……」

「不可能！」柔伊打斷她的話：「波西一定是看到伊麗絲訊息或者什麼幻相！」

「幻相不會踩裂大理石地板。」我對柔伊說。

柔伊深吸一口氣，試圖緩和自己的情緒。我不知道她爲什麼把這件事看得那麼重，也不知道她爲什麼認識將軍這號人物，但我知道現在絕對不是提問的時候。

「如果波西說的那些骷髏武士都是眞的，」她說：「我們的確沒有時間爭論了。他們是最可怕、最糟糕的……我們必須馬上離開。」

「好主意。」我說。

「這位男生，『汝』並未包含在我說的『我們』裡。」柔伊說：「你不是這次任務的成員。」

「你不應該跟著來的，波西。」泰麗雅嚴肅地說：「但是既然來了，就一起走吧。我們回車上去。」

「此非汝可決定！」柔伊氣沖沖地說。

泰麗雅也動怒了。「柔伊，你不是我們的老闆，我才不管你幾歲了！你根本就是一個狂妄自大的小女孩！」

「每當有男生出現時，你就變得一點智慧也沒有，」柔伊咆哮著說：「你從來都不敢丟下他們不管！」

泰麗雅看起來就要出手打柔伊了，但所有人卻突然呆住。我聽見一聲巨大的嚎叫，聲音大到我以爲是火箭要發射了。

我們下方有些大人開始尖叫。一個小孩興奮地大叫：「大貓咪！」

一隻巨大的東西在坡道出現。牠的體型有一輛貨車那麼大，有著銀色的爪子和發亮的金毛。我曾經見過這怪物。一年多前，我從火車上瞥過一眼牠的蹤影，但現在距離這麼近，牠看起來更巨大了。

「是奈米亞獅子[50]，」泰麗雅說：「別動！」

獅子發出狂吼，聲音大到快把我耳膜震破，露出來的尖銳虎牙像不鏽鋼般閃著光芒。

「各自散開！」柔伊喊著：「想辦法分散牠的注意力！」

「到什麼時候？」格羅佛問。

「到我想出一個殺牠的辦法。快走！」

我打開波濤的筆蓋，翻滾到左側。飛箭呼嘯過我身邊，笛音也節奏激烈地響起，是格羅佛在吹奏他的蘆笛。我轉頭見到柔伊和碧安卡正爬上阿波羅號太空艙，她們接連不斷射出飛箭，然而有著盔甲般金毛的獅子依然毫髮無傷。面對獵女一支接一支無關痛養的銀箭攻勢，獅子索性大力一撥太空艙，於是整個太空艙倒向一側，柔伊和碧安卡都被甩到後方。格羅佛吹奏的曲調愈來愈瘋狂可怕，這下獅子轉身朝向他，但泰麗雅跳出來擋住牠的去路。泰麗雅高舉神盾埃癸斯，獅子倒退幾步，又一聲狂吼。

「喝——呀！」泰麗雅奮力喊著：「退後！」

獅子用喉音低沉咆哮，一邊對空揮舞著爪子，一邊繼續後退，彷彿害怕神盾會朝牠射出火花。

在那一秒鐘，我以爲泰麗雅已經控制了情勢，然而我發現這隻低身的獅子腿部肌肉卻繃緊著。住紐約窄巷公寓時，見過太多貓咪打架，我知道那是獅子要發動襲擊的準備動作！

「嘿！」我叫牠。眞不知道這一刻我究竟在想什麼，反正我就是向這隻大怪物下了戰帖，我只是想讓牠離我朋友遠一點。我揮出波濤劍，精準地擊中牠的側腹，照理說以我快狠準的一劍，應該足以讓牠變成了肉醬，但此時回應我的只有鏗鏘的金屬敲擊聲和點點火花。

獅子朝我伸出利爪，撕破一片我的外套。我後退到只能靠著欄杆，可是這隻千斤重的怪物還是衝了過來。我別無選擇，只能轉身一跳。

我落到一架舊式銀色飛機的機翼上。飛機傾斜一下，差點把我摔到地上。這架飛機可是懸掛在三層樓的高度呢！

一支飛箭掠過我頭頂，獅子也跳上飛機。懸吊飛機的繩索開始發出嘰嘎聲。

獅子又向我揮出爪子，於是我往下跳到另一個展示品上。這是個形狀怪異的太空船，有著直昇機般的葉片。我抬頭往上看，獅子正好張嘴大吼，血盆大口裡的粉紅舌頭與喉嚨清晰可見。

嗯……那是牠的嘴，我想。獅子那盔甲似的金毛無懈可擊，但如果我攻擊牠的嘴呢？唯

㊿ 奈米亞獅子（Nemean Lion），希臘神話中巨大無比的兇猛獅子怪物，毛皮刀槍不入，爪子如刀刃般尖利。英雄海克力士（Hercules）所執行十二項危險任務中的第一項，就是要獵殺奈米亞獅子。

一的問題是，這個龐然大物移動的速度太快，要在牠張牙舞爪時靠近那張嘴，大概會先被牠碎屍萬段。

「柔伊，」我大叫：「瞄準嘴巴！」

獅子撲出來。一支飛箭從旁掃過，什麼都沒射中，而我則掉下太空船，落到某個地面展示物上。那是一顆巨大的地球模型，我一屁股摔在俄羅斯國境，接著滑到赤道。

這隻奈米亞巨獅在太空船上一邊狂吼，一邊穩住自己龐大的身軀。可是牠實在太重了，其中一條懸著太空船的繩索啪啦斷開，整個展示品便像鐘擺一樣晃盪起來。於是，獅子也跟著往下跳，來到地球模型的北極地區。

「格羅佛，」我又喊：「清空那個區域！」

中央大廳到處是尖叫奔逃的孩子，格羅佛努力把他們趕到遠離怪物的方向。這時，另一條懸掛太空船的繩索也斷了，太空船轟然一聲整艘墜落地面。泰麗雅從二樓欄杆跳下，落在我的對面，也就是地球另一邊。獅子看著我們，好像在思考到底要先對付誰。

柔伊和碧安卡都在樓上，她們已經拉好了弓，隨時準備發射，但卻仍在不斷位移，以求得最佳射擊角度。

「目標不明確！」柔伊喊說：「想辦法讓牠嘴巴再開大一點！」

獅子在北極狂吼。

我左右看看。想個辦法……我現在需要……

紀念品商店。我依稀記得小時候來這裡時，我要求媽媽買一樣東西給我，結果買了卻很後悔。如果現在還有在賣的話……

「泰麗雅，」我說：「拜託再讓牠忙一下。」

她嚴肅地點點頭。

「看呀！」泰麗雅伸出長槍，一道細長的藍色電流呈弧形射出，擊中獅子尾巴。

獅子怒吼中轉身飛撲，泰麗雅翻滾逃過牠的攻擊。她舉起埃癸斯，讓怪物不敢靠近，我則拔腿衝向紀念品商店。

「小子，現在不是買紀念品的時候！」柔伊斥責我。

我一溜煙跑進紀念品商店，衝過成排的衣服，跳過滿是夜光星球與太空岩石的展示桌。櫃台小姐完全沒有出聲制止，她躲在收銀機後面發抖都來不及了。

找到了！在對面那道牆上，閃亮的銀色包裝，一整面架子都是！我竭盡所能抓下眼前的每個種類，抱了滿手之後火速衝出店面。

柔伊和碧安卡仍舊不停對著獅子射箭，但沒有什麼效果，牠好像知道不能把嘴巴張得太大，而且還對著泰麗雅露出利齒，尖爪不斷狂野舞動。牠甚至連眼睛都縮小成兩道細縫。

泰麗雅猛戳怪物，然後倒退了幾步。獅子立刻跳去壓住她。

「波西，」泰麗雅對我喊說：「不管你接下來要做什麼……」

獅子狂吼一聲，便把泰麗雅當寵物玩具般丟了出去。泰麗雅飛向空中，撞到泰坦火箭側面。她的頭最先迎向硬梆梆的金屬外殼，再整個人滑落到地上。

「喂！」我對獅子大喊。我離牠太遠無法直接攻擊，所以我做了一項十分冒險的舉動——我把波濤劍當成飛刀一樣丟出去！它射到獅子的側面被彈開，但已經足以吸引這隻怪物的注意。牠轉頭面向我，發出怒吼。

要靠得夠近只有一種方式，正面迎擊。就在獅子縱身向前要攔截我時，我對準牠的咽喉丟進一包太空食物，是一塊玻璃紙包著的冷凍乾燥草莓果凍。

獅子的眼睛瞬間睜大。牠噎到了，就像貓咪被自己舔出的毛球卡住一樣。

這不能怪牠。我記得小時候第一次吃到太空食物，就是這種感覺。這東西只能用噁心至極來形容。

「柔伊，準備好！」我呼叫她。

我可以聽到身後的陣陣驚恐尖叫聲。格羅佛同時用蘆笛吹起另一首恐怖的曲子。

我匆匆忙忙爬離獅子前方。奈米亞獅子好不容易連著袋子嚥下那包太空食物，並且用憤怒的眼神直盯著我。

「點心時間！」我繼續對牠喊著。

牠犯了一個致命的錯誤，就是對著我怒吼！這次我送給那張大嘴的是夾心冰淇淋口味。眞該慶幸我平日球投得不錯，雖然棒球並不是我的最愛。在牠還沒來得及閉口吞下那包太空食物之前，我又丟出另外兩種冰淇淋口味，外加一包冷凍乾燥義大利麵餐包！

獅子雙眼突出，嘴巴開得很大。牠用後腳站了起來，試著離我遠一點。

「就是現在！」我大叫。

飛箭頓時射入獅子的咽喉，兩支、四支、六支！獅子抓狂似地癱了下來，牠試著轉身、後退，然後很快僵在那邊。

博物館的警鈴四處響著，人們全都衝到出口。館內保全人員像無頭蒼蠅般狂奔，完全無法了解現在發生了什麼事。

格羅佛跑到泰麗雅身邊，跪下來檢視情況後便扶她起來。看來她除了有點暈眩外，還算沒事。柔伊和碧安卡翻過樓上欄杆，跳下來落到我身邊。

柔伊戒慎地看著我。「這個招數……嗯，滿有趣的。」

「嘿，它成功了耶！」

柔伊沒有反駁。

這個癱在地上的龐然大物似乎開始融化，有時怪物死掉後會是這樣。整隻奈米亞獅子最後化到形體都不見了，只剩下牠閃閃發光的金色毛皮，就連這塊毛皮也縮小成正常獅毛毯子的尺寸。

「去拿吧！」柔伊對我說。

我瞪著她問：「拿什麼？獅子毛嗎？這樣不是……嗯，違反野生動物保育法嗎？」

「那是戰利品，」她告訴我：「理所當然歸汝所有。」

「是你殺死牠的。」

她搖搖頭，臉上幾乎要浮出笑容。「我覺得是汝之夾心冰淇淋殺死牠的。做人要公正，汝取走那片毛皮吧，波西．傑克森。」

我往前拾起獅毛，它的重量輕得讓人訝異。整塊毛皮光滑柔軟，完全不像可以阻擋刀劍的樣子。就在我檢視它的時候，毛皮卻開始變形，轉眼成爲一件金褐色的長大衣。

「不像我平常穿的款式。」我嘟噥著。

「我們得趕快離開，」格羅佛提醒說：「這裡的保全不會暈頭轉向太久的。」

我此刻才注意到這件怪事，所有館內的保全人員都沒有衝過來逮捕我們，他們往各個方向跑來跑去，彷彿在搜尋某樣東西，但就是沒有朝我們這邊來，還有些人甚至跑去撞牆，或是彼此互撞。

「是你弄的嗎？」我問格羅佛。

他點點頭，有些不好意思。「一首小小的混淆曲。我吹了一些巴瑞．曼尼洛[51]的作品，每次都很有效，不過效果只能維持一下下。」

「保全人員還不是最值得擔心的事，」柔伊說：「你們看！」

隔著博物館大面的玻璃，我看到一組人馬跨過前方草坪，穿著灰色迷彩衣的灰武士！這段距離讓我們還看不清他們的眼睛，但我感覺得到，他們的目標是我。

「你們快走，」我說：「他們要找的是我，我來引開他們。」

「不行！」說話的是柔伊。「我們一起走。」

我盯著她。「可是，你說過……」

「你現在是這趟任務的成員了，」柔伊有些勉強地說：「的確，這不是我樂見的事，但天命無法改變。你，正式成爲第五位成員，而我們不會丟下任何一個人不管！」

❺❶巴瑞・曼尼洛（Barry Manilow, 1943-）是美國當代著名的歌手兼作詞作曲家，從七〇年代開始有眾多膾炙人口的作品問世，至今仍活躍樂壇。

11 西方特快車

我們在穿越波多馬克河時看到一架軍事直昇機。它光亮黝黑的外型和我們在衛斯多佛學校看到的一模一樣，而它飛行的方向，很明顯是朝著我們來。

「他們認得這台小巴士，」我說：「我們必須放棄這輛車。」

柔伊將車轉入快車道，那架直昇機也在加速。

「或許軍方會把它射下來。」格羅佛滿懷希望地說。

「軍方搞不好會認爲那是他們的直昇機！」我接口。「話說回來，將軍到底是如何利用人類的？」

「都是些貪財的傭兵，」柔伊語氣刻薄地說：「雖然這樣講很難聽，但很多凡人只要有錢可拿，不問原因都可以殺人放火。」

「但這些凡人看不出他們是在爲誰工作嗎？」我問：「難道他們不會去注意身邊出現的種種怪物？」

柔伊搖搖頭。「我不知道透過迷霧之後他們看清了多少東西，但我也懷疑，就算他們看得到眞相，會有什麼差別。有時候，人類比怪物還要可怕。」

直昇機不斷在我們上空盤旋，相較於我們得在市區車陣中穿梭，它還眞是輕鬆自在。

泰麗雅閉上眼認眞禱告。「嘿，老爹！請馬上來道閃電好嗎？拜託！」

可是天空依舊陰霾，而且飄著雪，毫無我們冀盼的雷雨跡象。

「那邊！」碧安卡突然大叫：「那個停車場！」

「我們會被困住的。」柔伊回說。

「相信我！」碧安卡堅持。

於是柔伊硬是橫過兩線車道，開進波多馬克河南岸購物中心的停車場。我們全都下車，跟著碧安卡走下樓梯。

「地鐵入口，」碧安卡說：「我們往南，去亞歷山大[52]。」

「哪裡都行。」泰麗雅附和。

我們買了票，穿過旋轉匝門，回頭再確認一次有沒有追兵。幾分鐘後，我們安全坐上往南行駛的地鐵，離開華盛頓市區。我們搭的列車很快穿出地面，變成行駛在高架軌道，這下就可以清楚看見直昇機的行蹤。它仍然在停車場上空盤旋，並未跟著列車過來。

格羅佛鬆了一口氣，說：「碧安卡，做得太好了，竟然會想到搭地鐵！」

[52] 亞歷山大(Alexandria)是華盛頓特區南邊一個老鎮，與華盛頓市區隔著波多馬克河相望，同屬市區地鐵可達的大都會範圍。

碧安卡很高興。她說：「是呀，我看到去年夏天和尼克到過的車站。我記得當時我還驚訝得不得了，因爲我們以前住在華盛頓時，還沒有那個站呢。」

格羅佛皺起眉頭。「新的地鐵站？但是剛剛那個站看起來很舊耶！」

「是喔，」碧安卡說：「可是相信我，我小時候住這邊時，眞的還沒有地鐵啊。」

泰麗雅往前坐。「等等，你是說完全沒有地鐵嗎？」

碧安卡點點頭。

我雖然對華盛頓特區完全不熟，卻也不覺得這整個地下鐵系統會有那麼年輕。我想除了碧安卡之外，大家和我感覺相同，因爲每個人看起來都一臉困惑。

「碧安卡，」柔伊說：「你是在多久以前……」她話都還沒說完，直昇機擾人的聲音又再度逼近！

「我們一定要換車，」我說：「到下一站去！」

接下來的半個鐘頭，我們全心全意只想著如何安全逃離。我們換了兩次車，根本不知道究竟到了哪裡。總之，直昇機不見了。

然而不幸的是，當我們好不容易下車，卻發現自己置身在一個荒涼的終點站。附近除了工業區的倉庫和鐵路的軌道之外，杳無人煙。大雪紛飛，愈下愈多，讓這裡感覺分外寒冷。我應該慶幸自己還有一件獅毛大衣。

我們在鐵道區來回走了一趟，寄望會有別班車停在附近。但是眼前只有成排貨運車廂，而且多數積了厚厚的雪，彷彿好幾年都沒動過的樣子。

我們走著走著，碰到一個無家可歸的流浪漢，他站在用垃圾桶裡的垃圾生起的火堆旁。想必我們看起來十分狼狽，因爲他那缺了牙的嘴突然露出微笑說：「你們需要取暖嗎？可以過來這邊呀！」

我們全圍到火堆旁，泰麗雅的牙齒還在打顫。她說：「這……這……眞是溫……暖……」

「我的蹄已經結凍了。」格羅佛抱怨著。

「是你的『腳』！」我更正他，因爲不想嚇到那個遊民。

「或許我們應該跟混血營連絡，」碧安卡說：「奇戎……」

「不行，」柔伊立刻回說：「他們無法再幫什麼忙了，我們必須獨力完成任務。」

我非常沮喪地看著整片鐵道區。在遙遠西方的某處，安娜貝斯身陷險境，阿蒂蜜絲也被囚禁著，可是那隻會影響天神存亡的怪物卻仍逍遙自在。反倒是我們坐困在華盛頓特區的城市邊緣，靠一個遊民的火堆才能取暖。

「你們知道嗎？」那流浪漢對著我們說：「人哪，是絕對不會沒有半個朋友的。」他蓬頭垢面，鬍鬚糾結，但說話的語調卻十分親切。「你們這群孩子想找西行的火車嗎？」

「是的，先生。」我說：「您知道有哪班車會往西邊去嗎？」

他用髒兮兮的手指往一個方向。

這下我才突然注意到，有列光亮的貨運車廂上面毫無積雪，是那種專門用來載運汽車的車廂，它的鐵絲網幕內架了三層汽車。在列車的側面，清清楚楚寫著：「太陽西行號」。

「這眞是……太方便了，」泰麗雅說：「謝謝你。這個……」

她轉頭要跟那個流浪漢再說些什麼，卻發現他消失了。我們前方的垃圾桶又冷又空，原本的火堆好像也被他一併帶走。

大約一小時之後，我們已經轟隆隆往西邊前進。這一次沒有誰負責開車的問題，因爲我們每個人都擁有自己的座車，而且全是豪華車款。柔伊和碧安卡爬上最頂層，陷進一輛凌志房車的舒服座位裡；格羅佛則假裝自己是一位賽車選手，直接坐到一輛藍寶基尼跑車的方向盤前。泰麗雅選的是賓士最新款的黑色雙門轎跑車，她還設法從點火器發動電力，好聽到華盛頓特區的另類搖滾電台。

「我可以進來嗎？」我問她。

她聳聳肩，我爬進了前座。

廣播裡正播放「白色條紋」[53]雙人組的歌。我之所以記得這首歌，是因爲那是我收集的唱片中，少數我媽也喜歡的，她總說這會讓她想到「齊柏林飛船」[54]。想到媽媽，我不禁難過了起來，我應該是無法回家陪她過耶誕，甚至，我可能也活不了那麼久……

「很好看的大衣。」泰麗雅對我說。

我脫下身上的金褐色大衣，它確實帶來令我無比感激的溫暖。「嗯。不過奈米亞獅子並不是我們要找的怪物。」

「還差得遠呢，我們要走的路還很長。」

「不論這隻謎樣的怪物是什麼，將軍說牠會來找你，所以他們想要孤立你，然後怪物就會出現和你單挑。」

「他這麼說嗎？」

「嗯，對。大概就是這個意思。」

「那最好，我喜歡被當成誘餌。」

「你想得出會是什麼怪物嗎？」

她沉著臉，搖搖頭。「但你總該知道我們要去哪裡，對吧？我們要去舊金山，就是阿蒂蜜絲前往的地方。」

我記得在衛斯多佛學校的舞會上，安娜貝斯說過她爸爸要搬去舊金山，但那是她不能去的地方，因爲混血人不能在舊金山生活。

「爲什麼？」我問：「舊金山到底有什麼不好？」

---

53 白色條紋（White Stripes）是一九九七年成立於美國的雙人組合，至今依舊活躍。最近的三張專輯皆獲得葛萊美獎音樂獎項。

54 齊柏林飛船（Led Zeppelin），一九六八年成立於英國，是七〇年代西方搖滾音樂界的知名樂團，於一九八〇年解散。

「因為很靠近『絕望山』的關係。那裡的迷霧相當重，泰坦巨神的魔力不管還剩下多少，仍然在那一帶苟延殘喘，所以怪物會被吸引過去。那是你無法想像的程度。」

「什麼是絕望山？」

泰麗雅挑著眉頭說：「你真的不知道？去問那個笨蛋柔伊，她是專家。」

她將視線移到前方擋風玻璃之外。我很想問她剛才那句話是什麼意思，但又不希望自己像個笨蛋一樣問個沒完。我討厭泰麗雅什麼都比我懂的感覺，所以我選擇閉嘴。

下午的陽光透過貨車廂的鐵絲網幕射進來，正好留下一抹陰影在泰麗雅臉上。我不禁想著泰麗雅和柔伊真是天差地的不同。柔伊拘謹冷漠，像個公主，泰麗雅則態度叛逆，穿著另類。但她們也有相似之處，同樣難以相處、難以親近。此刻，坐在陰影之下表情陰鬱的泰麗雅，看起來竟然很像一個獵女。

突然，我的嘴裡蹦出一句：「難怪你和柔伊會處不好。」

泰麗雅皺起眉頭。「你說什麼？」

「獵女隊試過要招募你。」我猜。

她的眼睛瞬間亮了起來，危險！我以為她要把我趕出這輛豪華賓士，但接下來，她嘆了一口氣。

「我的確差點就要加入她們，」她承認說：「路克、安娜貝斯和我曾經遇見過他們一次，當時柔伊努力說服我，她幾乎要成功了。可是……」

「可是？」

泰麗雅的手突然握緊方向盤。「那我就得離開路克。」

「喔。」

「我和柔伊大吵一架。她說我有夠傻，以後鐵定會後悔。她還說，路克總有一天會讓我失望的。」

我望向鐵絲網幕外的太陽，感覺這列車似乎每分每秒都在加速。車廂裡陰影的跳動，就如同古早電影放映時的閃爍。

「她的話聽起來真無情，」我說：「我實在不想承認，但柔伊說的沒錯！」

「她錯了！路克不會讓我失望，絕對不會！」

「我們接下來就要和他對抗，」我說：「已經沒有轉圜的餘地了。」

泰麗雅無言以對。

「你已經有一陣子沒看到他，」我警告她說：「我知道這很難令人相信，可是……」

「我會做我該做的事！」

「包括必要時殺了他嗎？」

「幫個忙……」她說：「請你出去！」

我替她感到難過，所以不再和她爭論。

當我正要跨出車子離開，泰麗雅突然叫住我：「波西。」

我回頭，看到她紅了雙眼，但我分不清那來自氣憤，還是傷心。「安娜貝斯也想過要加入獵女隊，或許你該想想爲什麼。」

在我還來不及反應前，電動車窗升起，我被隔絕在外。

我坐進格羅佛的藍寶基尼跑車駕駛座，他在後座睡著了。格羅佛先前想要討好獵女，就跑去柔伊和碧安卡面前用蘆笛吹奏流行歌《毒藤女》[55]，結果搞得那種毒藤眞的從車子的冷氣孔長出來，他不得不放棄自己的無聊舉動。

我一邊望著太陽西沉，一邊想著安娜貝斯。我不敢睡，怕一睡著就夢見她。

「喔，別怕做夢啊。」一個聲音突然出現在我身邊。

我轉過頭去。不知爲何，一看到身旁是那位鐵道區碰到的遊民時，我竟一點也不驚訝。他的牛仔褲磨損到幾乎變成白色，破掉的外套露出裡面的襯墊，整個人看起來有點像被卡車輾過去的泰迪熊。

「要不是有夢，」他繼續說：「我就不會知道有關未來的任何事。做夢呀，比奧林帕斯那些無聊八卦好多了。」他清一清喉嚨，然後很誇張地揚起雙手朗誦著：

夢境線上播，
代表真實未來事，

預言我都知。

「阿波羅？」我猜測著，因爲想不出還有誰會作這麼遜的俳句詩了。

他將指尖移到嘴唇前方。「我乃無名氏，你可叫我弗瑞德。」

「有天神叫做『弗瑞德』的嗎？」

「嗯，這個嘛……宙斯非常堅持某些原則，比如說，人類出任務時，我們不可以插手，就算非常重要的事出了狀況也一樣。可是這一次……我不許有人欺負我妹妹，誰都不可以！」

「所以呢？你能幫我們嗎？」

「噓，我已經幫啦！你難道沒有看看外面嗎？」

「這個火車……我們到底是跑多快？」

阿波羅咯咯笑著說：「非常快。不幸的是，我們的時間也快不夠啦！日落將近，但我想，我起碼還能帶你們橫越一大片美國土地。」

「可是，阿蒂蜜絲在哪裡？」

他臉色一沉。「我知道很多事，也看得見很多事，然而這件事我卻不清楚。她是……故意

55 毒藤女（*Poison Ivy*）是一首著名流行歌。在一九五九年由 The Coasters 合唱團首唱後，不斷被其他歌手及團體翻唱，流行至今。

不讓我知道，我不喜歡這樣。」

「那麼，安娜貝斯呢？」

他皺起眉頭。「哦，你是說那個不見的女孩嗎？嗯……我不知道。」

我告訴自己不要生氣。這些天神們都很難認眞看待人類，就算混血人也一樣。畢竟跟他們比起來，我們的生命是那麼短暫。

「阿蒂蜜絲要找的那隻怪物呢？」我再問：「你知道牠長什麼樣子嗎？」

「不知道，」阿波羅回答我：「但有一個人可能知道。如果你到舊金山還沒有找到那隻怪物，可以去找『大海老人』涅羅士[56]。他有超強記憶力和一隻敏銳的眼睛，而且還有一種天賦，能知道一些連我的神諭都不清楚的事。」

「不過那是你的神諭耶，」我抗議說：「難道你不能告訴我們預言到底是什麼意思嗎？」

阿波羅嘆了口氣。「或許你會要一位藝術家解釋他的藝術，或是讓一位詩人說清楚他寫的詩，可是，這就有違他的目的。意義只有在追尋之後才會清晰。」

「換句話說，你也不知道。」

阿波羅看了看錶。「啊，看看時間，我得用跑的了！我懷疑以後還能不能冒險來幫你，但是波西，記住我說的話！還有，好好睡一覺！等你回來時，我期待你能作一首關於這趟冒險的俳句詩。」

我想反駁說自己一點也不累，而且一輩子都不會寫出半首俳句詩。可是阿波羅彈一彈手指，接下來我只感覺到自己閉上了眼睛。

在我的夢裡，我是另外一個人。我穿著傳統的希臘長袍，下樓梯時似乎涼快了點，腳上則穿著細皮帶紮成的涼鞋。奈米亞獅皮像一件斗篷披在我身上。我正跑向某處，是被一個女孩拉著跑，她的手緊緊抓住我。

「快一點！」她說。夢境裡面太暗，我看不清她的臉，但聽得出她的聲音充滿恐懼。「他會發現我們的！」

現在是晚上，億萬顆星星高掛空中。我們跑過草地，草很高，千百種不同花香讓空氣散發出醉人的味道。這裡應該是片美麗的花園，然而拉著我跑的女孩，卻只是沒命似的狂奔。

「我不怕。」我試著告訴她。

「你應該要怕的。」她說，仍繼續拉著我。她長長的深色頭髮紮成辮子，垂到了背上，她的銀袍在微微星光中隱隱閃耀。

我們跑上山丘。她把我拉到一叢荊棘後面，兩個人終於累癱在地上，氣喘吁吁。我不知道這女孩爲什麼要這麼害怕，那應該是一座美麗的花園，而且我覺得自己很強壯，比之前都

56 涅羅士（Nereus）是泰坦時代的海神之一，也是預言神。他是大地之母蓋婭和老海神澎濤士（Pontus）的兒子。他有五十個女兒，都是海精靈，海神波塞頓的妻子安菲屈蒂（Amphitrite）便是其中之一。

還要強。

「我們不需要跑，」我告訴她，聲音聽起來比平常低沉，也有著更多自信。「我赤手空拳打敗過上千隻怪物。」

「這一隻不同。」女孩說：「拉頓太強了，你一定要繞過去，上山找到我父親。這是唯一的方法！」

她那傷心的語氣令我十分驚訝。她是眞的關心我，好像……好像整顆心都在我身上。

「我不信任你的父親。」我說。

「你的確不該信任他。」她同意我的話。「你必須稍微騙他一下，但是不能直接把獎品拿走，這樣會死的。」

我乾笑一聲。「那你爲什麼不幫助我呢，小美女？」

「我……我害怕。拉頓會阻止我，我的姊妹們如果……如果知道了，會跟我斷絕關係。」

「那就沒什麼好說的了。」我站起來，搓一搓雙手。

「等一下！」女孩說。

她似乎很痛苦地想做出決定。接著，她將顫抖的手向上伸入髮間，抽出一根長長的白色髮簪。「如果你非戰鬥不可，把這個拿去吧。這是我母親普蕾昂妮[57]給我的，她是大海的女兒，大海的力量都在這裡面。那是……是我長生的力量。」女孩呼了一口氣到髮簪上，髮簪散出淡淡光芒。星光灑落，它便閃耀得像個琢磨過的海螺。

「拿好它，」她對我說：「拿它來當武器。」

我笑了起來。「一支髮夾？小美女呀，我要怎麼拿它來迎擊拉頓呢？」

「也許不夠有力，」她承認，「但那是我能給你的全部了，如果你非要這麼頑固的話。」

她的聲音軟化了我的心。我俯身去拿這支髮夾，就在這時，它在我手中開始變長變重，直到我感覺像是握著一把熟悉的青銅劍。

「相當精良，」我說：「不過我通常比較喜歡空手搏鬥。應該替這把劍取什麼名字呢？」

「Anaklusmos，」女孩哀傷地說：「就是一種會突然出現的波濤，你還來不及察覺，就已經被它捲入大海中。」

我還來不及謝謝她，草地就傳來一陣步伐聲，還有一種像是輪胎漏氣的嘶嘶聲。然後女孩說：「太遲了，他來了！」

我筆直地坐在藍寶基尼跑車的駕駛座裡，格羅佛搖著我的手。

「波西！」他說：「天亮了，火車已經停下來，走吧！」

我努力甩掉睡意，泰麗雅、柔伊和碧安卡都已經捲起了鐵絲網幕。外面是一片雪白的山

57 普蕾昂妮（Pleione）是老海神歐開諾斯的女兒，是火海女神。她和泰坦巨神阿特拉斯（Atlas）生下四個女兒，就是守護金蘋果園的女神赫斯珀里德斯（Hesperides）。另有一說她與阿特拉斯生了七個女兒，後來被宙斯放上星空，成為七仙女星群。

巒起伏，點點松樹綴飾其間，紅紅的太陽自兩座高山中間升起。

我從口袋中撈出我的筆，仔仔細細瞧著。Anaklusmos，正是「波濤」的古希臘文。雖然是不同的稱呼，但我確信我手中的劍和夢中的是同一把。

我也確信另一件事。我夢中的女孩，就是柔伊・奈施德。

12 曠野的禮物

我們來到一個坐落在群山間的滑雪小鎮邊界，路邊有個招牌寫著：「歡迎光臨新墨西哥州克勞德克洛福鎮」。這裡的空氣凜冽稀薄，木屋頂上積滿白雪，路邊則是堆著一山山被鏟起的髒雪。即使現在是個陽光普照的大晴天，但是高聳的松樹立滿整片山谷，所以遍地都被漆黑的陰影籠罩著。

即使我穿著獅皮大衣，但走在小鎮的主街上，還是快被凍僵了。從鐵路走到主街大約有七、八百公尺遠，一路上，我把昨晚跟阿波羅的對話說給格羅佛聽，特別是要去舊金山找涅羅士的那段。

格羅佛顯得很緊張。「這個主意很好，我想是吧，但我們總得先到那邊啊！」

至於順利抵達舊金山的機會能有多大，我努力告訴自己別太悲觀。我不想害格羅佛陷入恐慌，但心裡十分明白，最後的期限已經步步逼近。除了要在天神大會之前把阿蒂蜜絲救出來，將軍也說只能讓安娜貝斯的小命留到冬至。冬至就是這個星期五，離今天只剩四天。而且將軍還有提到一些關於祭品的事。總之，他的聲音、他說的話我都不喜歡。

我們走到小鎮中心便停下來，從這裡大概可以看到鎮上全貌。這裡有一所學校、幾間給觀光客去的商店和咖啡店、一家雜貨店，以及不算多的滑雪小屋。

「哇，這下可好，」泰麗雅環視鎮上一圈後，說：「沒有公車站，沒有計程車，沒有租車店。我們根本沒有辦法離開！」

「那裡有一家咖啡店！」格羅佛說。

「對，」柔伊說：「有咖啡，很不錯啊。」

「有麵包和蛋糕，」格羅佛一臉做白日夢的表情，「還有包著它們的油紙。」

泰麗雅嘆了一口氣。「好吧，不然你們兩個去弄點食物來。波西、碧安卡和我去雜貨店看看，也許那裡的人可以給我們一些指引。」

我們約定十五分鐘後在雜貨店前面集合，碧安卡對於要單獨跟我們行動顯得有些不自在，但還是跟來了。

在這家雜貨店裡，我們對克勞德克洛福鎮多了一些有用的認識，比如說因爲雪量不夠，小鎮的滑雪活動興盛不起來，而且這裡的塑膠老鼠一隻只賣一塊錢；還有，除非自己開車，否則眞的沒有什麼簡單的方法可以離開這裡。

「你或許可以從阿拉莫戈多市叫車上來，」店員不大確定地說：「阿拉莫戈多市就在山腳下，不過開車上來要花一個鐘頭的時間，而且車資要好幾百元。」

這個店員看來有夠孤單寂寞的，所以我買了一隻塑膠老鼠，然後我們三個走到外面騎樓去等其他人。

「太好了，」泰麗雅抱怨著，「我沿街走下去，看看其他店家能不能再給些好建議！」

「可是剛剛那店員說……」

「我知道，」她對我說：「但我總是要再試看看。」

我讓她去。我知道無法休息那種感覺。所有混血人都有注意力缺乏的問題，它來自於我們本能的戰鬥反應，我們就是沒辦法站在原地枯等。而且，我覺得泰麗雅的心情依舊很糟，因爲昨天我們那些關於路克的談話。

這裡剩下碧安卡和我尷尬地站在一塊兒。我是說……其實我跟女孩子一對一談話時，向來不大自在，再加上我從來沒和碧安卡單獨相處過。我不知道該說些什麼，何況她現在是獵女隊的人，還有她們那些規矩。

「很可愛的老鼠。」她終於開口了。

我把塑膠老鼠放在騎樓的欄杆上，或許這樣能吸引多一點人來買東西。

「這個嘛……你現在覺得當獵女怎麼樣？」我問她。

她噘起嘴說：「你不會還在氣我加入獵女隊的事吧？」

「不、不……只要，嗯，你自己快樂就好。」

「我不知道『快樂』這個詞合不合適，畢竟阿蒂蜜絲女神失蹤了，但是能成爲獵女眞的很酷。不知道爲什麼，我就是覺得自己心境變得更安定，身邊所有的事好像都慢了下來。我猜是因爲永生的關係。」

我看著她，想找出一點差異。跟之前相比，她的確變得比較有自信、比較平靜。她不再用綠帽子遮住臉，頭髮全部往後紮，而且說話時雙眼都直視著我。我突然起了一股寒顫，五百年或一千年後，碧安卡將和現在一模一樣；她可能會與某個混血人有類似的交談，到那時我已經死了很久，而她看起來仍舊是個十二歲的女生。

「但尼克不能理解我的決定。」碧安卡喃喃說著。

「他會過得很好的，」我說：「混血營收留過很多年紀小的混血人，安娜貝斯就是在那裡成長的。」

碧安卡點點頭。「希望我們能找到她，我是說安娜貝斯。她能有你這樣的朋友眞是幸運。」

「我根本幫不上她什麼忙。」

「不要自責了，波西。你冒著生命危險來救我和我弟弟，在我看來，那是不得了的勇敢！如果不是遇見你，我就不會覺得把尼克留在混血營是可行的。我覺得如果那裡的人都跟你一樣，尼克就不會有問題。你是一個好人。」

這樣的稱讚讓我十分受寵若驚。「即使我在奪旗大賽中把你打倒，你也這麼認爲？」

她笑了起來。「好吧，除了那一次之外，你是個好人。」

格羅佛和柔伊終於從兩、三百公尺遠的咖啡店走出來，手上提著點心袋和飲料。說來奇怪，我心裡竟不大情願看到他們這麼快出現，或許是因爲剛剛和碧安卡聊天的感覺不錯吧。她不難相處，起碼和柔伊比起來好太多了。

「所以，你和尼克有些什麼故事？」我問她說：「去讀衛斯多佛學校之前，你們是在哪裡唸書？」

她皺起眉頭。「我記得是在華盛頓特區的一間寄宿學校，但那好像是很久以前的事了。」

「你從來沒和父母親一起生活過嗎？我是說，你人類的父母？」

「從我懂事以來就被告知父母雙亡，有一筆銀行信託基金負責我們的生活開銷。我猜想那筆錢應該很大。久久一陣子就會有一位律師來看我們，然後我和尼克就得離開本來的學校。」

「為什麼？」

她的眉頭更加糾結。「我們必須去某個地方，我記得那很重要。我們旅行了很遠的路程，在一家旅館住了幾個星期，然後……我就想不起來了。有一天，另一個律師來帶我們出去，他說離開的時間到了。他載我們回到東岸，經過華盛頓特區，然後北上緬因州，我們就開始在衛斯多佛學校生活。」

有夠詭異的故事，但是碧安卡和尼克是混血人，發生在他們身上的事本來就不會正常。

「所以你幾乎一直在照顧尼克？」我忍不住問：「真的就只有你們兩人？」

她點點頭。「所以我才會那麼想加入獵女隊。我知道這樣很自私，但我也想要有自己的朋友和生活。我雖然很愛尼克，但我真的想知道不用二十四小時當姊姊的感受。」

我想起今年夏天發現自己有個獨眼巨人弟弟的感覺，就對碧安卡的話有了一點認同。

「柔伊似乎很信任你，」我說：「你們說這次任務會碰到很危險的事，到底是什麼事？」

「什麼時候說的？」

「昨天清晨在混血營的餐廳涼亭，」我一時竟說溜了嘴，「你們有說到將軍。」

她臉色沉了下來。「你怎麼會……是隱形帽！你偷聽我們講話嗎？」

「沒有！我是說，我只是……」

柔伊和格羅佛這時正好提著飲料和點心走進騎樓，省掉我再多做解釋。他們兩個喝的是咖啡，買給我和碧安卡的則是熱巧克力。我還分到一塊藍莓小蛋糕，滋味好到讓我幾乎忽略了碧安卡射過來的憤怒眼神。

「我們該來使用追蹤魔法了，」柔伊說：「格羅佛，你還有剩下的橡實嗎？」

「嗯。」格羅佛含糊地回答，因爲他嘴裡塞滿雜糧蛋糕、包裝紙等一堆東西。「我想應該還有，現在我只需要……」

他突然呆住。

我正要問他怎麼了，一道暖風吹襲過來，彷佛一股春天的氣息迷了路闖進寒冬。清新的空氣中有野花和陽光的氣味，還有另一種東西，像是聲音，想要說些什麼。是危險警告！

柔伊輕呼一聲：「格羅佛，汝之杯子！」

格羅佛鬆開手中的杯子，杯子上有鳥的圖案。突然圖案上的鳥飛向青空，是幾隻嬌小的鴿子，而我剛才買的塑膠老鼠也吱吱叫了起來，從騎樓欄杆上一溜煙跑掉，鑽進樹林去。那隻老鼠有著貞實的毛皮和鬍鬚。

格羅佛的咖啡灑了一地，雪地上冒出蒸氣，而格羅佛整個人癱倒在一旁。我們圍到他身邊試圖叫醒他。他發出呻吟，眼皮顫動。

「喂！」泰麗雅從街的另一頭那邊跑來，喊著：「我剛剛……格羅佛怎麼了？」

「不知道，」我說：「他突然昏倒了。」

「呃——」格羅佛呻吟著。

「快，把他弄起來！」泰麗雅說。她拿起長槍，回頭張望，一副被人跟蹤的模樣。「我們要趕快離開這裡！」

我們衝到小鎮邊緣時，頭兩個骷髏武士現身了。他們從小路兩旁的樹林竄出，身上穿的已經不是灰色迷彩服，而是藍色的新墨西哥州警察制服，但那透明的灰色皮膚和蠟黃眼睛則完全沒變。

他們都拿著手槍。我承認我曾經想過，要是能去學槍彈射擊該有多酷；但就在這當下，我改變主意了，因爲骷髏武士正把槍口全都對準我！

泰麗雅拍一下手鍊，埃癸斯瞬間從她手上螺旋開展，但骷髏武士面不改色，所有發亮的黃眼睛仍緊盯著我。

我拿出波濤，即使根本不確定用劍來對付槍有沒有用。

柔伊和碧安卡也都抓起她們的弓。只是碧安卡拿得很不順，因爲格羅佛依舊神智不清靠在她身上。

「後退。」泰麗雅說。

我們開始移動，突然聽到樹枝沙沙作響，又有兩個骷髏武士出現在我們後方！我們被包圍了。

其他骷髏武士到哪裡去了？我明明記得在史密森尼博物院看到十幾個。就在這時，一個骷髏武士拿起行動電話到嘴邊。

他應該是在講話。他發出一種「喀、喀、喀」的聲音，好像乾巴巴的牙齒敲著乾巴巴的骨頭。我突然明白是怎麼一回事了，原來骷髏武士分散開來搜尋我們，而現在找到我們的這一個開始呼叫他的同伴，所以，我們很快就會看見他們全體集合。

「它很近。」格羅佛喃喃說著。

「它已經在這裡了！」我答說。

「不是這些骷髏，」格羅佛堅決地說：「是禮物，來自曠野的禮物。」

我不懂他在說什麼，但我更擔心他的狀況。他連走都走不好了，更別說要戰鬥。

「我們必須一個對付一個，」泰麗雅說：「他們有四個，我們也有四個人，或許他們會自動忽略格羅佛。」

「贊成！」柔伊率先附和。

「曠野！」格羅佛呻吟著。

一陣溫暖的風吹過山谷，吹得樹葉窸窸窣窣，但我的視線始終留在骷髏武士身上。我還記得將軍掌握著安娜貝斯的命運，也記得路克是怎樣背叛了安娜貝斯。

我發動攻勢！

第一個骷髏武士開槍。時間彷彿慢了下來，並不是說我能看見子彈，但我確確實實能感受到子彈的路徑，如同我能感受大海的洋流般。於是我用劍身擋開子彈，繼續進攻。

骷髏武士抽出警棍，我從他的手肘處切下他的手臂，然後劍鋒劃向他的腰間，將他砍成兩半。

骷髏武士的骨頭瞬間崩解，嘩啦幾聲掉在路上，形成一堆骨頭山。在此同時，其他幾個骷髏武士開始移動，重整隊形。第二個骷髏武士對著我咬牙切齒，當他要開火時，槍枝卻被我打落雪中。

我覺得自己應付得挺不錯，怎知另外兩個骷髏武士卻從我背後開槍……

「波西！」泰麗雅尖叫出聲。

我臉朝下直接倒地。接著，我發現一件事……我沒有死。那兩顆子彈的衝擊力道不大，我好像被推了一下，卻沒有受傷。

是奈米亞獅皮！原來我穿了一件防彈衣。

泰麗雅攻擊第二個骷髏武士，柔伊和碧安卡則開始對第三、第四個骷髏武士發射銀箭。格羅佛則是站在旁邊，朝著樹張開手臂，好像要去抱它一樣。

我們左側的樹林突然傳出巨響，彷彿推土機的聲音，也許骷髏武士的後援就快抵達了。

我爬起來，低身閃過一記警棍。剛剛被我切成兩半的骷髏武士已經重新組合回去，又開始陰魂不散地追擊我。

根本沒有辦法停止他們的攻擊。柔伊和碧安卡在他們臉上射出了點點斑白，但銀箭只是直接穿過他們空虛的頭殼。一個骷髏武士撲向碧安卡，我以爲她沒救了，但她抽出獵刀往骷髏武士胸部猛力一砍。骷髏冒出了火焰，轉瞬間化成一小搓骨灰，外加一個沒被燒毀的警察徽章。

「你怎麼辦到的？」柔伊問。

「我也不知道。」碧安卡緊張地說：「幸運的一擊？」

「嗯，那就再來一次吧！」

碧安卡試著揮刀，但剩下的三個骷髏武士都對她提高警覺。他們一起逼著我們後退，和我們之間只剩下一支警棍的距離。

「有其他打算嗎？」我邊退後邊問。

沒有人回答。骷髏武士後方的樹在抖動，枝條斷裂。

「禮物。」格羅佛喃喃說著。

這時，一陣超大的嚎叫聲從樹林中爆出來，一頭我這輩子見過最大的豬躍上了馬路！那是一頭野豬，大約有九到十公尺高，粉紅色大豬鼻上滿是鼻涕，還有像小船一樣長的獠牙。

牠背上豎起棕色的毛，眼神既狂野又憤怒。

「咧——咧！」牠邊吼邊用獠牙把三個骷髏武士掃到兩旁，力氣竟大到讓骷髏武士飛越樹林，直接掉到山腳下，然後摔得支離破碎，腿骨、手骨散落四處。

接著，這頭豬轉向我們。

泰麗雅舉起長槍，但格羅佛大喊：「不要殺牠！」

大野豬呼嚕低吼，蹄子摩擦著地面，做好攻擊準備。

「那是厄瑞曼色斯大野豬[58]，」柔伊力求鎮定地說：「我不認為我們殺得了牠。」

「牠是禮物，」格羅佛說：「來自曠野的祝福！」

野豬大吼著：「咧——咧！」牠開始甩動獠牙，柔伊和碧安卡趕緊低身閃過牠衝撞的方向。我拚命推開格羅佛，要不然他就會搭上「獠牙特快車」直接飛到山裡去。

「是喔，眞好的祝福！」我說。「大家散開！」

我們往不同的方向奔逃，這時大野豬有一點遲疑。

「牠想要殺死我們！」泰麗雅說。

「當然囉，」格羅佛說：「牠很狂野的！」

[58] 厄瑞曼色斯大野豬（Erymanthian Boar）是英雄海克力士十一項任務中戰勝的怪物之一。這頭野豬住在厄瑞曼色斯山，海克力士四處追蹤，利用計謀趕牠進入雪地才抓到牠。

「那又怎麼會是祝福？」碧安卡問。

我也有同樣的疑惑，但大野豬重新發動攻擊，目標是碧安卡。碧安卡移動的速度比我想像中快，她翻滾一圈躲過巨蹄踩踏，從野豬背後爬起身，而野豬晃盪的獠牙則撞爛了「歡迎光臨克勞德克洛福鎮」的牌子。

我拼命想從腦海裡搜出關於大野豬的神話事蹟。我十分確定海克力士[59]跟牠對抗過，卻想不起來是怎樣的過程。我隱約記得在海克力士制服牠之前，大野豬破壞了好幾個希臘城鎮。希望克勞德克洛福鎮這次能倖免於難。

「繼續跑！」柔伊大喊著。她和碧安卡跑往相反的方向。格羅佛則跑到大野豬旁跳舞，還把蘆笛拿出來吹。野豬對他狠狠噴出鼻息，想把他趕走，但後來真正倒大楣的是泰麗雅和我。當野豬轉身面向我們，泰麗雅舉起埃癸斯神盾。這真是一大錯誤！野豬一看到神盾上梅杜莎的頭，抓狂地發出淒厲尖叫，也許那顆頭看來太像牠親戚了。牠全力衝向我們。

我們之所以還能勉強跑在牠前面，是因為我們往上坡逃命。體型小的我們可以在樹林間閃來閃去，而牠卻非得撲倒樹幹才行。

在山坡另一面，我突然發現一段廢棄鐵軌，被白雪遮住了一半。

「走這邊！」我抓住泰麗雅的手，一起沿鐵道狂奔。大野豬在後面追趕，但陡峭的山坡卻讓牠不時滑倒絆腳，畢竟牠的蹄不適合走這種路。眞是感謝天神啊！

在我們前方有座隧道，再過去還有一座橫跨山谷的吊橋。我突然有了一個瘋狂的點子。

「跟我來！」

泰麗雅的速度變慢了，我沒有空追問原因，只好硬拉著她快跑，她不情願地跟著。至於我們後面那個十噸重的野豬坦克，仍一路壓扁松樹、輾碎岩石朝我們而來。

泰麗雅和我穿出隧道。

「不要！」泰麗雅尖叫。

她的臉色和冰霜一樣慘白。我們站在吊橋邊，這裡與吊橋下覆滿白雪的山谷落差超過二十公尺。

野豬快追上來了。

「快走！」我說：「這座橋應該承受得了我們兩個的重量。」

「我沒辦法！」泰麗雅大喊著，眼神驚恐。

大野豬衝撞進入隧道，在隧道的坍塌聲中，速度絲毫不減。

「就是現在！」我對泰麗雅吼著。

她往深谷下望，嚥了一下口水。我發誓她的臉已經變成了綠色。

我沒時間去問她恐懼的原因。大野豬在隧道裡碰撞前行，直直朝我們奔來，我必須馬上想出替代方案，而且要立刻執行。我抓著泰麗雅到吊橋旁邊，然後沿山壁滑下去！我們靠著

---

59 海克力士（Hercules）是希臘神話中的大力士英雄。參《神火之賊》九十九頁，註20。

埃癸斯滑下深谷，好像在玩滑雪板一樣，滑過岩石、土坡、雪地，急速往下衝。野豬的運氣可沒這麼好，牠不像我們能快速轉向，於是十噸重的龐然身軀直接衝上細小的吊橋，橋身因爲撐不住牠的重量而崩斷。這時，大野豬變成自由落體墜下深谷，尖嚎聲滿山迴盪，最後傳來砰然巨響，落入雪堆裡。

泰麗雅和我使勁煞住盾牌，終於停了下來，兩個人都大口喘著氣。我身上被劃傷的地方正流著血，泰麗雅的頭上則插了好多松針。我們身旁就是那頭發狂的大野豬，即使牠持續掙扎和呻吟，但是只看得到牠背上的鬃毛露出來。牠完全被卡在雪堆中，卡得非常緊密紮實，很像那種包裝易碎品的方式。牠也許沒有受傷，卻動彈不得。

我看著泰麗雅說：「你有懼高症。」

現在我們安全地停在山谷，泰麗雅的眼神又出現常見的怒火。「不要胡說八道！」

「這就解釋了你爲什麼在阿波羅的巴士上會腿軟，爲什麼連談都不想談！」

她做了個深呼吸，接著開始拔掉頭上的松針。「如果你敢告訴任何人，我發誓……」

「不會，不會，」我連忙說：「你還是很酷呀！我只是覺得……宙斯是天空的主人，而你是他的女兒，竟然會害怕高度？」

泰麗雅正要揮拳打過來時，在我們的上方出現格羅佛的聲音。「哈囉——哈囉——？」

「在下面！」我喊著。

幾分鐘後，格羅佛、柔伊和碧安卡與我們會合。我們一起看著在雪堆中掙扎的大野豬。

「曠野的祝福。」格羅佛說著，只是現在神情更加激動。

「我同意，」柔伊說：「我們一定要好好利用牠。」

「等等！」泰麗雅暴躁地說。她看起來還是那副跟聖誕樹打過架的模樣。「解釋給我聽，爲什麼你們那麼確定這頭豬是個祝福？」

格羅佛眼神飄向遠方，有些心不在焉地說：「牠是我們前往西方的交通工具。你知道這頭豬能跑多快嗎？」

「有趣有趣！就像……騎豬的牛仔？」我說。

格羅佛點點頭。「沒錯，我們要騎上去。我希望……希望還有一點時間看看附近，不過已經不見了。」

「什麼不見了？」

格羅佛似乎沒聽到我的問題。他走向大野豬，跳到牠背上。雪堆中的野豬開始移動，一旦牠破雪而出，就再也沒有什麼能阻止牠了。格羅佛掏出他的蘆笛，開始吹奏活潑的曲調，還掛了一顆蘋果到野豬前方。這顆懸空的蘋果在大豬鼻前轉呀轉，害野豬急得快發瘋，拼了命想咬到它。

「全自動轉向系統，」泰麗雅低聲說著：「不賴嘛！」

她走到野豬旁，跳上豬背，坐在格羅佛後面。豬背上還有足夠空間讓我們其他人坐。

柔伊和碧安卡跟著走過去。

「等一下，」我說：「你們兩個知道格羅佛在說什麼嗎？什麼曠野的禮物？」

「當然囉，」柔伊回答：「你沒感覺到風裡的東西嗎？那感覺如此強烈……我從沒想過還能再次感受它的存在。」

「什麼的存在？」

她看著我的眼神好像我是個白痴。「當然是曠野的主人啊！就只在野豬出現的那一刻，我感覺到潘了。」

13 天神垃圾場

我們騎著野豬直到日落時分，這也是我屁股所能忍受的極限。你想像一下整天坐在巨型鋼刷上橫越礫石地的感覺，就知道騎野豬有多舒服了。

不知道我們跑了多遠，但高山已消失在遠方，取而代之的是一望無際、平坦乾燥的土地，綠草和灌木叢愈來愈稀疏。我們在達達「豬」蹄聲（可不是馬蹄聲）中，進入了沙漠。

夜色降臨，野豬停在一條溪的溪床上。牠先是不斷噴著鼻息，接著開始狂飲泥巴水，然後扳倒旁邊一株樹型仙人掌大口咀嚼起來，完全不在乎上面滿滿的刺。

「牠最遠只能走到這裡，」格羅佛說：「我們得在牠吃東西的時候下去。」

這個道理完全不用多加解釋。在牠忙著撕扯仙人掌時，我們滑下牠的背，帶著滿屁股的疼痛盡速跑開。

野豬吃掉三棵仙人掌，又喝了一堆泥巴水之後，發出一聲巨吼並打了一個嗝，然後牠就地跑了一圈，向東方狂奔離去。

「牠大概比較喜歡山。」我猜。

「這不能怪牠，」泰麗雅說：「你看。」

我們前方有條雙線道馬路，沙塵已經蓋去一半路面。馬路另一側雖有幾間房屋，但規模小得算不上是一個鎮。那幾間房子中的一棟整個被木板釘起來，另一間墨西哥餅店好像從柔伊出生那天起就打烊到現在；還有一棟白色建築是郵局，門上掛的牌子寫著：「亞利桑那州吉拉克勞」。房子再過去是一排小山……不對，那並非正常的山丘，這一帶都是平地，怎麼會突然出現丘陵。原來，那些山丘是由舊車、廢家電，還有各式各樣破銅爛鐵堆成的人造山。這是一座彷彿永遠立在地平線上的大垃圾場。

「哇！」我叫了出來。

「這裡一定租不到車，」泰麗雅看著格羅佛說：「我不認為你還能再變一隻野豬出來。」

格羅佛嗅聞著風，神情有些緊張。他撈出他的橡實丟到沙中，然後開始吹笛。橡實自己開始移動，重新排列出一個圖形。我看不出所以然，格羅佛卻看得十分專注。

「那是我們，」他說：「那邊的五顆橡實。」

「哪一顆是我？」我問。

「最小顆變形的。」柔伊插嘴說。

「喂，閉嘴啦！」

「那邊的那一堆，」格羅佛手指向左邊說：「代表著麻煩。」

「是怪物嗎？」泰麗雅問。

格羅佛面露憂慮。「我聞不到任何味道，實在不合常理。但是橡實決不說謊，我們的下一項挑戰是……」

他指向垃圾場。在陽光幾乎消失的此刻，那座金屬山丘看起來彷彿屬於外太空星球。

我們決定明天早上再去垃圾場，今晚先就地紮營。畢竟誰都不想在黑暗的垃圾場中摸索探險。

柔伊和碧安卡從背包裡拿出五個睡袋、五張床墊。我不知道她們是如何辦到的，因爲她們的背包非常迷你，我猜應該是有某些魔法讓裡面能塞下那麼多東西。我以前注意過她們的弓和箭筒都有魔法，卻從未認眞想過是怎麼一回事。只要獵女需要弓箭時，它們就會掛在獵女的背上；當獵女不需要它們時，又很快消失不見。

夜晚的氣溫降得很快，所以我和格羅佛去廢棄房屋裡找了些木板過來。泰麗雅往木板劈出一道電光，營火便生起來了。沒花多少時間，我們在這個鳥不生蛋的荒廢鬼村中，盡可能營造出舒適的空間。

「星星出來了。」柔伊說。

她說的對。百萬顆星辰滿天閃爍，在荒僻的沙漠裡，沒有會將夜空染橘的都市燈光。

「好美呀！」碧安卡說：「我從來沒有看過銀河。」

「這還不算什麼，」柔伊說：「在從前，星星更亮、更多，是人類的光害讓許多星座看不見了。」

「你說這話的語氣好像你不是人類。」我說。

柔伊挑起了一邊的眉毛說：「因為我是獵女，我關心世界上所有自然環境，這樣汝亦有話說？」

「是『你』，」泰麗雅糾正她，「不要說『汝』。」

「但我說『汝』，你們也都聽得懂呀。」

「勉強，」泰麗雅繼續說：「不過『汝之』、『汝亦』聽起來很可笑。」

柔伊十分惱火地舉起雙手。「我討厭這種語言，為什麼總是變來變去！」

格羅佛嘆了一口氣。他依舊仰望著夜空星斗，好像在思索人類光害這種嚴肅問題。然後他說：「要是潘能夠在這裡，他一定會讓一切好好的。」

柔伊哀傷地點頭。

「也許秘密就在咖啡裡，」格羅佛突然說：「我在喝咖啡時，風就來了！也許我應該多喝一點咖啡……」

我很確定在克勞德克洛福鎮發生的事和咖啡一點關係也沒有，但我不想潑格羅佛冷水。我想到當時塑膠老鼠和鳥類圖案都是在起風時有了生命。我問說：「格羅佛，你眞的認為那是潘嗎？我的意思是，我知道你由衷希望那是他。」

「他幫了我們大忙耶！」格羅佛堅持。「我不清楚祂是怎麼做又為什麼這麼做，但那的的確確是因為他的存在！等這個任務完成後，我要回到新墨西哥喝一大堆咖啡！這是兩千年來我們得到的最佳線索，我已經這麼接近他了。」

我不再回話。我不想搗毀格羅佛的希望。

「其實現在我最想知道的，」泰麗雅說著，眼神移到了碧安卡身上，「是你怎麼打垮那個骷髏武士的。我們之後還要面對許多他的同類，一定要找出打敗他們的方法才行。」

碧安卡搖搖頭。「我不知道。我只是揮刀過去，他就化成火焰。」

「會不會你的獵刀有什麼特別之處？」我說。

「她的獵刀和我的一樣，」柔伊說：「都是來自神界的青銅獵刀，但我拿它來對付骷髏武士卻沒有那種效果。」

「也許是要砍到骷髏身上的特定部位。」我說。

大家的話題全移到碧安卡身上，讓她顯得很不自在。

「不要在意，」柔伊安慰她說：「我們會找到答案的。在此同時，我們應該要計畫下一個行動。明天我們穿過垃圾場後，要繼續向西行。如果能找到路，也許就能搭便車到最近的城市，我猜應該是拉斯維加斯。」

我正要抗議那個地方讓我和格羅佛有很糟的回憶，碧安卡卻先跳出來說。

「不要，」她說：「不要去那個地方！」

她整張臉寫滿了恐懼，就像剛從雲霄飛車的頂端掉下來一樣。

柔伊皺著眉問她：「爲什麼？」

碧安卡喘著氣說：「我……我想我在那裡住過一陣子……我和尼克。我們旅行到那裡時，那時……我想不起來了……」

突然間，一個不好的念頭浮現我腦中。我記得碧安卡提過有段時間她和尼克住在一家旅館裡，我和格羅佛互看一眼，感覺得出來我們都想到同樣一件事。

「碧安卡，」我說：「你住過的那間旅館，是不是叫做『蓮花賭場飯店』？」

她睜大了眼睛。「你怎麼知道？」

「喔，很好！」

「等等，」泰麗雅問：「蓮花賭場飯店是怎麼一回事？」

「一年多前，」我說：「安娜貝斯、格羅佛和我曾被困在那間飯店裡。那間飯店設計得讓人永遠都不想離開，我們待在裡面一個鐘頭，出來時卻發現外面世界已經過了五天。那間飯店會讓時間加速快轉！」

「不，」碧安卡說：「不可能，絕對不可能！」

「你說有人來帶你們離開旅館。」我想起當時和碧安卡的對話。

「嗯。」

「他長得什麼樣子？他說了些什麼？」

「我……我不記得了。拜託，我真的不想談這些事！」

柔伊整個人坐直，皺著眉，十分關切地問她：「你說你去年夏天回華盛頓特區時，那裡改變了好多。你不記得從前那裡有地鐵。」

「對，可是……」

「碧安卡，」柔伊說：「你可以告訴我現任美國總統的名字嗎？」

「別開玩笑了！」碧安卡說，隨即回答出正確的總統名字。

「那他的前一任是誰呢？」柔伊再問。

碧安卡想了一會兒，說：「羅斯福。」

柔伊嚥了下口水，問說：「是西奧多．羅斯福，還是富蘭克林．羅斯福[60]？」

「富蘭克林。」碧安卡接著說出全名：「富蘭克林．德拉諾．羅斯福。」

「你是說羅斯福路的那個羅斯福嗎？」我問。老實說，那是我對羅斯福總統唯一的認識。

「碧安卡，」柔伊嚴肅地說：「富蘭克林．德拉諾．羅斯福並不是前一任總統，他當總統是七十年前的事了。」

「不可能……」碧安卡說：「我……我沒有那麼老。」

她看著自己的雙手，彷彿在確定上面沒有布滿皺紋。

泰麗雅的眼神透出幾許哀傷，我想她深知被拉出正常時間外的感受。「碧安卡，沒關係

[60] 西奧多．羅斯福（Theodore Roosevelt）為美國第二十六位總統，任期在西元一九〇一至一九〇九年間。富蘭克林．德拉諾．羅斯福（Franklin Delano Roosevelt）為美國第三十二位總統，任期在西元一九三三至一九四五年間。

的，最重要的是你和尼克都很平安，你們都出來了。」

「你們是怎麼出來的？」我問她。「我們雖然只待了一個鐘頭，卻是好不容易才逃出來。你們待了那麼久，究竟是怎樣才脫離那裡的？」

「我跟你說過。」碧安卡快哭了，「有個人來旅館告訴我們，離開的時間到了，然後……」

「那個人是誰？爲什麼他要這樣做？」

碧安卡還來不及回答，馬路上突然射來一道猛烈強光，是一輛不知打哪兒冒出的車子。我有點希望是阿波羅又現身載我們一程，但太陽車的引擎噪音沒那麼小，何況現在是晚上。我們抓起睡袋跳離馬路，一輛白到不能再白的大禮車在我們面前停了下來。

大禮車的後車門緊鄰著我身邊打開，我正要後退，一把劍已抵到我喉頭。

我聽見柔伊和碧安卡迅速拉弓的聲音。隨著這把劍的主人慢慢移身車外，我也慢慢向後挪動腳步。我必須這麼移動，因爲他正壓迫著我下巴底下致命的一點。

他冷笑著。「臭小子，怎麼動作變慢了？」

這個身材高大的平頭男子穿著黑色的騎士皮外套，裡面搭件白色緊身衣，腳上穿著軍靴。寬大的太陽眼鏡遮住了他的雙眼，但我知道在那黑色鏡片之後，藏著一雙凹陷的眼窩與眼中的熊熊怒火。

「阿瑞斯。」我咬牙喊著。

這位戰神瞥了一下我的同伴，說：「你們，放輕鬆！」

他彈了一下手指，所有人的武器都掉在地上。

「今天我來這裡，是爲了一場友善的會面。」他把劍尖回收一些，離我的喉頭稍微遠那麼一點點。「當然，我很想拿你的頭去換個獎盃，但現在有人想見你，而我更不會在一位女士面前砍別人的頭。」

「哪一位女士？」泰麗雅問。

阿瑞斯看了她幾眼。「是喔，是喔，我聽說你回來了。」

他將劍放低，把我推到一旁。

「宙斯的女兒泰麗雅，」阿瑞斯若有所思地說：「你和這種不入流的人混在一起呀。」

「你來這裡幹嘛，阿瑞斯？」泰麗雅再問一次：「車子裡面的人是誰？」

阿瑞斯露出微笑，享受眾人的注目。他說：「嗯，我可不知道她是否願意接見你們其他人，特別是那兩個。」他朝著柔伊和碧安卡的方向抬　抬下巴。「你們要不要去吃點墨西哥玉米餅，打發一下等待的時間呢？我只會把波西帶走幾分鐘而已。」

「阿瑞斯天神，我們無法讓他單獨與汝離開。」柔伊說。

「何況，」格羅佛插話進來：「那間墨西哥餅店又沒有開！」

阿瑞斯又彈了一下手指，那間原先荒廢的墨西哥餅店突然亮起了燈，「打烊」的招牌也換成「開放中」，封住門板的木條則不知飛到哪兒去了。「羊小子，你剛剛說什麼？」

「去吧，」我對其他人說：「我應付得來的。」

我試著讓自己的聲音聽起來比實際上勇敢，但我想阿瑞斯應該聽得出來。

「你們都聽到他說的了，」阿瑞斯說：「他呀，成熟又強壯，能夠控制情況。」

我這些朋友們心不甘情不願地走向重新開張的餅店。阿瑞斯先嫌惡地看了我一眼，才像個私人司機般打開大禮車的後車門。

「進去，臭小子！」他說：「好好注意你的禮貌，她可不像我會那麼輕易原諒你的魯莽！」

當我見到她時，整個下巴都掉了下來。

我忘了我的名字，忘了我身在何處，忘了一句話要怎樣才能說得完整。

她穿了一件紅色絲質洋裝，輕柔捲髮宛如瀑布洩下肩膀。她的臉龐是我有生以來見過最美的一張，完美的妝容、閃亮的大眼，還有一個足以讓黯淡角落也發光的燦爛微笑。

回想起來，我實在說不出她長得像誰，連她眼睛和頭髮的顏色我都說不出來。就說一個你認爲最美麗的明星吧，這位女神絕對比她美上十倍。說出你最喜歡的髮色、眼睛顏色，或是任何特徵，這位女神通通都有。

當她對著我微笑的那一刻，看起來竟然和安娜貝斯有些神似。接著，我就像五年級時迷上某個電視明星一樣，然後……你應該能想像得到是什麼情況。

「哦，你來了呀，波西。」女神說：「我是阿芙蘿黛蒂。」

我鑽到她對面的位子，回了些像是「嗯、啊、喔」之類的話。

她還是微笑著。「眞是個可愛的孩子。拜託你，拿著這個。」

她遞給我一面有餐盤那麼大的光亮鏡子，叫我替她拿穩，然後她靠向前，在雙唇上補了一點口紅，雖然我看不出本來有哪裡不好。

「你知道你爲何會在這裡嗎？」她問。

我很想好好回答。爲什麼我說不出一句完整的話呢？她不過就是一位女士，一位美麗至極的女士。她的眼睛彷彿清幽的泉水一般……哇……

我捏捏自己的手臂，超級用力。

「我……我不知道。」我勉強擠出幾個字。

「喔，親愛的，」阿芙蘿黛蒂說：「你還在否認？」

阿瑞斯在車子外面咯咯笑了起來，我想他一定是聽見我說的每一個字。想到他在外面監聽，我瞬間冒出一肚子火，結果腦袋反而變清楚了。

「我不了解您的意思。」我回答。

「這樣說好了，你爲什麼出這趟尋找任務？」

「因爲阿蒂蜜絲被抓走了。」

阿芙蘿黛蒂翻了個白眼說：「喔，拜託，阿蒂蜜絲？你說了一個令人絕望的例子。我的意思是說，如果他們要綁架一個女神，也該找個美得令人屏息的女神不是嗎？我眞是同情那個監禁阿蒂蜜絲的可憐蟲。無聊透頂！」

「但她是在追蹤一隻怪物，」我忍不住抗議著說：「一隻非常、非常壞的怪物！我們一定要找到牠。」

阿芙蘿黛蒂叫我把鏡子舉高一點，她似乎在眼角發現某個細微的缺陷，這次補的是睫毛膏。「世上永遠都會有怪物的，親愛的波西，不過那也是其他成員加入任務的理由。而我呢，我有興趣的是你。」

我心跳加速。我不想回話，但她的雙眼卻將眞實答案從我的嘴裡引了出來。我說：「安娜貝斯有危險。」

阿芙蘿黛蒂露出滿臉笑意。「我就說嘛！」

「我一定要幫她，」我說：「我一直做那些夢。」

「啊，你還夢到她！眞是太可愛了！」

「不是這樣的！我的意思是……你的意思不是我的意思。」

她發出噗哧兩聲，笑著說：「波西，我是站在你這邊的。總歸一句，『我』就是你會在這裡出現的原因。」

我瞪著她問：「什麼？」

「史托爾兄弟給妃比的那件有毒T恤，」她說：「你以爲那純粹是個意外？還有讓黑傑克去找你，幫你溜出混血營？」

「都是你做的？」

「當然囉！因爲呢，這些獵女實在太無趣了！她們出這趟任務是爲了拯救阿蒂蜜絲或是找怪物什麼的，眞無聊！依我說，就讓阿蒂蜜絲永遠不見也無所謂！可是，如果一趟任務是爲了一份眞愛……」

「等一下，我從來都沒說……」

「喔，親愛的，有些話是不用說出來的。你應該知道，安娜貝斯差點要加入獵女隊了，不是嗎？」

我臉紅了。「我不確定……」

「她差點把自己的美麗生涯拋棄了！而你呢，我親愛的孩子，你可以把她解救回來。啊，這眞是太羅曼蒂克了！」

「嗯……」

「好了，把鏡子放下吧。」阿芙蘿黛蒂說：「我看起來可以了。」

我壓根兒沒察覺自己一直舉著鏡子，一旦發現後，我才注意到自己的手很痠。

「波西，你聽好。」阿芙蘿黛蒂說：「獵女隊是你的敵人，忘掉她們，忘掉阿蒂蜜絲和那隻怪物！那些通通不重要，你只要專心尋找安娜貝斯、解救安娜貝斯就好。」

「你知道她在哪裡嗎？」

阿芙蘿黛蒂焦躁地揮揮手。「不，不，這些細節都要留給你自己。不過呢，距離上次有美麗愛情悲劇發生，已經是好久好久前的事啦！」

「嗯，第一點，我從來沒說過什麼愛不愛的；第二點，你說的悲劇是什麼？」

「愛會征服一切。」阿芙蘿黛蒂向我保證。「看看海倫和帕里斯[61]，他們可曾讓任何事阻擋在兩人之間？」

「他們不是引發了特洛伊戰爭，害成千上萬的人死亡？」

「哼，那不是重點。你必須跟隨你的心！」

「但是我……我不知道要去哪裡，我是說，我的心……」

她給了我一個同情的微笑。她眞的很美，不只因爲那張無瑕的臉蛋或是頭髮等等，更由於她是那麼相信愛情。當她談論起眞愛，在她面前的人都會被吸引到頭暈目眩。

「不知道也一種是樂趣，」阿芙蘿黛蒂說：「會感到尖銳的痛楚，是嗎？不確定誰愛你，不確定你愛誰。噢，你們這些孩子實在太可愛了，我感動到想哭呢！」

「不，不，」我說：「別哭。」

「不用擔心，」她說：「我不會讓你的這段過程太無聊、太輕鬆的。不會不會，我可是庫存著許多美好的驚喜，像是心痛、苦惱、猶豫不決。喔，你等著吧！」

「那都還好，」我說：「拜託不要搞出任何麻煩。」

「你眞是可愛，多希望我的每個女兒都能爲了像你這樣的男孩而動心。」阿芙蘿黛蒂眞的熱淚盈眶。「現在，你最好準備啓程了。還有，波西，你在我丈夫的地盤裡一定要分外小心，千萬別拿任何東西。他對他那些廢物和小玩意兒都非常在意。」

「什麼？」我驚訝地問：「你是說赫菲斯托斯？」

只是我話沒問完，車門就開了。阿瑞斯抓住我的肩膀一扯，我又回到了夜色中的沙漠。

覲見愛神的過程已經結束。

「你運氣很好哪，臭小子！」阿瑞斯將我推離大禮車，說：「你要心懷感激。」

「感激什麼？」

「感激我們這次對你那麼好！要是換成我做主……」

「那你爲什麼還不殺我？」我突然住嘴。在戰神面前講這種話絕對是件蠢事，問題是，只要他在身邊，我就忍不住暴躁易怒、魯莽衝動起來。

阿瑞斯點點頭，一副我終於說了句有智慧的話的樣子。

「老實說，我很樂意殺你。」他停了一下才說：「但你看看，現在的情況不同。奧林帕斯有一種說法，說你可能會開啓史上最大的戰爭，我當然不能冒險搞砸這樣的事。再說呢，阿芙蘿黛蒂把你當成那種偶像劇明星，我要是殺了你，會讓她覺得我是壞東西。不過別擔心，

---

61 海倫（Helen），希臘傳說中最美麗的女人，是宙斯的女兒。帕里斯（Paris）是特洛伊國（Troy）的王子，對海倫一見傾心。愛神阿芙蘿黛蒂承諾幫助帕里斯，讓絕世美女海倫對她動情，而海倫當時已是斯巴達國王之妻。當海倫隨帕里斯離去後，引起希臘城邦與特洛伊之間長達十年的戰爭。

我從來不曾忘記自己的誓言。不久的將來，很快就會來到的時刻，你將會舉起你的劍去戰鬥，而且，你會想起來自阿瑞斯的懲罰。」

我握緊拳頭說：「爲什麼要再等？我打贏過你一次！你的腳踝癒合得怎麼樣啦？」

他露出邪惡的笑容。「不差，臭小子。不過你根本嚇唬不了我，等我狀況好而且準備好的時候，再和你打。到那時……你等著輸吧！」

他彈一下手指，剎那間，整個世界在漫天的紅土中三百六十度旋轉起來，我摔倒在地。等我再度站好，大禮車已經不見了。消失的還不只那輛車，原本的馬路、墨西哥餅店、吉拉克勞整個村子的建築，全都無影無蹤。我的朋友和我現在站在垃圾場的中央，廢鐵堆積成山，往四面八方無止盡延伸。

「她找你要做什麼？」當我跟他們說車子裡的女士是阿芙蘿黛蒂時，碧安卡問我。

「喔，其實我也搞不清楚。」我撒了個小謊。「她說這是她丈夫的垃圾場，叫我們要小心，不要拿任何東西。」

柔伊瞇起眼睛說：「愛神特地親自走一遭，不會只爲了提醒汝這種事。波西，小心一點，愛神曾經害許多英雄走上歧途。」

「難得有一次，我完全認同柔伊。」泰麗雅接著警告我：「你不能信任阿芙蘿黛蒂。」

格羅佛看著我，笑得很詭異。他和我之間有共感連結的聯繫管道，可以知道我的心情。

現在我覺得他完全清楚我和阿芙蘿黛蒂之間的對話內容。

「所以呢，」我緊張地趕快轉換話題，「我們要怎樣離開這裡？」

「往那邊，」柔伊說：「那裡是西邊。」

「你怎麼分辨得出來？」

在滿月的月光下，我很驚訝自己竟能清楚看到柔伊對我翻白眼。「大熊星座在北邊，」她回答我：「所以那裡就一定是西邊！」

她指著西邊，然後又指向北邊的星群。天空裡的星星如此多，若不注意實在很難分辨哪個星座在哪邊。

「喔，是啦。」我說：「那頭大野熊。」

柔伊似乎被我的話觸怒。「你放尊重一點！牠是一隻好熊，一個可敬的對手！」

「你說的好像它是眞的！」

「喂，大家！」格羅佛插嘴說道：「快看！」

我們正站在垃圾山的一個山脊上。因爲月光的出現，成堆成排的金屬物品開始發出亮光，有銅雕馬匹的斷頭、人類塑像的破腳、壓爛的馬車、數以噸計的盾牌刀劍和武器。當然，這裡面也有許多現代的東西，像是閃閃發亮的金色轎車、銀色跑車、冰箱、洗衣機、電腦螢幕等等。

「哇！」碧安卡喊著：「那個東西……有些地方看起來像是眞的金子！」

「的確是，」泰麗雅嚴肅地說：「但像波西說的，別碰任何東西，這裡是天神的垃圾場。」

「垃圾？」格羅佛拿起一頂由金銀珠寶做成的美麗皇冠，其中一側有些破損，像是被斧頭劈過。「你叫這東西垃圾？」

他剝下一小塊開始咀嚼。「嘿，好吃耶！」

泰麗雅伸手把皇冠從格羅佛掌中拍掉。「我是說眞的！」

「你們看！」碧安卡說。她衝下坡，踉蹌越過滿地金盤銅線，然後撿起一把弓，一把在月光中閃耀的銀弓。「是獵女的弓！」

她驚呼出聲，因爲這把弓在她手中開始縮小，轉眼變成一支形如彎月的髮簪。「這好像波西的劍哦！」

柔伊的臉冷若冰霜。「碧安卡，放下。」

「可是……」

「它會在這兒一定是有原因的。任何被丟棄到這個垃圾場的東西，都只屬於這個垃圾場。它是有缺陷，或者是被詛咒的。」

碧安卡不情願地放下那支髮簪。

「我不喜歡這個地方。」泰麗雅說，手緊握著長槍的柄。

「你是認爲我們會被殺手冰箱攻擊嗎？」我問。

泰麗雅給我一個難看的臉色。「波西，柔伊說的對，這些東西被丟到這裡都是有原因的。

我們走吧，趕快穿過這個垃圾場。」

「這是你今晚第二次認同柔伊了！」我嘴裡故意唸著，但泰麗雅假裝沒聽到。

我們開始在滿山滿谷的垃圾中找尋路徑，而這些垃圾似乎永無止盡。要不是看得到大熊星座，我們必定會迷失方向，因爲放眼望去所有山丘都長得一樣。

我很想完全不去看地上的垃圾，問題是，眞的有很多超酷的東西讓你很難不去注意。我發現一把電吉他，形狀像極了阿波羅的七弦琴，可愛到我忍不住拿起來多看兩眼。格羅佛發現一棵金屬做的樹，雖然已經被砍成幾段，枝頭上的黃金小鳥卻依然存在，而當格羅佛撿起樹枝時，它們竟然打轉起來，振翅欲飛。

好不容易，我們終於看見了垃圾場邊緣，距離大概還有八百公尺遠。一條公路的燈光在沙漠中延伸，但我們和公路之間……

「那是什麼？」碧安卡驚呼。

眼前這座山丘比其他垃圾山都來得大且長，簡直就像個金屬大台地，長度可比一個足球場，高度則有球門杜那麼高。台地的一端有十根杜子排成一排，緊緊擠在一塊。

碧安卡皺起眉頭。「它們看起來好像……」

「腳趾頭。」格羅佛說。

碧安卡點著頭說：「非常、非常大的腳趾頭。」

柔伊和泰麗雅相互使了個眼色，神情緊張。

「我們繞過去。」泰麗雅說：「繞遠一點。」

「可是公路就在前面了，」我抗議著，「直接爬過去比較快！」

鏘！

泰麗雅舉起長槍，柔伊拉開銀弓，還好我很快就知道原來是格羅佛。他剛剛朝腳趾頭的方向丟了一塊鐵片，鐵片擊中其中一根柱子引起深遠的回音，彷彿那柱子是中空的。

「你為什麼要那樣做？」柔伊厲聲問。

格羅佛畏縮地說：「我也不知道。嗯，我只是……不喜歡假的腳趾頭？」

「走吧，」泰麗雅看著我說：「繞路。」

我沒有爭辯，那些大腳趾也開始讓我有些恐慌。是呀，誰會雕刻三、四公尺高的大腳趾，還把它們黏到垃圾場裡？

經過一小段時間的步行，我們終於踏上公路。這是一條已經廢棄的道路，卻有路燈照著黝黑的柏油路面。

「我們走出來了，」柔伊說：「感謝天神！」

不過天神顯然還不想被感謝。就在這當下，我聽見一種聲音，宛如上千部垃圾壓縮機同時在碾壓金屬。

我環顧四周。身後的垃圾山正在翻騰、升高，十根腳趾頭也開始傾斜。現在我知道那十根柱子為什麼形狀這麼像腳趾頭，因為它們眞的就是！金屬堆中升起的，是一個全副希臘武裝的青銅巨人，高到令人難以置信，根本就是個有手有腳的摩天大樓！月光下，他閃著邪惡的微光，低頭注視我們，而那張臉已經扭曲變形，左邊熔掉了一半。他的關節鏽蝕，動起來嘎吱作響，穿了護甲的胸膛上布滿灰塵，在那些灰塵中，看得出曾用巨大手指寫下了幾個字：「清洗我」。

「塔羅斯！」柔伊驚叫。

「誰……誰……是塔羅斯？」我講話都結巴了。

「赫菲斯托斯的創作之一，」泰麗雅說：「但應該不會是當初那一個，這一個巨人太小了。也許，他是概念原型，一個有破損的模型。」

金屬巨人不喜歡聽到「破損」兩個字。

他的一隻手移到腰帶上拔出武器。那武器出鞘的聲音恐怖極至，是金屬摩擦著金屬的尖銳聲。他的劍刃有三十幾公尺長，看起來又鏽又鈍。不過那也不重要了，畢竟被那種東西撞到跟被整艘軍艦撞到是一樣的。

「有人拿了東西！」柔伊說：「是誰？」

她用高度懷疑的眼神盯著我。

我猛搖頭。「我不是小偷！」

碧安卡完全沒說話，但我發誓她面露罪惡感。然而我也沒有時間多想，因為破損的大巨人塔羅斯只朝我們跨出一步，就讓敵我間的距離縮減一半，而且還天搖地動！

「快跑！」格羅佛大喊。

眞是個好建議啊，卻根本是一點希望都沒有的建議。這個巨人隨便跨個半步都可以大幅超前我們！

我們分散開來，如同當時對付奈米亞獅子一般。泰麗雅一邊高舉著展開的盾牌，一邊往公路上跑。巨人揮舞長劍，沿路斬斷電線讓它走火爆炸，火花噴飛在泰麗雅的路徑上。柔伊將箭往巨人的臉部射去，然而飛箭對金屬起不了作用，一一彈射回來。格羅佛像隻小羊一樣叫著，爬上另一座金屬垃圾山。

結果變成我和碧安卡跑往同個方向，躲到一輛壞掉的馬車後面。

「你拿了東西，」我說：「那把銀弓。」

「沒有！」她說著，但聲音顫抖。

「還回去，」我說：「把它扔掉！」

「我……我並沒有拿那把弓！再說，現在也太遲了。」

「你拿了什麼？」

我來不及聽她回答，就先聽到巨大的金屬撞擊聲，然後天空整個被陰影遮蔽。

「快逃！」我衝下了山坡，碧安卡則緊跟在後。巨人已經在我們剛才藏身的地方踩出一個深凹火山口！

「喂，塔羅斯！」格羅佛拚命喊，但巨人舉著劍，只看碧安卡和我。

格羅佛飛快吹起蘆笛，公路上散落的那些電線隨即開始起舞。我在事情發生的前半秒才豁然明白他的用意。仍通著電力的電線另一端，正繞過巨人的後腳並纏住他的小腿。電線冒出火花，一股電流擊往巨人背上。

塔羅斯猛一轉身，又是一陣可怕的碎裂崩解聲。格羅佛替我們爭取到幾秒的時間。

「快來！」我對碧安卡喊叫，但她卻呆立在原地。她的手伸向口袋，掏出了一個金屬小雕像，是一尊天神。「這個……這個是要給尼克的，這是他唯一還沒收集到的雕像。」

「你怎麼在這種時刻還會想到神話魔法遊戲？」我說。

她淚眼汪汪。

「丟下它，」我告訴碧安卡：「也許巨人會放過我們。」

她不情願地鬆開手，但什麼事也沒發生。

巨人追逐著格羅佛，揮劍刺向垃圾山。雖然劍離格羅佛一、兩公尺遠，卻引起垃圾大山崩。在漫天聲響中，格羅佛的身影消失了。

「不！」泰麗雅大喊著。她揚起長槍，一道藍色閃電從天而降，擊中巨人生鏽變形的膝蓋。巨人垮了下來，但又很快起身。我無法判斷這個巨人有沒有感覺，那張熔掉一半的臉上毫無情緒表現，但我覺得這個二十層樓高的金屬武士已經不爽到了極點！

他抬起大腳，又要重重踩往地面。我看到他的腳底也有像球鞋底部的溝紋，在腳跟處還有一個洞，像個超大維修孔。洞的邊緣漆有紅字，在大腳落地的當下，我才看出那裡寫的是：「僅供維修之用」。

「我有個瘋狂的點子。」我說。

碧安卡緊張地看著我。「儘管說。」

我告訴她我看到了維修孔。「也許有辦法控制這傢伙，我想要進去看看。」

「怎麼可能辦得到？那你要先站到他的腳下，這樣會被踩扁的！」

「讓他分心，」我說：「只要算準時間就好。」

碧安卡咬著牙，然後說：「我去！」

「你不行！你是個新手，你會死的！」

「這個怪物之所以會來追我們，都是我的錯。」她說：「這是我的責任。來！」她撿起那個小雕像塞進我手中。「如果發生任何事……把這個給尼克，告訴他……告訴他我很抱歉！」

「碧安卡，不可以！」

然而她不再理我，直接衝向巨人的左腳。

此刻巨人的注意力在泰麗雅身上。泰麗雅發現這個巨人雖然龐大，但是動作遲緩。如果你靠得夠近又沒被踩到，反而可以在他旁邊跑來跑去，沒有立即的生命危險。至少目前看起來是如此。

碧安卡在巨人腳邊努力站穩，因爲她腳下的破銅爛鐵都被巨人的重量弄得搖擺晃動。

柔伊大喊：「你在做什麼？」

「讓他抬起腳！」碧安卡對柔伊說。

柔伊朝巨人的臉射出一枝箭，正中鼻孔。巨人站直了猛搖頭。

「喂，廢鐵人！」我喊著：「我在這裡！」

我跑向他的大腳趾，用波濤劍刺他，這把魔法劍在他的青銅面上劃出了刻痕。

很不幸的，我的方法起了作用。塔羅斯低頭看看我，果然舉起他的大腳，像要踩死螞蟻般來踩我。我看不到碧安卡在做什麼，只能轉身拼命狂奔。塔羅斯的大腳落下，離我只有五公分，我被震到空中，狠狠撞上某個東西，之後跌坐下來，頭暈眼花。我被丟到一個奧林帕斯旋風牌冰箱上。

巨人要繼續解決我，這時格羅佛從一堆垃圾中爬出來，吹起狂亂的蘆笛曲，另一條電線又給了巨人大腿強烈的電擊。巨人轉身找他，格羅佛應該要跑的，但他一定是施展太多魔法耗盡了體力，才走兩步便倒下去，沒再爬起來。

「格羅佛！」泰麗雅和我一起跑向他，即使我心中明白已經來不及。

塔羅斯高舉長劍，眼看劍尖就要劃到格羅佛，突然間它的動作嘎然停止。

塔羅斯的頭歪向一邊，像是聽到什麼奇怪的新曲子。他的手腳開始以非常怪異的方式扭動，你可以說他是在跳街舞。然後他握緊拳頭，朝自己的臉部狠狠揮去。

「做得好，碧安卡！」我叫。

柔伊大驚失色。「她在裡面？」

巨人的步伐踉蹌晃盪，我知道危險尚未解除。泰麗雅和我合力抓起格羅佛，帶著他往公路方向衝。柔伊已經跑在我們前面，喊著說：「碧安卡要怎麼脫身？」

巨人敲了一下自己的頭，丟掉手中長劍。他突然全身顫抖，搖搖晃晃朝電線方向走去。

「小心！」我放聲大喊，但是來不及了。

塔羅斯的腳踝整個被電線圈住，電流的藍色閃光貫穿他全身。我希望他的體內是個絕緣體，但我們根本無從得知那裡面是什麼狀況。他巨大的軀體往後方擺動，又回到垃圾場內，然後右手崩解離開軀幹，掉到滿地金屬上，發出可怕的一聲巨響。

他的左手也在肢解，好幾個關節開始鬆脫。

塔羅斯開始拔腿奔跑！

「等等！」柔伊狂喊，現在換成我們在追他。只是我們實在很難追上，因爲他身上掉下來的零件不斷擋住我們的路。

巨人從最上面開始往下塌散。先是頭，再來是胸，最後連雙腳也瓦解。我們好不容易跑到殘骸旁瘋狂尋找、大聲呼叫，希望碧安卡趕快出現。我們在大塊、空洞的金屬片中攀爬，在看得出頭和腳的地方拼命搜索。直到太陽開始爬升，幸運始終不曾降臨。

柔伊坐下來，開始流淚。看到她哭泣讓我很震驚。

泰麗雅發出憤怒的吼叫，拿劍刺向巨人已經毀壞的臉部。

「我們還可以繼續找，」我說：「太陽出來了，我們會找到她的。」

「不，沒辦法的，」格羅佛痛苦地說：「該發生的事情總是會發生。」

「你在說什麼？」我大聲反問他。

他抬頭看我，眼睛完全溼透。「神諭說：『在無雨的土地上，將會失去一人。』

爲什麼我沒有想到？爲什麼我讓她去而不是自己去？

我們在無雨的沙漠中，碧安卡・帝亞傑羅就此失蹤。

14 胡佛大壩之旅

我們在垃圾場邊找到一輛超級破舊的拖吊車，破爛到可以自行宣告報廢的程度。但它的引擎還能發動，油箱也是滿的，我們便決定要借用一下。

負責駕駛的是泰麗雅，只有她不像格羅佛、柔伊和我一樣驚愕失神。

「骷髏武士還是會追過來，」她提醒我們，「我們必須繼續前行。」

她帶著我們穿越沙漠。晴空萬里，黃沙閃亮到令人難以直視。柔伊陪泰麗雅坐在前面的車廂，格羅佛和我則爬到後面的載貨平台，倚靠著拖吊捲輪坐下。四周空氣乾燥涼爽，但在失去碧安卡後，這種完美天氣卻像在羞辱我們。

我緊緊握住那尊小雕像，碧安卡因爲它失去了生命。我還是分辨不出這尊小東西是什麼天神，尼克應該知道。

喔，天神啊……我要怎麼跟尼克說呢？

我很想說服自己碧安卡也許仍活在某處，但心裡卻有不祥的感覺，她已經永遠離開了。

「應該是我去，」我說：「應該是我要進去巨人的腳裡。」

「不要那麼說！」格羅佛激動地說：「安娜貝斯不見就已經夠糟了，現在又是碧安卡。你以為我還可以承受，如果是……」他開始啜泣，「你覺得，這個世上還有任何人……能變成我最好的朋友嗎？」

「喔，格羅佛……」

他隨手拿一條油膩的布擦拭淚水，反而將臉弄得髒兮兮的，好像小兵故意在臉上塗抹迷彩那樣。「我……我還好。」

他其實一點也不好。自從新墨西哥州那陣怪風所引發的怪事之後，他就變得很脆弱，比平常還要情緒化。我根本不敢再提起這件事，就怕他的眼淚會潰堤。

不過碰到朋友比自己還脆弱時，至少有一個好處，那就是我知道自己不能繼續這樣一蹶不振。我真的得先擱下對碧安卡的思緒，好好繼續任務，而這就是泰麗雅現在在做的事。不知道她和柔伊在拖吊車前座都說了些什麼。

拖吊車開到一個峽谷邊緣就沒油了，剛好路也到了盡頭，峽谷的底部又是條河流。泰麗雅跳下車，用力甩上門，緊接著一個輪胎漏氣了。「喔，太好了。現在怎麼辦？」

我舉目張望，這裡沒什麼可看的，除了偶爾隆起的荒涼土丘之外，到處都是沙漠。唯一有趣的地方就是峽谷，谷底的那條河不算大，河寬約四、五十公尺。碧綠的河水夾著幾段激流，卻在這浩瀚沙漠中刻劃出巨大的深谷，岩石裸露的斷崖筆直下墜。

「那裡有一條路，」格羅佛說：「我們可以走下去河邊。」

我的視線努力搜尋格羅佛口中的「路」，終於在斷崖上看到一道蜿蜒細小的切痕。「那是羊走的路吧！」我說。

「所以呢？」他問。

「我們幾個又不是羊。」

「我們全都辦得到的，」格羅佛補充說：「我是這麼覺得啦！」

我想了一下。我曾經爬過斷崖，但可不喜歡那種感覺。我再看看泰麗雅，她的臉色已經白到不能再白。她有懼高症呢……她沒辦法通過這一關。

「不行，」我說：「我想，我們應該往更上游去試試。」

格羅佛回說：「可是……」

「走吧，」我說：「多走一點路又不會怎麼樣。」

我偷瞄泰麗雅一眼，她回了我一個感激的眼神。

我們沿著峽谷上緣走了七、八百公尺，就發現下到河邊的坡度已經和緩許多，一行人於是順利往下走。河邊有一間獨木舟租借店，這個季節並沒有營業，但我留了一疊希臘金幣在櫃台上，旁邊附一張便條寫著：「借用兩艘船。」

「我們必須往上游去。」柔伊說。這是離開垃圾場後我第一次聽到她說話，那聲音彷彿染上重感冒，虛弱得令人憂心。「可是水流太湍急了。」

「我會解決的。」我說，然後大家開始把船往水裡推。

我和泰麗雅走去拿槳，她將我拉到一旁小聲說：「剛剛謝謝你。」

「沒什麼。」

「你眞的能……」她比著水流，「你知道我要說什麼。」

「我想我可以，通常跟水有關的我都很在行。」

「你能載柔伊嗎？」她問。「我想……嗯，或許你能跟她談一談。」

「她不會想要跟我同船吧。」

「拜託你，好嗎？我不知道是否還能再忍受跟她同船，她……她開始替我擔心了。」

這明明是全世界我最不想做的事，但我還是點頭答應。

泰麗雅整個人放鬆下來。「我欠你一次。」

「是兩次。」

「一次半。」泰麗雅說。

她露出了微笑。就在這一秒，我想，其實她不對我吼叫時，我還滿欣賞她的。她轉身離開，幫格羅佛推船入水。

我一下水便發現，控制水流這檔事根本用不著我出力。從船隻一進入河面開始，船邊就出現了幾個水精靈盯著我看。

她們的長相就如同十幾歲的少女，和隨便一個在路上逛街的女孩沒兩樣，只不過她們是在水底下。

「嗨！」我說。

她們冒出一堆像泡泡的聲音，不知道那是不是在偷笑。我一直不大能理解精靈。

「我們要往上游去，」我說：「請問你們可以……」

我話還沒說完，精靈們已經自動分成兩組，開始將我們推往上游。因為啓動得太快，格羅佛還整個摔進獨木舟中，羊腳朝天。

「我討厭精靈。」柔伊喃喃抱怨。

一股水流突然從船身後面湧起，「啪」的一聲打向柔伊的臉。

「可惡！」柔伊伸手拿弓。

「喂！」我說：「她們只是在玩。」

「可惡的水精靈，她們永遠都不原諒我！」

「原諒你什麼？」

她將弓丟回肩上。「很久以前的事，別提了。」

我們快速航向上游，兩側懸崖更加高聳。

「碧安卡的事不是你的錯，」我告訴柔伊：「都是我的錯，是我讓她去的。」

我猜這樣柔伊就有理由可以大聲罵我，起碼這樣能讓她甩開一些憂鬱。

相反的，柔伊的肩膀完全垮下來。「不，波西，是我硬要她參加任務。我太心急了！她是個非常有力量的混血人，又非常善良，所以我……我想她可以接任獵女隊隊長。」

「但你已經是隊長了。」

她緊抓著箭筒的背帶，整張臉比我見過她的任何時候都要來得疲憊。「沒有什麼事情是能永遠持續的，波西。我已經帶領獵女隊兩千年了，我的智慧卻沒有增長。現在，阿蒂蜜絲又身陷險境。」

「拜託，那件事更不能怪你。」

「但如果我堅持陪她去……」

「你以為你能抵抗挾持阿蒂蜜絲的邪惡力量？並沒有你能幫上忙的地方啊！」

柔伊默不出聲。

兩岸懸崖愈來愈高，長長的陰影遮蓋了河面，即便天空一片晴朗，深谷內卻愈來愈寒冷。

我想都沒想，本能地從口袋掏出波濤。柔伊見到這支筆，露出傷痛的表情。

「這是你做的。」我說。

「汝為何知？」

「我夢到的。」

她端詳著我，我本來以為她一定會說我瘋了，但她只是嘆了一口氣說：「那是一個禮物，是一個錯誤。」

「你送給哪一位英雄？」我問。

柔伊搖搖頭。「不要叫我說出他的名字，我發誓永遠不會再說出那幾個字。」

「你說得好像我認識他一樣。」

「我確信你知道他。你們男孩子不是都希望能像他一樣嗎？」

她那諷刺的語氣讓我不想再問下去。我低頭看著波濤，頭一次在想它是否也被詛咒過。

「你的母親是一位水神嗎？」我決定問些別的。

「是的，普蕾昂妮。她有五個女兒，我的姊姊和我，就是赫斯珀里德斯[62]。」

「赫斯珀里德斯？就是那些住在西方大海邊緣的花園裡，和一隻龍一起守護天后希拉的金蘋果樹的女孩？」

「是的，」柔伊沉思著，「那隻龍叫做拉頓。」

「可是傳說不是只有四姊妹嗎？」

「現在的確是四姊妹。我被驅逐、被遺忘了，就像從來沒有存在過。」

「爲什麼？」

柔伊指著我的筆。「因爲我背叛了我的家人，去幫助一位英雄。你在傳說也找不到這段故事，因爲他從未提過我。在他直接攻擊拉頓失敗後，我告訴他還能怎樣去偷取金蘋果，怎樣騙過我的父親。但是，他把一切歸功於自己，得到了所有好處。」

「可是……」

水聲汩汩傳來，是水精靈用心靈感應跟我說話。獨木舟的速度正在減慢。

我往前一看就知道了原因。

水精靈只能載我們到這裡，河水在此被攔截住。我們的前方出現一座有巨型足球館那麼大的水泥大壩。

「胡佛水壩63，」泰麗雅說：「眞的很大。」

我們站在河邊，抬頭望著兩岸峭壁間築出的高大水泥圓拱。弧形水壩的頂端有人在走路，從這兒看過去，他們小得像螞蟻一樣。

水精靈離去前唏哩呼嚕說了一堆話，雖然不是用我聽得懂的語言，但意思顯然是她們痛恨這座水壩擋住了美麗的河流。至於我們那兩艘獨木舟則往下游回漂，水壩排水口的水流弄得它們直打轉。

「高度兩百二十公尺，」我開始背誦：「建於一九三〇年代。」

「蓄水量三十五億兩千萬立方公尺。」泰麗雅接口。

格羅佛嘆息著說：「全美國最大的人工建設。」

柔伊瞪著我們幾個。「你們怎麼會這麼清楚？」

「安娜貝斯，」我說：「她最喜歡研究建築工程。」

---

62 赫斯珀里德斯（Hesperides），守護天后希拉的金蘋果園的女神們。她們有著優美動人的嗓音。

63 胡佛水壩（Hoover Dam），位在美國亞利桑那州和內華達州交界的科羅拉多河黑峽谷，於一九三六年完工。它的蓄水庫稱為米德湖（Lake Mead），是美國蓄水量最大的人工水庫。

「她瘋狂迷戀重要建築物或古蹟。」泰麗雅補充。

「她隨時隨地會冒出各種建築物的細節資料，」格羅佛哼一口氣，「有時煩死人了！」

「眞希望她也在這裡。」我說。

其他人點點頭，只有柔伊奇怪地看著我們，但我不在意她的眼光。命運似乎就是這麼殘忍，我們來到這個安娜貝斯最心儀的建築工程之一，但是她卻不能親眼目睹。

「我們應該要到上面去。」我說：「算是爲了她，這樣才能說我們來過這裡。」

「你實在很情緒化，」柔伊說：「不過，馬路的確在上面。」她指向一片寬敞的停車場，就在水壩頂端的旁邊。「好啦，開始觀光行程吧。」

我們走了快一小時的路，才在河的東側找到可以往上連接馬路的通道，於是我們朝著水壩頂端切過去。壩頂不僅冷，還颳著強風，一側是荒瘠岩山圍成的浩瀚大湖，另一側是陡降的水泥壩體，形狀宛如世界難度最高的滑板坡道。河流遠在兩百多公尺的下方，排水口流出來的水不停翻騰。

泰麗雅走在馬路正中間，盡可能與兩側保持著最遠的距離。格羅佛不斷嗅聞著風，神情變得緊張起來。他什麼話都沒說，但我知道，他聞到怪物的味道了。

「牠們距離多近？」我問他。

他搖搖頭說：「也許不算近。壩頂的強風、四面八方都是沙漠……氣味或許可以飄散幾公里遠。只是它從好幾個方向過來，我不喜歡這種感覺。」

我也不喜歡。今天已經是星期三了，離冬至只剩兩天。我們還有好長的路要走，我眞的、眞的不想再遇到怪物。

「遊客中心裡面有間簡餐店。」泰麗雅說。

「你來過這裡？」我問她。

「來過一次，來看『守護者』。」她指向水壩對面的那一端。在緊鄰岩壁的一個小廣場上有兩尊大銅像，看起來很像長了翅膀的奧斯卡金像獎獎座。

一群觀光客聚集在銅像四周，好像都在看銅像的腳。

「那是水壩建好時要獻給宙斯的禮物，」泰麗雅解釋：「雅典娜送的。」

「他們在做什麼？」我問。

「用手摩擦銅像的腳趾，」泰麗雅說：「有人認爲那樣可以帶來好運。」

「爲什麼？」

她搖搖頭。「凡人總有些瘋狂的想法。他們不知道這兩尊銅像是要獻給宙斯的，但是又知道銅像具有一些特別的意義。」

「上次你來這裡時，守護者有跟你說些什麼，或做了什麼嗎？」

泰麗雅的臉色沉了下來。我能想像她之前來這裡時希望能獲得什麼，其實就只是一絲來自他父親宙斯的跡象，或是一些與父親的連結。「沒有，它們完全沒有動作，就只是高大的金屬雕像而已。」

我不禁想到前一次我們碰上高大金屬雕像的悲慘後果，那感覺還揮之不去。但我決定不要再提那件事了。

「先去大壩的簡餐店吧，」柔伊說：「我們要趁能吃的時候趕快吃。」

格羅佛咧嘴笑著說：「什麼？你說『打靶』簡餐店？」

柔伊眨眨眼。「有什麼好笑的？」

「沒事，」格羅佛回答，努力裝出一臉正經樣。「那我要去吃打靶薯條。」

連泰麗雅也笑著說：「我要去上打靶廁所。」

或許是因爲大家都累壞了，情緒緊繃到極點的我們開始發起神經。我是第一個狂笑出聲的，而泰麗雅和格羅佛馬上跟進，只有柔伊一直瞪著我們。她不解地說：「我還是搞不懂這有什麼好笑的。」

「我要去打靶噴水池。」格羅佛繼續說。

「那我要……」泰麗雅笑到上氣不接下氣，「買打靶衣！」

我笑彎了腰，如果不是聽到一個聲音的話，我可能會一整天笑倒在那邊。

「哞——」

我的笑容頓時消失。我懷疑這個聲音是不是只出現在我腦海，然而格羅佛也停止他的瘋狂大笑。他轉頭四望，面帶疑惑地問說：「有聽到牛在叫嗎？」

「打靶牛嗎？」泰麗雅仍止不住笑。

「不，」格羅佛說：「我是認真的。」

柔伊側耳傾聽。「我沒聽見什麼聲音。」

泰麗雅冷靜下來，看著我問：「波西，你還好嗎？」

「嗯，」我說：「你們先走，我隨後就來。」

「怎麼了？」格羅佛問我。

「沒事，」我說：「我……我只需要一分鐘，想一點事。」

他們全都有些猶豫，但可能看我心情不好，所以還是決定先進去遊客中心，讓我獨處片刻。他們一離開，我馬上衝到水壩面北的水域四處搜尋。

「哞——」

牠在湖面下方十公尺處，但我能清楚看見牠，是來自長島海峽的蛇尾犢牛貝絲。

我環顧四周。壩頂有幾群孩子在奔跑，許多年長的遊客在散步，有些是一家人共同來欣賞美景，不過還沒有任何人注意到貝絲。

「你來這裡做什麼？」我問。

「哞！」

牠傳出的聲音很緊張，好像想要警告我什麼事。

「你怎麼來到這裡的？」我們離長島有數千公里遠，而且這裡還是內陸，牠絕對沒辦法一路游過來。但眼前的情況是，牠就出現在這大壩圍起的水域裡。貝絲繞圈圈游泳，再用頭抵著水壩牆面。「哞！」

牠希望我跟牠一起走，並且催我快一點。

「不行，」我對牠說：「我的朋友都在裡面。」

牠棕色的眼睛哀傷地望著我，再來一聲更加緊急的叫聲：「哞！」接著牠一個翻身，沒入水中消失無蹤。

我有些猶豫。一定有什麼事情不對勁，牠才極力要警告我。我正在考慮跳過圍欄跟牠同去的可能，但整個人不自覺地緊張了起來。我手上的寒毛直豎，往下看著壩頂通往東邊的馬路上，有兩個人慢慢朝我走來。他們的灰色迷彩制服在骷髏身體外閃爍著。

那兩人穿過一群孩子，還把他們往旁邊推開。有個小孩喊說：「喂！」其中一個武士轉頭瞪他，慘灰的鬼臉瞬間變成骷髏頭。

「啊！」那個小孩驚聲尖叫，其他孩子都後退跑開。

我衝向遊客中心。

就在踏上遊客中心門口階梯時，一道刺耳的煞車聲傳來。水壩西側突然出現了一台小巴士，它高速急轉彎停在馬路中間，差點撞上幾位老人家。

巴士的門打開，更多骷髏武士跳出來。我被包圍了。

我趕忙跑下階梯，穿過展示館入口。門前負責安檢的警衛大叫：「喂，同學！」但我並沒有停下來。

我跑過展示區，藏身在一群旅行團後面。我想找我的同伴，但完全看不到他們的人影。那個大壩簡餐店到底在哪裡？

「不要跑！」負責安檢的警衛高呼。

我沒有其他路可走，唯一能去的地方就是跟著這群旅行團坐電梯。在電梯門要關上前，我硬擠了進去。

「我們將要下降兩百二十公尺，」電梯裡的女性導覽員聲音愉悅地介紹著。她是個公園管理員，長髮紮成馬尾，戴著一副有色眼鏡。我猜她還沒發現有人在追我。「各位女士先生，請不用擔心，這部電梯幾乎從來不曾故障過。」

「這部電梯有到簡餐店嗎？」我問她。

我背後有些人不小心笑出聲，女導覽員認真地看著我。她的眼神竟讓我打了一個寒顫。

「這部電梯是到渦輪發電廠，年輕人。」導覽員回答我說：「你剛剛在上面沒有認真聽我精彩的介紹嗎？」

「喔，有呀。那請問一下，有別的出路可以離開水壩嗎？」

「這是一條死路，」我背後有個遊客幫忙回答：「看在老天的份上，唯一的出口是另外一部電梯。」

電梯門開了。

「各位，請往前直走。」導覽員高聲告訴大家：「走到長廊的盡頭，會有另一位管理員在那邊等著各位。」

我沒有別的選擇，只能跟著整團人走出電梯。

「還有，這位年輕人，」導覽員顯然在叫我。我回過頭去，她已經摘下了眼鏡。她的雙眼是令人吃驚的深灰色，彷彿捲起風暴的雲層。「對夠聰明的人來說，永遠都找得到出路。」

她在電梯裡，電梯門關上。門外就剩我一人。

我還來不及細想導覽女士的話，角落邊響起「叮！」的一聲，當第二部電梯門正要開啓時，我又聽到一種絕對不會認錯的聲音——骷髏武士的「喀、喀」咬牙聲！

我快步追上剛剛那一團人。電梯出來的長廊是一條在硬石間開鑿出的隧道，好像永無止盡的向前延伸。隧道牆壁冒著水珠，空氣因交織的電流與隆隆的水聲而嗡嗡振動著。接著我到了一個瞭望台式的U型走道，從這裡可以下眺寬闊的機房，巨大的渦輪發電機在大約十五公尺之下運轉。整個空間非常大，但是我沒有瞧見任何可能的出口，除非我要跳進渦輪機化爲電力流出去。我當然沒那麼做。

另一位導覽員的聲音從麥克風傳出來，他向遊客介紹內華達州的供水狀況。我在心裡暗自祈禱其他同伴們都能平安。泰麗雅他們也許已經被抓走，又或許在簡餐店裡吃東西，完全不知道我們被包圍了，而我這個笨蛋卻把自己困在地底幾百公尺的深處。

我繞過整團遊客，試著不讓自己太醒目。瞭望台的另一端有段小走廊，也許我可以暫時藏身在那裡。我的手始終抓著波濤，以便隨時自保。

當我走到瞭望台另一側時，已經緊張得半死。我退到那小走廊裡，開始觀察剛剛走過的隧道。

然後，我突然聽到身後一聲「ㄑㄧ！」，像是骷髏武士的聲音。

我想都沒想，打開波濤劍的筆蓋直接揮劍出去。

那個差點被我切成兩半的女孩驚呼出聲，手上的面紙包直接掉到地上。

「喔！我的天呀！」她尖叫著說：「難道連人家擤鼻涕你也要殺他？」

我腦海閃過的第一個想法是，我的劍竟然沒有傷到她！波濤劍從她身邊溜過，她毫髮無傷。「你是人類！」

她不可置信地望著我。「你是什麼意思？我當然是人類！你的劍怎麼能通過安檢？」

「我沒有……等等，你看得出這是劍？」

這女孩翻了一下眼珠子，那雙眼睛和我一樣是綠色的。她頂著一頭紅棕色捲髮，臉上的鼻子也紅紅的，似乎是因爲感冒的關係。她穿著寬鬆的紫紅色休閒衫，下半身搭配一條牛仔褲，褲子布滿色筆痕跡與小破洞，好像拿叉子戳褲子是她打發時間的方式。

「這個嘛，它要不是劍，就是世界上最大的牙籤！」她繼續說：「而且爲什麼它傷不了我？嘿，我不是在抱怨啦！還有，你究竟是什麼人？哇，你身上這件是什麼東西呀？是獅子毛皮做的嗎？」

她連珠砲似的問題，簡直像是不斷向我丟來的石頭，我哪裡想得出要怎麼回答。我低頭察看大衣的袖子，找找哪邊有露出奈米亞獅毛的跡象，可是我左看右看，都覺得它是件正常的大衣而已。

骷髏武士還在追殺我，我也沒有時間可以浪費，但此刻我只能盯著這個紅髮女孩。我突然想起泰麗雅在衛斯多佛學校耍了老師的那一招，或許我也能操作迷霧。

我集中精神，然後彈了一下手指。「你看到的不是劍，」我對著女孩慢慢地說：「這只是一支筆。」

她眨眨眼。「咦……不是呀，明明就是劍，怪胎！」

「你是誰？」我問她。

她很生氣地說：「瑞秋・伊莉莎白・戴爾！好了，你到底要不要回答我的問題？還是要我大叫把保全給請來？」

「不行不行，」我趕緊說：「其實是這樣，我在趕時間，我遇上了大麻煩。」

「到底是趕時間還是有麻煩？」

「唉，都是！」

她的視線越過我肩膀，眼睛一亮。「廁所！」

「什麼？」

「去廁所！在我後面，快點！」

不知道爲什麼，我眞的乖乖聽她的話。我鑽進男生廁所，留下瑞秋・伊莉莎白・戴爾站在門外。後來想想，自己實在很膽小，但這樣還眞的救了我一命。

我聽見骷髏武士接近的咻咻聲和咯咯響音。

我緊抓住波濤劍，痛罵自己到底在想什麼，竟然留一個人類女孩在外面等死。我準備好要衝出去決鬥，卻聽到瑞秋・伊莉莎白・戴爾打開她機關槍似的話匣子。

「噢，我的天啊！你有看到那個男生嗎？就在你來之前的剛剛，他差點把我給殺了！老天爺啊，他竟然有一把劍耶！你們這些保全人員怎麼會讓一個揮著劍的瘋子進到國家級地標來呢？實在是……哼！他跑掉了，往那些超大渦輪機的方向跑了！我想他八成繞過那邊之後又往哪裡去了，搞不好摔下去了也說不定。」

骷髏武士發出興奮激烈的喀喀聲，接著我聽見他們離去的聲音。

瑞秋打開廁所門。「全都走了，但你最好快一點。」

驚恐的表情寫在她臉上。她臉色慘灰，冒著冷汗。

我往角落瞄過去，三個骷髏武士正衝向瞭望台的另一邊，所以往電梯方向的走道將有幾秒無人的空檔。

「我欠你一次，瑞秋・伊莉莎白・戴爾。」

「他們是什麼東西？」她問。「看起來好像……」

「骷髏？」

她恐懼地點點頭。

「幫自己一個小忙，」我說：「忘掉他們，忘掉你曾經見過我。」

「忘掉你差點殺了我？」

「對，這個也要忘掉。」

「那你究竟是誰？」

「波西……」我開始報上大名，然而骷髏武士也開始轉身。「我該走了！」

「哪有人會叫做『波西．我該揍』啊？」

這時我已經閃到出口。

簡餐店裡滿滿都是孩子，在享受著旅行中最棒的一件事——大嚼特餐。泰麗雅、柔伊和格羅佛才剛坐下，正要開始進食。

「我們要馬上離開，」我喘著氣說：「就是現在！」

「可是我們才剛拿到熱騰騰的捲餅耶！」泰麗雅說。

柔伊站起來，嘴裡喃喃唸著古希臘咒語。「他說的對，看！」

大面的觀景窗戶環繞著簡餐店四周，所以這裡擁有清晰美麗的全景視野，也可以清楚看到骷髏武士們正前來取我們的小命！

我看到不遠處的大嚼馬路東側有兩個骷髏武士，擋住往亞利桑那州的去路；西側另有三個骷髏武士待命，截斷我們逃往內華達州的可能。他們都全副武裝，身上佩著警棍和短槍。

然而我們眼前還有距離更近的危險。剛剛那三個追我追到渦輪室的骷髏武士已經出現在樓梯上。他們隔著簡餐店看到我，又開始咬牙切齒。

「搭電梯！」格羅佛喊著。我們全往電梯直奔，但當電梯門在悅耳的「叮！」一聲之後打開，卻又跑出來三個骷髏武士。所有的骷髏武士都現身了，除了在新墨西哥被碧安卡化成烈焰的那一個之外。我們被徹底包圍了。

這一刻，格羅佛卻有一個非常「格羅佛式」的好點子。

「捲餅大戰！」格羅佛邊大叫，邊拿起他的特大號酪梨醬汁捲餅丟向最近的骷髏武士。

說起來，如果你從來沒被飛天捲餅打到過，實在很幸運。若要講到致命發射物，它的威力甚至勝過手榴彈、砲彈之類的東西。像是格羅佛的午餐捲餅就擊中骷髏武士的頭，那顆頭整個飛離了肩膀。我不知道餐廳裡一堆小孩看到的是什麼情景，但他們全都跟著瘋狂起來，開始互相丟擲手上的捲餅、整籃薯條、一杯杯可樂。整間餐廳充滿尖叫與喧鬧聲。

骷髏武士舉槍想瞄準卻徒勞無功，因爲整個餐廳的人、食物和飲料全部四處飛濺跳躍。

一片混亂中，泰麗雅和我襲擊階梯上另兩個骷髏武士，把他們打飛到旁邊的醬料桌。我們全都衝下樓，儘管酪梨醬汁捲餅繼續在我們頭上咻咻來去。

「現在怎麼辦？」我們跑到外面時，格羅佛問。

我也沒有答案。馬路兩邊的骷髏武士同時看到我們，我們快腳跑到對街靠近銅雕的涼亭，結果卻發現這樣做只是讓我們背靠山壁，別無去路。

骷髏武士朝我們過來，圍成一個半月型的陣勢，他們在餐廳的同夥也跑出來會合。那個頭殼飛掉的武士在行進間把頭放回肩上，另一個則是滿臉紅番茄醬與黃芥茉醬，還有兩個武士的胸廓骨架上卡著一堆捲餅。他們看起來都非常不悅。他們拔出警棍，愈靠愈近。

「四比十一，」柔伊喃喃說著：「而且他們又死不了。」

「這段探險有你們相陪，眞的很好……」格羅佛說著，每個音都在顫抖。

我眼角突然瞥見某個發亮的東西，往身後一看，是銅像的腳趾頭。「哇，」我說：「他們的腳趾眞的很亮！」

「波西，」泰麗雅說：「現在不是談這個的時候。」

但我忍不住注視著這兩尊高大的銅像，以及他們那對宛如拆信刀的長刃型翅膀。兩尊雕像全身都是飽經風霜的暗褐色，只有腳趾例外。幾十年來，人們爲了求得好運不斷地摩擦，讓他們的腳趾像全新的銅板一樣閃亮。

好運，宙斯的祝福。

我想起電梯裡那位導覽員，想起她的灰色眼睛和她的微笑。她那時說了什麼？「對夠聰明的人來說，永遠都找得到出路。」

「泰麗雅，」我說：「向你爸爸祈禱。」

她瞪著我。「他從沒給過回音。」

「就這一次，」我請求她，「祈求他的援助。我覺得……我覺得這兩尊雕像能帶給我們一些好運。」

六個骷髏武士舉起槍，另外五個持警棍往前移動，距離我們十五公尺、十公尺……

「快點！」我喊著。

「不要，」泰麗雅堅持，「他不會回應我！」

「這一次不一樣！」

「誰說的？」

我遲疑了半秒。「我想是雅典娜。」

泰麗雅沉下臉，似乎認為我瘋了。

「試試看嘛。」格羅佛加入請求行列。

泰麗雅閉上眼睛，雙唇無聲的開開閉閉，靜默祈禱。我則把自己的祈禱獻給安娜貝斯的母親雅典娜，希望我的判斷是對的。剛剛在電梯裡的女導覽員就是她，為了讓我們尋找到她的女兒而出手相助。

沒有任何事發生。

骷髏武士逼近。我舉起了波濤劍防衛，泰麗雅則高舉她的盾牌。柔伊把格羅佛推到她背後，然後將銀箭瞄準一個骷髏武士的頭。

突然有一片陰影遮蓋住我們上方。我想，這是死亡的陰影吧，但接著我發現這是一片巨大翅膀的影子。等骷髏武士抬頭要看是怎麼回事時，已經太遲了，銅光一閃，五個拿警棍的骷髏武士瞬間被掃到一旁。

其他骷髏武士立刻開火，我掀開獅皮大衣來擋子彈，結果多此一舉。因爲銅雕天使站到了我們前方，兩翼彎摺像是一面銅盾。骷髏武士射過來的子彈就像雨滴落到鐵皮浪板上，發出清脆聲響後便彈開。兩位天使再揮翅前行，剩下的骷髏武士全飛到馬路對面去。

「呼！站出來的感覺眞好呀！」第一位天使說。他的聲音細碎沙啞，好像從被打造好後就沒有喝過一滴水。

「你有沒有看到我的腳趾頭啊？」另一位天使也開口了。「我的老天爺，這些觀光客到底在想什麼？」

我目瞪口呆，卻也即時回過神來關注骷髏武士的動靜。他們之中已經有幾個爬了起來，重整隊形，伸出乾枯手掌找回武器。

「危險！」我說。

「帶我們離開這裡！」泰麗雅大喊。

兩位天使同時低頭看她。「宙斯之女？」

「是的！」

「宙斯之女小姐，我可以聽你說一聲『請求您』嗎？」

「請求您！」

天使們互望一眼，聳聳肩。

「就來伸展一下吧。」其中一位說。

接下來我能感覺到的，就是我被抓住了！一位天使抓起我和泰麗雅，另一位抓起柔伊和格羅佛，直接往上飛去。我們飛越過水壩和河流，骷髏武士變成我們下方的小黑點，只剩下槍聲在山壁間迴盪。

15 大海老人

「停下來時跟我說。」泰麗雅拜託我。她的眼睛緊緊閉著，雖然銅雕天使以我們絕對掉不下去的方式攬著我們，她還是死命抓住天使的手臂，好像那是全世界最重要的東西。

「一切都很順利。」我向她保證。

「我們……我們飛得很高嗎？」

我向下看。我們的腳下，整片覆雪的山頭快速掠過，我腳一伸直就可以把某座山頂上的白雪踢掉一些。

「不會，」我回答：「不算高。」

「我們到內華達山脈[64]了！」柔伊突然高喊，她和格羅佛懸在另一位天使的臂彎中。

「我在這裡狩獵過。照這種速度，只要再幾個鐘頭就能到舊金山了。」

「嘿嘿，舊金山！」載著我的這位天使說：「喂，查克，我們可以再去拜訪機械紀念碑[65]那幾個傢伙，他們最懂得搞派對了！」

「哦，太棒了，」另一位天使說：「我的心已經飛到那裡去了！」

「你們兩位去過舊金山？」我忍不住問。

「我們這些雕像，每隔一陣子就要玩樂一下，對吧？」抱著我們的天使說：「那幾個機械工帶我們去狄揚美術館，介紹我們認識那些大理石美女雕像，而且還……」

「漢克！」另一位天使查克打斷他的話。「拜託，他們還是孩子！」

「喔，好吧。」如果銅像也會臉紅，我打賭漢克現在的臉一定是紅的。「回到飛行。」

我們又加快了飛行速度，感覺得到這兩位天使的興奮。崇山峻嶺開始變爲平緩山丘，接著又轉爲田園農莊。我們快速掠過天際，下方已經開始出現城鎮與公路。

這一段航程，格羅佛靠吹奏蘆笛來打發時間，柔伊則無聊到拿起弓箭隨便亂射下面的告示板。每一次只要她看見「目標百貨公司」的靶心狀招牌，她的箭會就以每小時上百公里的速度精準射入靶心，而這一路上我們已經經過了幾十家。

泰麗雅在整段航程都閉著眼睛。她時而自言自語，像是在禱告。

「剛剛你在那裡做得很好，」我對她說：「宙斯聽見了。」

我實在無法看出閉著眼的她在想什麼。

「或許吧，」她說：「倒是你，你是怎麼從下面的發電廠逃出來的？你不是說你被逼到了

---

64 內華達山脈（Sierra Nevada）位於加州的西邊，有許多壯觀美麗的山景，著名的優勝美地國家公園就是位在這座山脈中。

65 機械紀念碑（Mechanics Monument）是立在舊金山市區街頭的一組銅像，為了紀念工業家彼得・唐納修（Peter Donahue）而設立。銅雕呈現出幾位工人在槓桿與巨輪上操作的情境。

死角？」

於是我跟泰麗雅提起我遇到的奇怪人類女孩，那個名叫瑞秋的女生，她似乎可以看穿迷霧。我以爲泰麗雅又會罵我瘋子，沒想到她只是點點頭。

「有的人類的確有辦法，」她說：「沒人知道原因。」

這時，我的腦海突然閃過一件從前沒想過的事——我媽不就是這樣！她在混血之丘看過彌諾陶，而且完全清楚牠的模樣。去年當我告訴她我的朋友泰森是獨眼巨人時，她一點也不驚訝。也許她一直都知道所有事，難怪我的成長歷程她總是那麼替我擔心，因爲她可以看穿迷霧，甚至看得比我還清楚。

「嗯，那個女孩有點煩人，」我說：「不過我很高興沒把她給蒸發掉，要是那樣就慘了。」

泰麗雅點著頭說：「當一個尋常人類一定很棒。」

她說這話的語氣，彷彿這是她深思之後的結論。

「你們想在哪裡降落？」漢克問我，也將我從瞌睡中叫醒。

我低頭一看，忍不住說了聲：「哇！」

我以前看過舊金山市的照片，卻從來沒有見過實景。這大概是我生平看過最美的城市了。如果曼哈頓也被青山和霧氣圍繞的話，它就有點像是曼哈頓的縮小版，當然它比較乾淨。下面有寬闊的海灣和大船，有小島和帆船，還有矗立在濃霧中的金門大橋。眞應該拍張照片做個紀念，照片後面還可以寫上：「我還沒死，希望你也在這裡。來自舊金山的問候。」

「那邊，」柔伊提議說：「安巴卡德羅商場旁邊。」

「好主意，」查克說：「漢克和我可以混到鴿子群裡。」

我們全都抬頭看他。

「開玩笑啦！」他說：「拜託，難道雕像就不能有幽默感嗎？」

眞實的情況是，根本沒什麼混入鴿群的必要。現在是一大清早，商場邊沒幾個人，不過我們降落時，還是嚇到了碼頭上的一個流浪漢。他看見漢克和查克就尖叫著跑開，嘴裡喊著火星的金屬使者來了之類的話。

我們向兩位天使告別，他們要飛去找雕像朋友玩樂了。就在這時我才發現，我完全不知道接下來該做什麼。

我們終於抵達西岸。阿蒂蜜絲就在這一帶的某處，希望安娜貝斯也是。明天就是冬至，而我卻對該怎麼找到她們毫無頭緒，更糟的是，我們對那隻阿蒂蜜絲要追捕的怪物也一無所知。照理說，牠應該會在我們的任務途中來找我們才對，因爲預言明明說「眾神的剋星現出了蹤跡」，可是牠卻從未出現過。此刻的我們被困在渡輪碼頭，身上沒有錢，此地沒有朋友，也沒有好運。

經過簡短的討論，我們都同意應該要先找出那隻謎樣的怪物究竟是什麼。

「可是怎麼找？」我問。

「涅羅士。」格羅佛說。

我看著他問：「什麼東西？」

「那不是阿波羅跟你說的嗎？去找涅羅士？」

我拚命點頭，我真的完全忘記最後一次和阿波羅對話的內容了。

「大海老人，」我回憶說：「我應該要去找他，逼問出他所知道的事情。但問題是，怎樣才能找到他？」

柔伊扮了個鬼臉。「老頭子涅羅士，哼？」

「你知道他？」泰麗雅問。

「我母親是大海女神，所以我知道。不幸的是，他從來都不難找，只要跟著氣味走。」

「這是什麼意思？」我問。

「走，」她面無表情地說：「汝跟我來。」

當我們停在一個舊衣回收箱前，我就有預感要倒大楣了。五分鐘後，柔伊把我從頭到腳重新裝扮好。現在我的上半身是爛到起毛的法蘭絨襯衫，下半身是大了三號的破洞牛仔褲，腳上搭配著大紅球鞋，頭上頂著五彩繽紛的垮帽。

「噢，這樣才對！」格羅佛勉強憋住笑意說：「保證你現在絕對不會引人注目！」

柔伊十分滿意地點著頭。「標準的流浪漢。」

「謝謝你喔，」我抱怨著，「爲什麼我還得做這種事？」

「我說過，以便汝混進去。」

柔伊將我們帶回岸邊。她花了很多時間一個個碼頭尋找，終於停下了腳步。她指著前方一座船塢，那裏聚集了許多披著破毯子的流浪漢，都在等濃湯廚房開張要午餐。

「他應該就在那邊。」柔伊說：「他從來不會離水太遠，白天時喜歡出來曬太陽。」

「我怎麼知道哪一個是他？」

「偷偷混進去，」她說：「表現得像個遊民。你會認出他的，他……他的氣味不同。」

「很好，」我不想再追問詳細特徵，只說：「等我發現他之後呢？」

「抓住他，」她說：「然後要堅持下去，因爲他會以各種方式擺脫汝。不論他做何舉動，不可放他走，務必逼他說出有關怪物的消息。」

「我們會在你背後，」泰麗雅說完，伸出手從我衣服背後撿起某個東西，是一大坨不知打哪兒來的髒毛髮。「好噁！我改變主意了，我不要在你的背後，但我們會替你加油。」

格羅佛對我豎起大拇指。

我忍不住咕噥起來，有這些超能力朋友還眞是好呀。接下來，我朝船塢走去。

我拉低帽子，裝出只是路過的樣子蹣跚行走。經過長時間的疲憊，這種動作一點也不難裝。我還看到在安巴卡德羅商場撞見我們降落的流浪漢，他依然試著警告其他人火星派來金屬使者這件事。

他身上的氣味很糟，但是並沒有什麼……不同。我繼續往前走。幾個髒兮兮的無聊男子拿超市塑膠袋當帽子。當我走近時，他們都盯著我看。「滾開，渾小子！」其中一個開口罵人。

我立刻離他們遠些。他們聞起來全都很臭，但就是正常的臭，也沒什麼不同。有個老女人推著購物車，裡面堆了好多塑膠紅鶴。她定睛瞪著我，好像我要去偷她的假鳥一樣。

在船塢的盡頭，一個看來有一百萬歲那麼老的傢伙昏睡在陽光下。這個人身穿睡衣，外面罩著一件原本可能是白色的毛毛浴袍。他體型很胖，大把的白鬍鬚有些變黃，有點像聖誕老人。嗯，假使聖誕老人摔下床又被拖行過整個垃圾掩埋場的話，應該就是這副德行。

他的氣味呢？

當我靠近時，我呆住了。他聞起來很糟，但是，是屬於海洋的糟。那股氣味像是曬過的海草、死掉的魚、濃濃的鹽水，如果說海洋有醜陋的一面……那就是他。

我假裝累得坐到他附近，同時努力不讓自己作嘔。這個聖誕老人懷疑地睜開一隻眼睛，我感覺得到他正盯著我看，但我不理他。我開始自言自語，喃喃唸著笨學校或笨爸媽這些話，希望把自己的出現弄得合理一些。

聖誕老人繼續睡他的覺。

我全身緊繃。我知道接下來的事看起來會很奇怪，我也無法預測其他那些流浪漢會怎麼反應，但我還是跳到了聖誕老人身上！

「啊——」他開始大叫。本來是我要抓住他，但現在好像反過來變成他抓著我，而且他似乎根本沒睡。他絕對不是個體力衰竭的老傢伙，抓著我的力道就像鋼鐵般強韌。他用可以致人於死的力氣掐著我，嘴裡卻高喊：「救命！」

「那是犯罪啊！」其他遊民出聲了。「一個年輕人竟然這樣去滾一個老人家！」

沒錯，我是在滾，在船塢地板上一路滾到頭去撞柱子。我昏過去幾秒，涅羅士的手鬆開來，顯然他也需要休息一下。在他來不及反應時，我恢復了意識，並從他背後撲擊上去。

「我沒有錢！」他想要爬起來跑掉，不過我用雙臂緊緊夾住他胸口。他身上的魚腥味噁心至極，但我繼續苦撐。

「我不要錢，」在他抵抗時，我告訴他說：「我是混血人，我要消息！」

我的話讓他抵抗得更加厲害。「哼，混血英雄！爲什麼你們總是找上我？」

「因爲你知道所有事！」

他發出怒吼，奮力要把我從他背後甩掉。我就像抓著一台雲霄飛車，因爲他的拼命扭動而無法站穩腳步，但我咬著牙，就是不鬆開手。我們兩個搖搖晃晃糾纏到船塢最邊緣，我突然有個點子。

「噢，不要！」我哀嚎著：「不要到水裡！」

計畫奏效。涅羅士發出勝利的吼聲，隨即跳進水中。我跟他，一起掉進舊金山灣。

當我更加用力把他夾住時，涅羅士應該十分驚訝。他想不到大海會增強我的力量。然而涅羅士也有一些詭計，他開始改變形體，於是，我變成在抓一隻滑溜溜的黑海豹。

聽說有些人會以抓一隻抹了油的豬來做比賽項目，但我要告訴你，在水裡抓一隻滑溜溜的海豹比抓抹油的豬更難。涅羅士往下直潛，身體在幽暗的海水裡扭動、搖擺、旋轉，我如果不是海神之子，根本不可能跟他這樣糾纏。

涅羅士突然快速自轉，體型擴大，變成一頭殺人鯨，不過在他衝出水面的同時，我已經抓住了他的背鰭。

岸邊一群觀光客走過，發出讚嘆聲：「哇！」

我勉強對著群眾揮揮手說：「對，這是我們在舊金山每天都會做的表演。」

涅羅士又潛入水中，變成一條黏滑細長的海鰻。我抓起他的身體打結，當他意識到我在做什麼時，又變回人形。「你爲什麼不會溺死？」他語氣有些無奈，邊說邊用拳頭打我。

「我是波塞頓的兒子。」我說。

「我詛咒那個狂妄的傢伙！明明是我先來的！」

最後，他癱在某個船塢邊緣。我們的上方是觀光碼頭，商店連成一整排，好像水上購物中心。涅羅士大口喘著氣，我感覺非常好，還可以繼續這樣打一整天。不過我可沒這樣跟涅羅士說，我希望他覺得自己也打了一場好架。

我的朋友們從碼頭上的階梯跑下來。

「你抓到他了！」柔伊說。

「你不用表現得這麼驚訝吧。」我說。

涅羅士哀嘆著說：「喔，太棒了，一堆觀眾來看我丟臉！你要正常交易是吧？如果我回答你的問題，你就讓我走嗎？」

「我的問題不只一個。」我說。

「抓一次問一個，這是規矩！」

我看看我的同伴。

這不是個好狀況。我必須找到阿蒂蜜絲，必須知道關係到末日來臨的怪物身分，必須知道安娜貝斯是否活著，還有我該怎麼救她。我該如何在一個問題中問出全部的疑惑呢？

我內心有個聲音吶喊著：「問安娜貝斯就好！那是我最最在乎的事。」

但我很快便想到安娜貝斯會怎麼說。如果我只救她而不救奧林帕斯，她永遠都不會原諒我。柔伊一定希望我問阿蒂蜜絲的下落，但奇戎說過，找到那隻怪物是最重要的事。

我嘆了一口氣說：「好吧，涅羅士。告訴我哪裡才能找到那隻會把眾神帶向毀滅的怪物，就是阿蒂蜜絲追捕的那隻。」

大海老人微笑著，露出了長滿青苔的牙齒。

「哈，太簡單的問題，」他邪惡地笑著說：「牠就在這裡。」

涅羅士指著我腳下的海水。

「哪裡？」我問。

「交易結束了！」涅羅士洋洋得意地說，然後眨眼間變成一條金魚，後空翻躍進海裡。

「你騙我！」我大喊。

「等等！」泰麗雅突然眼睛一亮。「那是什麼？」

「哞——哞——」

我低頭一看，是我的朋友蛇尾犢牛，牠在碼頭邊朝我們游過來。牠開始推頂我的鞋子，用棕色的雙眼憂愁地望著我。

「現在不行，貝絲。」我說。

「哞——」

格羅佛驚訝地倒抽了一口氣。「牠說牠不叫貝絲。」

「你聽得懂牠的話？牠是母的，還是……公的？」

格羅佛點點頭。「牠用的是一種非常古老的動物語言。牠說，牠的名字是奧菲歐陶若斯。」

「奧菲歐什麼？」

「那是蛇身公牛的希臘名字，」泰麗雅說：「但是，牠跑來這邊做什麼？」

「哞——哞——」

「牠說波西是牠的保護者。」格羅佛說：「還有，牠一直在躲壞人，壞人很靠近。」

我很難想像一聲「哞」裡面怎麼會有這麼多意思。

「等等！」柔伊突然對著我問：「你認識這頭牛？」

我有點不耐煩了，但依舊把我們相遇的故事大致說一遍。

泰麗雅不可置信地搖搖頭說：「而你一路上竟然忘記提起這件事？」

「這個嘛……嗯……」被她這樣一說，似乎眞的有點蠢，但這一路上各種狀況發生得那麼快。貝絲，或者是奧菲歐陶若斯，對我來說只是無關緊要的小細節。

「我是個大笨蛋。」柔伊突然冒出這句話。「我知道這個故事！」

「什麼故事？」

「在泰坦大戰中，」她說：「我的……我的父親在幾千年前，告訴過我這個故事。牠就是我們要尋找的怪物！」

「貝絲？」我低頭看這隻蛇尾犢牛。「可是……牠太可愛了，牠不可能毀滅這個世界。」

「我們就是都這樣想才會搞錯，」柔伊說：「我們一直以爲要找的是巨大又危險的怪物，但奧菲歐陶若斯並不是靠那樣去毀滅眾神。牠必須要犧牲。」

「哞——」貝絲低聲哀鳴。

「我想牠不喜歡聽到『犧牲』這兩個字。」格羅佛說。

我輕拍貝絲的頭，試著安撫牠。牠讓我搔刮牠的耳朵，但身體還在顫抖。

「怎麼會有人想要傷害牠？」我問：「牠一點傷害性也沒有。」

柔伊點點頭。「但是，殺害無辜卻能產生力量，可怕的力量。萬古之前，當這隻怪物誕生時，命運三女神66宣告一則預言。她們說，誰殺了這隻奧菲歐陶若斯，將牠的內臟放到火中獻祭，就可以得到毀滅眾神的力量。」

「呣——呣——」

「喔，」格羅佛說：「或許我們也應該避開『內臟』這兩個字。」

泰麗雅疑惑地看著蛇尾犢牛。「毀滅眾神的力量……是什麼力量呢？我是說，究竟會發生什麼事？」

「無人知曉，」柔伊說：「第一次的事件發生在泰坦大戰，當時奧菲歐陶若斯實際上已經被泰坦巨神的巨人同夥殺死，但汝父宙斯派出一隻老鷹，在他們要把內臟投入火中之前搶了過來，奧林帕斯眾神就此逃過一劫。三千年後的現在，奧菲歐陶若斯重生了。」

泰麗雅在船塢上坐下，將手伸出去。貝絲朝她游過來。泰麗雅摸摸牠的頭，貝絲竟打了個寒顫。

泰麗雅的表情令我感到困惑，她看起來像是……飢渴。

「我們必須保護牠，」我說：「如果牠被路克抓去……」

「路克一定會毫不猶豫，」泰麗雅喃喃說著：「足以推翻奧林帕斯的力量，那可眞是……眞是強大。」

「是的，眞的很強大，親愛的孩子。」一個帶著濃厚法國腔的聲音從我們背後出現。「而且，這力量應該由你來釋放。」

奧菲歐陶若斯發出嗚咽聲，隨即潛入水中。

我回頭看。我們剛剛一直忙著討論，完全沒注意到自己已經陷入埋伏。

在我們身後，一雙不同顏色的眼睛邪惡閃爍。是的，他正是索恩博士，人面蠍尾獅。

索恩博士穿著一件十分破爛的軍用雨衣，雨衣裡仍是衛斯多佛學校的制服，只不過已經磨損褪色。他原本梳理乾淨的軍人平頭，如今卻像雜草叢生，而且油膩不堪。他顯然一陣子沒刮鬍鬚，銀灰色鬍髭滿臉都是。基本上，他看起來和濃湯廚房那裡的流浪漢沒兩樣。

「實在是太完美了。」他得意地說。

「很久以前，眾神把我放逐到波斯，」人面蠍尾獅說：「我被迫在世界的邊緣搜索食物，躲藏在森林中，吞噬一些農民來填飽肚子。我從來沒有和大英雄對打過，所以在古老的故事裡，我不可怕，甚至還受人膜拜！不過從現在起，那都要改變了，泰坦巨神將會嘉勉我，而我，將會獻上混血人的血肉！」

他的兩旁各站了兩個武裝警衛，應該是我在華盛頓特區看見的那些人類傭兵。隔壁的船塢上又多站了兩個他們的同夥，以防我們往那個方向逃跑。這附近充滿了遊客，有的往水邊走，有的沿商店逛，但我知道這些全阻止不了人面蠍尾獅的攻擊。

㊱命運三女神（Fates），掌管所有生命長短的三位女神。參《神火之賊》六十三頁，註❽。

「你那些……骷髏武士們，都跑哪裡去了？」我問他。

他冷笑說：「我不需要那些要死不死的笨蛋！將軍覺得我沒用？等我靠自己打敗你們時，他就會知道啦！」

我需要時間思考，我必須救貝絲。縱使我可以潛入海中，可是要如何幫幾百公斤重的蛇尾犢牛快速逃走？我的朋友們又該怎麼辦？

「我們曾經打贏過你。」我說。

「哈哈，你們不過是靠著一位女神的幫忙才稍微佔一點上風。而且，哎呀，你們的女神現在也被抓走了，你們可是半點援助都沒有啊！」

柔伊箭在弦上，瞄準人面蠍尾獅的頭，兩邊的警衛也舉起槍。

「等等，」我說：「柔伊，先不要。」

人面蠍尾獅笑著說：「柔伊．奈施德，這個男孩說得對，放下你的弓吧。在你目睹泰麗雅的偉大勝利之前就把你殺掉，實在是太可惜了。」

「你在胡說八道什麼？」泰麗雅大吼著，長槍與神盾已就備戰位置。

「事實擺在眼前，」人面蠍尾獅說：「這是屬於你的時刻，也是克羅諾斯大王讓你重生的理由！你將負責獻上奧菲歐陶若斯，你會帶著牠的內臟到山上，投入祭壇的火焰！你將取得無限大的力量，然後在你十六歲生日那天，推翻整個奧林帕斯！」

沒人接口，他說的話很合理，合理得可怕。離泰麗雅十六歲生日只剩兩天，而且她是三大神之一的小孩。這裡出現了抉擇，一個可能導致眾神毀滅的可怕抉擇，所有事情正如預言所說。我不知道該覺得害怕、失望，還是心中的大石頭終於可以放下。總之，預言中的那個孩子不是我，而末日的來臨正在我們眼前發生。

我在等泰麗雅罵回去，但她卻猶豫了。她看起來完全陷入震驚中。

「你知道這才是正確的選擇，」人面蠍尾獅繼續說：「你的朋友路克認清了這點，你們兩人應該重新合作，在泰坦巨神的幫助之下，聯手統治世界。泰麗雅，你的父親遺棄了你，他根本不關心你。所以現在，你應該把他的力量拿過來，將奧林帕斯山踩在腳下，那是他們應得的！召喚怪物吧，牠會跟隨你，快用你的長槍！」

「泰麗雅，」我說：「振作起來！」

她看著我的方式，似乎和那個早上她從混血之丘醒來時一樣，迷惑、茫然，甚至不認得我。「我……我不……」

「你父親有幫助過你，」我說：「他送來銅雕天使，他把你變成樹來保護你。」

她的手將長槍握得更緊。

我焦急地望向格羅佛。感謝天神，他明白我需要什麼！格羅佛揚起蘆笛放到嘴邊，輕快的音樂流洩而出。

人面蠍尾獅大喊：「阻止他！」

這些警衛一直把目標放在柔伊身上，等他們了解那個吹笛男孩才是更大問題時，已經來不及了。船塢地上的木板長出新的枝條，攀纏住他們的腿。柔伊立刻射出兩枝箭，箭到警衛腳邊爆出了黃色硫磺煙霧，是毒氣箭！

警衛開始狂咳，人面蠍尾獅朝我們發射飛鏢，但都被我的獅皮大衣彈開。

「格羅佛，」我說：「告訴貝絲，潛到深處，不要出來。」

「哞——」格羅佛說著那種「古老動物語言」，希望貝絲有收到訊息。

「這頭牛……」泰麗雅喃喃說著，還沒有回過神來。

「快走！」我拉著她爬樓梯，衝上碼頭購物區。我們繞過最近的商店角落，仍聽見人面蠍尾獅對他的爪牙怒吼著：「去抓他們！」警衛對空鳴槍，遊客驚駭尖叫。

我們逃到了碼頭盡頭，躲到一個攤位後面。這個攤位放滿了水晶紀念品，還有像風鈴、捕夢網之類的小東西，全在陽光下閃閃發亮。我們旁邊有座噴泉，下方則是一群海獅躺在岩石上曬太陽。整個舊金山灣的景色開展在我們面前，有金門大橋、人稱惡魔島的阿卡曲茲島、青翠的山巒、山巒後面往北延伸的霧氣。真是個完美的拍照時刻，除了我們正在生死關頭，而且世界將走向窮途末日。

「過去旁邊！」柔伊對我說：「你可以跳入海中逃走，請求汝父支援。或許你救得了奧菲歐陶若斯。」

她說的有道理，但我做不到。

「我不會丟下你們，」我說：「我們要一起戰鬥。」

「你必須通知混血營！」格羅佛說：「起碼讓他們知道事情的發展！」

然後我注意到水晶在陽光照射下映出了彩虹，而我們旁邊有一座噴泉……

「通知混血營，」我喃喃說著：「好主意。」

我打開波濤劍，揮劍擊向噴泉頂端。水流從被砍破的水管口噴出，濺了我們一身。

當水打到泰麗雅時，她驚呼出聲，眼中的迷茫似乎同時消散。「你瘋了嗎？」她說。

不過格羅佛了解我的目的，已經開始翻口袋找金幣。他將一個古希臘金幣拋擲到水霧製造出的彩虹裡。他喊著：「噢，伊麗絲女神，請接受我的請求。」

水霧出現了波紋。

「混血營！」我說。

在水霧的微光中，就在我們身旁，出現了一位我最不想看見的人——戴先生。他還是一身豹紋運動服，在冰箱前東翻西找。

他懶懶地抬頭看。「不行嗎？」

「奇戎在哪裡？」我大聲問。

「沒禮貌，」戴先生啜飲一口葡萄汁，說：「這是你打招呼的方式嗎？」

「你好！」我補上一句。「我們快死了！奇戎到底在哪裡？」

戴先生想了想。我恨不得大聲叫他快點回答，但這樣於事無補。在我們身後，腳步聲、咒罵聲都在逼近，人面蠍尾獅的人馬要來了。

「快死了，」戴先生神情愉悅地重複我的話，「眞刺激。奇戎不在這裡，你要留言嗎？」

我看著同伴。「我們死定了。」

泰麗雅抓著長槍，又回復到往常的憤怒模樣。「那也要奮戰到死！」

「好高貴喲，」戴先生邊說邊打哈欠，「所以你們的問題究竟是什麼？」

我不知道講不講有何差別，但我還是告訴他關於奧菲歐陶若斯的事。

「嗯，」他繼續研究著冰箱裡的東西，「原來是這樣，我懂了。」

「你根本不在乎嘛！」我著急地說：「你只是等著看我們死！」

「我看看……我今天晚上想吃披薩大餐。」

我眞想揮劍劃破彩虹，斬斷聯繫，然而已經沒時間了。人面蠍尾獅喊著：「那邊！」我們就被包圍住。兩個警衛站在他身後，另外兩個爬上旁邊商店的屋頂。人面蠍尾獅脫掉外套露出眞面目，獅爪伸長，帶著劇毒的尖刺一樣覆滿牠的尾巴。

「太好了。」人面蠍尾獅說。他瞄了一眼水霧中的影像，嗤之以鼻地說：「孤軍奮戰，沒有人要幫忙，很好。」

「你們可以拜託我幫忙。」戴先生對著我嘀咕，好像他說出了什麼驚人的想法。「你可以說『我請求您』。」

等野豬會飛的時候吧，我想。我不可能在臨死之際向戴先生這種爛人搖尾乞憐，那只會讓他在我們被槍擊時可以縱聲大笑。

柔伊拉開弓，格羅佛拿起了蘆笛。泰麗雅舉起她的盾牌，這時我看見一滴眼淚滑下她的臉頰。我突然想起，同樣的情景她也曾經面對過。她被逼到混血之丘的角落，寧願用性命來拯救朋友，但是這一次，她救不了我們。

我怎麼能讓同樣的事情再發生到她身上？

「戴先生，我請求您的……」我咕噥著說：「幫忙。」

當然，沒發生任何事。

人面蠍尾獅奸笑著。「不可以傷害宙斯的女兒，她很快就會加入我們陣營。至於其他的，通通殺掉！」

數個警衛全部舉起槍，而奇怪的事發生了。你知道全部血液衝向腦門的感覺嗎？就像整個人倒立得太快那樣。現在我全身上下都充滿這種奔騰感，還喘了一大口氣。陽光被染成紫色，而我聞到了葡萄，還有一股更酸的味道——是酒。

砰！

那是幾個人的理智同時爆開的聲音，是瘋狂的聲音。一個警衛把手槍放到兩排牙齒間當成狗骨頭啃咬，還繞著其他警衛跑跑跳跳。另外兩個警衛丟下了他們的武器，手牽手跳起舞來。第四個警衛則開始表演類似愛爾蘭踢踏舞的舞步。如果不是因爲現在情況危急，此刻的畫面還眞是有趣。

「不！」人面蠍尾獅嘶吼著。「我自己來對付你們！」

牠豎起尾巴上所有尖刺，然而牠腳掌下的木板卻冒出了葡萄藤。藤蔓迅速延展，瞬間將牠的身體纏住。在人面蠍尾獅的尖叫聲中，新葉沿著藤蔓開展，串串小葡萄也開始成熟，很快的，牠就被一團巨大的葡萄藤、葡萄葉與葡萄串的組合體吞噬了。最後，串串葡萄停止抖動，我有種感覺，人面蠍尾獅已在裡面某處消失無蹤。

「喔，」戴歐尼修斯關上冰箱門，「眞是好玩。」

我吃驚地望著他。「你怎麼能……您怎麼會……？」

「就這麼感激我啊。」他咕噥著。「那些人類很快會復原，如果一直讓他們這樣下去，我就解釋不完了。我最痛恨寫報告給父親。」

然後他微慍地看著泰麗雅。「孩子，希望你有學到這一課。要抗拒權力不容易吧？」

泰麗雅臉紅了，似乎對自己感到羞愧。

「戴先生，」格羅佛欣喜地說：「您……您救了我們！」

「嗯，羊男小子，別讓我後悔這麼做。波西．傑克森，繼續你們的行動吧！我已經替你多爭取幾個小時的時間了。」

「那隻奧菲歐陶諾斯，」我說：「您能夠讓牠去混血營嗎？」

戴先生冷淡地說：「我不運送牲畜，那是你的問題。」

「但我們該去哪裡？」

戴歐尼修斯看著柔伊。「哦，我想這位獵女知道。你們務必在今天日落時進去，不然會全盤皆輸。現在該跟你們說再見了，我的披薩在等我。」

「戴先生！」我說。

他揚起眉毛。

「您剛剛叫了我的全名，」我說：「您剛剛叫我波西．傑克森。」

「我很確定你弄錯了，彼得．強森。你們趕快走吧！」

他招招手，整個影像隨即消失在水霧中。

我們附近那幾個人面蠍尾獅的跟班，依然處在瘋癲的狀態。其中一個跟班碰到我們見過數次的那位流浪漢，兩人開始慎重討論起火星來的金屬天使。剩下幾個則騷擾著遊客，不是發出動物般的呼吼，就是想偷別人的鞋子。

我望著柔伊。「他的意思是……你知道接下來要去的地方？」

柔伊的臉色彷彿籠罩著濃霧。她伸手指向海灣的另一邊，金門大橋更後面，有一座山頭穿過霧氣孤立在遠方。

「我姊妹的花園，」她說：「我必須回家一趟。」

16 日落花園

「我們絕對辦不到的，」柔伊說：「我們行進的速度太慢，而且現在又不能丟下奧菲歐陶若斯不管。」

「哞——」貝絲叫著。我們沿著岸邊跑，牠也在水中伴著我往前游。我們已經離購物區的觀光碼頭頗遠，大家努力朝著金門大橋的方向過去。然而，這段路的距離長得超乎我想像，而且，太陽已在西方逐漸下沉。

「我不了解，」我問：「為什麼我們得在日落之時到達那裡？」

「赫斯珀里德斯是日落女神，」柔伊說：「想要進入她們的花園，就只有在白晝轉為黑夜的時分。」

「如果我們今天錯過了呢？」

「明天就是冬至了，如果我們錯過今天日落時分，只能等到明天日落時再去。到那時，奧林帕斯大會早已結束，所以，我們一定要在今晚救出阿蒂蜜絲。」

到那時，安娜貝斯也沒救了，我想。

「我們需要一台車！」泰麗雅說。

「可是貝絲怎麼辦？」我問。

格羅佛停下腳步。「我有辦法了！奧菲歐陶若斯可以在不同的水域出現，對吧？」

「嗯，應該是。」我說：「讓我想想，牠先是在長島海峽出現，後來又在胡佛水壩旁冒出來，然後呢，現身在這裡。」

「所以，我們也許可以把牠哄回長島海峽去！」格羅佛說：「那樣，奇戎就能夠幫我們把牠帶到奧林帕斯了。」

「但牠總是跟著我，」我說：「如果我不去，牠會知道該去哪裡嗎？」

「哞——」貝絲又可憐地叫了一聲。

「我……我來帶路。」格羅佛說：「我跟牠去。」

我瞪著格羅佛。格羅佛並不喜歡水，去年夏天他差點在妖魔之海淹死，而且他的羊蹄讓他始終不能在水裡游得很好。

「我是唯一能和牠溝通的人，」格羅佛說：「這樣做最合理。」

他彎下腰，在貝絲的耳朵旁講了幾個字。貝絲有些顫抖，接著發出滿足的牛鳴。

「曠野的祝福，」格羅佛說：「那會協助我們一路平安。波西，請你也向你的父親禱告，看他是否能保護我們順利漂洋過海。」

我無從想像牠們如何從西岸的加州游回東岸的長島海峽，只不過，怪物移動的方式本來就跟人類不同，我見過太多次了。

我對著波浪、大海的氣息與潮水的聲音集中注意力。

「父親，」我說：「請幫幫我們，讓奧菲歐陶若斯和格羅佛平安抵達混血營，請保護他們在海中的安全。」

「這樣的祈求，聽起來需要犧牲東西做爲祭品。」泰麗雅嚴肅地說：「而且必須是重要的東西。」

我只想了一下，脫下大衣。

「波西，」格羅佛說：「你確定嗎？這件獅皮……它眞的很有用！海克力士用過它！」

他的話一出口，我就明白了一件事。

我瞥向柔伊，她也嚴肅地看著我。我終於明白爲什麼柔伊說我知道那位搗毀她生活、害她被家人驅逐，卻又從未提過她的英雄。這個人就是海克力士，我生平最崇拜的英雄。

「如果我能活下去，」我說：「將不會是因爲我有這件獅皮大衣。我不是海克力士！」

我把大衣拋向海灣，它騰空變回金色的獅子毛皮，隨著日照閃閃發光。然後它碰觸到水面，開始下沉，好像在水面的波光中溶解了。

海風微微揚起。

格羅佛深深吸了一口氣。「好吧，不能再浪費時間了。」

他跳進水中，卻馬上沉下去。還好貝絲立刻游到他身邊，讓格羅佛可以抓住牠的脖子。

「小心一點。」我對他們兩個說。

「會的。」格羅佛回答我。「嗯……貝絲，我們要去長島，它在東邊，那個方向。」

「咩——咩？」貝絲說。

「對，」格羅佛回答牠：「長島，它是一個島……它很長。喔，我們就出發吧！」

「咩！」

貝絲往前一傾便開始下潛。格羅佛呼叫著：「我在水裡不會呼吸啊！我以爲我說過……咕嚕！」

他們都下去了。希望父親的保護力有遍及到一些小細節，比如呼吸這種事。

「好了，我們解決了一個問題。」柔伊說：「但現在又該如何趕到我姊妹的花園去？」

「泰麗雅說的對，我們需要一輛車。」我說：「但這裡沒有可以幫助我們的人，除非……去『借』一輛來。」

我其實不喜歡自己這個提議，即使現在是生死交關的緊張時刻，但說是去「借」，實際上是偷一輛車，這可要冒上被別人發現的風險。

「等等，」泰麗雅拿起背包翻找東西，嘴裡同時說著：「在舊金山，可以找一個人幫我們。我應該有帶他的地址。」

「是誰？」我問。

泰麗雅抓出一張皺巴巴的筆記紙，一邊攤平一邊說：「雀斯教授，安娜貝斯的爸爸。」

聽了安娜貝斯這兩年的抱怨，我還以為她爸爸會長得青面獠牙，所以完全沒料到眼前出現的是一位戴著老式飛行員帽與飛行護目鏡的男人。他的外型看來有夠奇怪，特別是鏡片後面那雙凸出來的眼睛，讓站在門口的我們忍不住倒退一步。

「哈囉。」他用十分友善的聲音說：「你們是幫我送飛機來的嗎？」

我們三人略帶警戒地互望一眼。

「嗯，不是。」我說。

「唉！」他說：「我還想要三架英國駱駝戰機哩。」

「喔。」我回應他，雖然根本聽不懂他在講什麼。「我們是安娜貝斯的朋友。」

「安娜貝斯？」他突然打直身體，好像受到一陣電擊似的。「她還好嗎？是不是發生了什麼事？」

我們都不敢回答，但是我們的表情顯然說明了只有壞消息。他摘下帽子和護目鏡，露出和安娜貝斯一樣的金黃色頭髮，眼睛則是深褐色。以這種年紀來說，我覺得他應該稱得上帥，只是好像已經許多天沒刮鬍子，而且襯衫鈕子扣錯了，所以衣領看起來一高一低。

「你們進來再說。」他說。

這裡看起來不像剛搬進去的新居。樓梯上擺著樂高積木拼成的機器人，客廳沙發上躺了兩隻打瞌睡的貓，茶几上堆滿雜誌，一個穿著外套的孩子趴在地上玩。整間房子充滿剛出爐巧克力派的味道，還有爵士樂從廚房傳出來。這裡看來就像個有點亂，卻充滿歡樂的家，一個自古以來人們所依賴的家。

「爸！」一個小男生尖叫：「他拆了我的機器人！」

「巴比，」雀斯教授心不在焉地喊：「不要拆掉你弟弟的機器人。」

「我就是巴比呀！」小男生抗議著：「是馬修弄壞我的機器人！」

「馬修，」雀斯教授說：「不要拆掉你哥哥的機器人。」

「好啦，爸爸！」

雀斯教授回頭對我們說：「我們上樓去我的書房，往這兒走。」

「親愛的？」有個女人的聲音出現，是安娜貝斯的繼母。她邊擦手邊從廚房走進客廳。她是一位漂亮的亞裔女性，挑染成紅色的頭髮往後盤起。

「請問我們的客人是……？」她問。

「喔，」雀斯教授說：「這位是……」

他茫然地看著我們。

「菲德克，」她輕聲責備著，「你竟然忘記問這幾位小客人的大名？」

於是我們有點不自在地自我介紹，幸好雀斯太太顯得相當和善。她問我們會不會餓，我們點點頭，她說會準備一些三明治、餅乾和汽水上樓。

「親愛的，」雀斯教授說：「他們是爲了安娜貝斯來的。」

我本來以爲雀斯太太聽到繼女的名字會歇斯底里地跳起來，然而，她只是抿一抿嘴，露出了關心的表情。「我懂。趕快上樓去吧，待會兒我拿吃的上去。」然後她對著我微笑說：「很高興見到你，波西。我聽說了好多關於你的事。」

上樓後，我們直接走到雀斯教授的書房，而我說的第一句話竟然是：「哇！」

書房的四面牆上都是書，但眞正吸引我的不是那些書，而是戰爭模型玩具。房中有張寬大的桌子，桌面上擺滿了精巧的模型。在塗成藍色的河流旁，有迷你坦克車與迷你軍人呈對戰狀態，周圍還有假山、假樹與戰壕等營造出的場景。幾架老式雙翼飛機從天花板懸吊下來，那奇異的垂掛角度，好像它們眞的在進行一場空中格鬥。

雀斯教授微笑解釋說：「這些呢，是第三次伊普爾戰役[67]的模擬模型。我正在寫一篇論文，你們看，是關於駱駝戰機當時是如何擊潰敵人戰線。我相信它們在這場戰役中發揮的功效，遠超過目前世人給它的評價。」

他從懸吊的雙翼飛機中拆下一架，拿著它低空掠過戰場，一邊製造出螺旋槳的引擎噪音，一邊推倒戰場上的小小德軍。

「是喔。」我說。我知道安娜貝斯的爸爸是一位軍事史教授，但她從來沒說過她爸爸會玩模型玩具。

柔伊挨近桌旁研究著戰場。「德軍的實際戰線離河邊更遠。」

雀斯教授盯著她看。「你怎麼知道？」

「因爲我當時在場。」柔伊一副事實就是如此的表情。「阿蒂蜜絲想讓我們知道戰爭的可怕、人類如何自相殘殺，還有人類有多愚蠢。因爲這場戰役完全沒有意義。」

雀斯教授驚訝地張大了嘴。「你……」

「教授，她是獵女，」泰麗雅說：「但這件事不是我們來這裡的原因。我們需要……」

「你有看到英國駱駝戰機嗎？」雀斯教授又問：「總共有幾架？排成什麼陣式？」

「教授，」泰麗雅再度打斷他的話，「安娜貝斯現在很危險！」

這下終於引起雀斯教授的注意，他手上的那架模型飛機也放了下來。

「是的，」他說：「快告訴我所有事。」

要把所有事說出來並不容易，但我們盡量做到。在此同時，下午的陽光漸漸消沉，我們的時間愈來愈緊迫了。

當我們說完，雀斯教授整個人癱在他那張皮椅裡。接著他握緊雙拳說：「我可憐的、勇敢的安娜貝斯！我們要快一點了。」

「教授，我們需要交通工具前往塔瑪爾巴斯山。」柔伊說：「而且是立刻就要。」

㊽第三次伊普爾戰役（Third Battle of Ypres）是第一次世界大戰時，發生於比利時伊普爾的慘烈戰役。時間在一九一七年七月至十一月之間，死傷數十萬人。此役最後由協約國獲勝。

「我開車載你們去。嗯，要是能開我那架駱駝戰機就更快了，可惜它只能載兩個人。」

「哇，你眞的有一架還能飛的老飛機喔？」我說。

「就停在金門大橋下，靠海邊的克里斯場公園。」雀斯教授自豪地說：「所以我才必須搬到舊金山來。我的經費來源都是靠一位私人收藏家，他專門收藏第一次世界大戰的遺物，擁有許多世上保存最好的東西。他讓我整修駱駝戰機……」

「教授，」泰麗雅說：「有車子就很好了。此外，可能讓我們自己去比較好，那裡實在太危險了。」

雀斯教授不安地皺著眉。「等一等，孩子，安娜貝斯是我的女兒，不管危不危險，我……我不能只是……」

「點心來了！」雀斯太太大聲說著。她推開門，手中的大餐盤上滿滿的飲料與食物，有可樂、花生醬和果醬三明治、剛出爐的餅乾，餅乾上的巧克力碎片還黏呼呼、熱騰騰的。泰麗雅和我都伸手抓來吃，這時柔伊說：「教授，我可以負責駕駛。我不像外表那麼年輕，我保證不會弄壞你的車。」

雀斯太太糾起眉頭問說：「發生什麼事了？」

「安娜貝斯正面臨極大的危險，」雀斯教授回答：「在塔瑪爾巴斯山。我想載他們過去，但好像……好像沒有一般人類可以插手的地方。」

他最後那句話，聽起來好像眞的很難說出口。

我正等著雀斯太太說出「絕對不可以！」這句話。我的意思是，當三個不到法定駕駛年齡的小孩要向爸媽借車，一般正常的人類父母有可能答應嗎？然而令我驚訝的是，雀斯太太竟然點點頭說：「那麼，應該趕快出發了。」

「沒錯！」雀斯教授整個人從皮椅裡跳起來，開始拼命拍他的口袋。「我的鑰匙……」

雀斯太太嘆口氣說：「菲德克，說眞的，要不是你的頭殼包在你的飛行帽裡，你大概連頭也會搞丟。車鑰匙都掛在前門邊的掛鉤上啊。」

「沒錯！」雀斯教授又喊一次。

柔伊隨手拿了一塊三明治。「謝謝您們兩位，我們該離開了。走吧！」

我們匆匆離開書房，走下樓，雀斯夫婦緊隨在後。

「波西，」要離開前雀斯太太叫住我，說：「請告訴安娜貝斯……她在這裡仍有一個家，好嗎？拜託你提醒她。」

我對著客廳再看最後一眼，安娜貝斯那兩個同父異母的弟弟仍在爲散開的樂高積木爭執不休，空氣中滿溢著烤餅乾的香氣。這地方其實不賴，我想。

「我會告訴她的。」我向她保證。

我們跑向停在前院車道上的黃色福斯敞篷車。西邊的太陽已經在下沉，我想，我們只剩不到一個小時可以救安娜貝斯。

「這輛車不能再跑快一點嗎?」泰麗雅質問著。

柔伊瞪她一眼。「交通路況又不歸我管。」

「你們兩個的口氣都好像我媽。」我說。

「閉嘴!」兩人同時脫口而出。

黃色福斯車開上了金門大橋,柔伊在車陣間鑽來鑽去。就在火紅太陽快要接觸到地平線時,我們終於開到金門大橋另一頭的馬林郡,也就是塔瑪爾巴斯山的所在地。我們的車子開出了公路。

接下來的路窄得不可思議,車子穿過樹林後,在山間小路蜿蜒爬升。山路旁就是深谷絕壁,但柔伊的車速絲毫不減。

「為什麼這裡所有東西聞起來都像咳嗽藥水?」我問。

「尤加利樹。」柔伊指著窗外隨處可見的高大樹木。

「無尾熊的食物?」

「也是怪物的食物,」她說:「牠們喜歡咀嚼它的葉子,特別是那些龍。」

「龍喜歡嚼尤加利葉?」

「相信我,」柔伊說:「如果你聞過龍嘴的味道,你也會去嚼尤加利葉。」

我不再提問,但開始更加仔細觀察一路上的景物。塔瑪爾巴斯山朦朧出現在前方,我想以山脈而言,它算是一座小山,但這一路上看過來,卻又感覺它十分巨大。

「所以這就是絕望山了？」我問。

「是的。」柔伊堅定地說。

「爲什麼會有這種稱呼？」

柔伊沉默了。等車子跑了大概兩公里路這麼久，她才回答我說：「在泰坦巨神與奧林帕斯天神的大戰之後，許多泰坦巨神被懲罰和監禁，克羅諾斯也被切成碎片，丟進塔耳塔洛斯。而克羅諾斯的左右手，就是整個軍隊的將軍，則被囚禁在那上面，就在山頂，赫斯珀里德斯的花園外。」

「將軍……」我邊說邊望向山頭，整片雲團似乎繞著山旋轉，就像山吸引著雲團，讓雲像陀螺般打轉。「那上面是怎麼了？有暴風嗎？」

柔伊沒有回答。我感覺得出來她很清楚雲團的成因，而且那成因她並不喜歡。

「我們得要集中心志，」泰麗雅說：「這裡的霧非常非常濃。」

「是魔法的迷霧還是自然的霧？」我問。

「都有。」

在山頭打轉的灰色雲團更加濃厚，我們朝著它的方向直駛而去。車子已經穿出樹林，進入一片空曠的地帶，映入眼簾的是峭壁、青草、岩石與霧氣。

當我們繞過一個展望絕佳的大彎道時，我瞄了一眼下方的海洋，立刻就看到一個差點讓我跳出座位的東西。

「快看！」窄路再轉了個彎，山將大海擋到後面去了。

「什麼東西？」泰麗雅問。

「一艘白色的大船，」我說：「停在離海灘不遠的地方，看起來像是一艘郵輪。」

泰麗雅睜大了眼睛。「路克的船？」

我眞想回說不知道。也許只是巧合，但我很清楚停在海邊的那艘船，的的確確就是路克的邪惡之船——安朵美達公主號。這也說明了爲何之前它會出現在巴拿馬運河，因爲那是從東岸航行到加州的唯一途徑。

「到時候，我們就有伴了。」柔伊冷冷地說。「克羅諾斯的軍隊。」

我正要接話，脖子後的寒毛突然豎起。泰麗雅大叫：「停車！就是現在！」

柔伊一定也感到哪裡不對勁，因爲她沒問原因就猛踩煞車。黃色福斯車失速自轉兩圈，才在懸崖邊停了下來。

「下車！」泰麗雅打開車門，還用力推我下車。我們滾到馬路上的下一秒就——「轟！」

閃電驟現，雀斯教授的福斯車像顆黃色手榴彈爆開了。那爆裂的尖銳碎片差點殺了我，多虧泰麗雅拿出神盾擋住我。我聽見金屬如雨落下的聲音，當我有勇氣張開眼睛時，四周盡是車身殘骸。車子的一塊擋泥板直接插在路中間，冒煙的引擎蓋繞圈打轉，黃色金屬碎片散落滿地。

我吞了口口水，滿嘴的煙火味一起入喉，然後我望著泰麗雅說：「你救了我一命！」

「『一人將命喪父母手上』，」她喃喃自語：「可惡，難道他要殺了我？是我嗎？」

我隔了一秒才了解她在說她的爸爸宙斯。「喂，那不是宙斯發出的閃電啦，不可能！」

「那會是誰？」泰麗雅質問我。

「我不知道。柔伊剛剛有提到克羅諾斯的名字，也許他……」

泰麗雅搖搖頭，驚愕的神情中帶著憤怒。「不，不會是克羅諾斯。」

「等等，」我說：「柔伊在哪裡？柔伊！」

我們兩個迅速起身，在被炸毀的主要車身殘骸旁尋找柔伊。車裡沒有人，路上也沒看到她，連從懸崖邊往下望也沒有她的蹤影。

「柔伊！」我大喊著。

她突然從我身邊冒出來，拉拉我的手臂說：「安靜點，傻瓜！難道你想叫醒拉頓？」

「你是說我們到了？」

「很近了，」她說：「跟我來。」

一陣陣濃霧在路的另一頭飄搖瀰漫。柔伊走進其中一陣霧，當霧氣消散，她卻不見了，留下我和泰麗雅面面相覷。

「注意柔伊，」泰麗雅提醒我，「要跟好她。我們走進濃霧裡，記得要隨時跟緊她。」

「等等，泰麗雅。關於在碼頭發生的事……我是說，關於人面蠍尾獅和祭品……」

「我不想談這個。」

「你不會眞的曾經……?你知道我要問什麼。」

她遲疑了一下，然後說：「我只是被嚇到了，就是這樣。」

「將閃電劈向車子的不是宙斯，一定是克羅諾斯。他想要影響你，讓你氣自己的父親。」

泰麗雅深吸了一口氣。「波西，我知道你想要讓我好受一點，謝謝。但是我們眞的該往前走了，拜託！」

她跨進一片白茫茫之中，走入迷霧。我也跟上。

當霧氣散開，我依舊在山的一側，但是柏油路面變成了泥土路，草也更加濃密，夕陽將大海染成一片紅。這裡離山頂似乎又更近了，暴風雲團和原始的力量盤旋其上。通向山頂的路徑只有一條，就在我們眼前。這條路往前穿過一片布滿影子和花朵的草原，那就是日落花園，我夢境中出現過的地方。

如果沒有那隻龍，這個花園就可以算是我有生以來見過最美麗的地方了。地上的芳草在黃昏暮色中微微閃著銀光，各式各樣的花朵爭奇鬥艷，鮮麗的顏色彷彿在黑暗中射出光芒。打磨晶亮的黑色大理石鋪成了石徑，圍繞在五層樓高的蘋果樹左右。樹上每一根枝條都閃爍著金蘋果，我說的可不是超市賣的那些黃色外皮的蘋果，而是眞正的金蘋果。我無法形容它們爲什麼那麼誘人，當我一聞到它的香氣，就知道只要咬它一口，將會是我所嚐過最美好的滋味。

「永生的金蘋果，」泰麗雅說：「宙斯送給希拉的結婚禮物。」

我很想上前摘一顆，可是巨龍就盤蜷在蘋果樹下。

我不知道此時我用「龍」這個字會讓人想到什麼，反正不管我用哪個詞，都不足以形容牠的可怕。牠那巨蟒般的身體像火箭推進器一樣厚實，表面滿布著銅器般發亮的鱗片。牠的頭不只一個，根本多到數不清，簡直就像上百隻兇猛超大蟒蛇的合體。牠看起來應該是在睡覺，眼睛全都閉著，所有的頭放在草地上，捲曲得像一堆超大麵條。

這時，我們前方的陰影開始移動，接著出現了美妙又詭異的歌聲，彷彿是從井底傳出來的聲音。我伸手去拿波濤劍，柔伊阻止我。四個影子閃出，是四位年輕的女孩，長得和柔伊很像。她們都穿著白色的古希臘長袍，有著古銅色的肌膚，絲亮的黑髮蓬鬆垂在肩膀。說來奇怪，直到見到了柔伊的姊妹，也就是赫斯珀里德斯，我才發現柔伊有多美麗。她們長得跟柔伊幾乎一模一樣，容貌姣好動人，但或許非常危險。

「姊姊！」柔伊先開口。

「我們沒看到什麼妹妹，」其中一個女孩冷冷說著：「我們只有看到兩個混血人和一個獵女，全都死期不遠。」

「你搞錯了，」我向前跨出一步，「沒有人會死的。」

四個女孩打量著我，她們的眼睛就像火山岩般晶亮黝黑。

「柏修斯．傑克森。」其中一個女孩叫著我的本名。

「就是他，」另一個女孩想了一下說：「我看不出他何以是個威脅。」

「誰說我是個威脅的？」

第一個赫斯珀里德斯往身後，也就是山頂的方向瞄了一眼。「他們畏懼汝。他們十分不滿『這傢伙』尚未取汝之命。」

她指著泰麗雅。

「有時我的確很想殺了他，」泰麗雅承認，「但是呢，謝謝關心，這是不可能的事。他是我的朋友。」

「宙斯之女，這地方是沒有朋友的，」那女孩繼續說：「這裡只有敵人。回去吧！」

「有安娜貝斯我才走。」

「還有阿蒂蜜絲，」柔伊說：「我們必須上山。」

「你知道他必會殺汝，」那女孩說：「你根本不是他的對手。」

「我們一定要救阿蒂蜜絲，」柔伊堅定地說：「讓我們過去。」

那女孩搖搖頭。「你不再有權待在這裡。我們只要提高音量，拉頓就會醒過來。」

「牠不會傷害我的。」柔伊說。

「不會嗎？那你所謂的『朋友』呢？」

此時，柔伊做了一件我萬萬想不到的事。她大喊著：「拉頓，醒來！」

巨龍醒了。牠龐大的身軀整個閃爍發亮，像一座嶄新硬幣堆成的山。赫斯珀里德斯們驚呼出聲，而且立刻散開。帶頭的那個女孩問柔伊：「你瘋了嗎？」

「姊姊，你們一向缺乏勇氣，」柔伊說：「此乃汝等最大的問題。」

拉頓開始扭動，上百個頭向四面伸展，長舌吐著信。柔伊往前一步，舉起手來。

「柔伊，不要！」泰麗雅叫著：「你已經不是赫斯珀里德斯了，牠會殺死你的。」

「拉頓知道自己的任務是要保護蘋果樹，」柔伊說：「所以，你們趕快繞過花園邊緣，先上山去。只要我還是這裡較大的威脅，牠應該會忽視汝等。」

「只是『應該』，」我說：「你又不能百分之百確定。」

「這是唯一的辦法了，」柔伊說：「就算我們三個合作，也不是牠的對手。」

拉頓張開了嘴，上百顆頭同時發出嘶嘶聲，我的背脊瞬間竄起一陣寒意，這還是在牠的口臭襲擊到我之前。當牠的口臭襲來，那眾多嘴巴呼出的氣味像強酸，足以讓我眼睛腐蝕、皮膚發麻、全身汗毛直豎！我想起某個夏天我的紐約小公寓家中死了一隻老鼠時，也有這種惡臭，只是現在的強度要加上一百倍！牠強烈的口臭中，竟還混著嚼爛的尤加利葉的味道。我發誓，我再也不喝學校護士給的咳嗽藥水了。

我正準備拔劍時，突然想到那個關於柔伊與海克力士上的夢，以及海克力士是如何在正面迎擊中失敗的。我決定要相信柔伊的判斷。

泰麗雅繞著花園的左側走，我走右側，而柔伊直接走向拉頓。

「是我，我的小乖龍。」柔伊輕聲說：「我是柔伊，我回來了。」

拉頓移身向前，又縮回去一些。牠閉上了幾張嘴，但還有一些仍發出嘶嘶聲。這隻巨龍顯得有些困惑。在此同時，赫斯珀里德斯們閃著微光退到陰影底下。最年長的那一位低聲說著：「傻瓜！」

「昔日我親手餵汝，」柔伊繼續輕聲細語地安撫牠，並一步步接近金蘋果樹，「你現在依然喜歡羊肉嗎？」

拉頓的眼睛閃出光芒。

泰麗雅和我已經繞過半座花園，我可以看到前方通往黑色山頂的石頭路。風暴依舊在上面盤旋，那不停歇的強烈轉動，就好像山頂是整個世界的主軸。

我們幾乎就快跨出草原，卻有狀況發生，我感受到拉頓的情緒出現變化。也許是柔伊離蘋果樹太近，也許是巨龍肚子餓了，不知是什麼原因，牠突然撲向柔伊！

兩千年的獵女訓練救了柔伊一命。她先閃躲過一組毒牙的攻擊，再低身逃過另一張大嘴。在眾多進攻的龍頭之間，她迂迴閃避，還必須強忍住令人作嘔的可怕臭氣，朝著我們的方向飛奔過來。

我抽出波濤劍來幫忙。

「別用劍！」柔伊喘著氣，「快跑！」

巨龍揮打到她的側身，柔伊尖叫出聲。泰麗雅立刻張開神盾埃癸斯，巨龍嘶嘶低吼著。

就在牠有點遲疑的這一刻，柔伊飛跳到我們前面衝向山頭，我們立刻跟上。

拉頓並沒有追過來。牠嘶吼著，用沉重的身軀猛踩地面，但我想牠知道保護蘋果樹是牠的任務，牠不想被引誘離開崗位，即使誘餌是那麼美味的混血英雄。

我們跑在通往山頂的石頭路上，赫斯珀里德斯的歌聲從陰影中響起。此時歌聲在我聽來已經不再美妙，反而更像送葬進行曲。

山頂是一片廢墟，大如房屋的黑色大理石塊、花崗岩塊遍地散布，到處是斷掉的巨柱，以及被熔毀掉一半的銅雕。

「奧特里斯山的遺跡。」泰麗雅驚訝地低語。

「沒錯，」柔伊說：「之前不在這裡的，這不是好事。」

「奧特里斯山是什麼？」我問。跟平常一樣，我感覺自己像個白痴。

「是泰坦巨神的大本營。」柔伊回答我：「在第一次神界大戰中，奧林帕斯和奧特里斯分別是世上敵對兩方的指揮中心，而奧特里斯……」她突然表情痛苦，手摀著側身。

「你受傷了，」我說：「我看看！」

「不用！沒事的。我剛剛說到……在第一次的神界大戰中，奧特里斯被破壞殆盡。」

「可是現在……怎麼會出現在這邊？」

我們在碎石礫堆、斷垣殘壁與傾頹拱門間切出一條上山的路。泰麗雅保持高度警覺，四面張望。她跟我說：「奧特里斯的遷移方式就跟奧林帕斯一樣，它總是出現在文明的邊緣。

現在事實擺在眼前，它出現在這裡，就在這座山。這絕對不是好事。」

「爲什麼？」

「因爲這是阿特拉斯[68]的山，」柔伊說：「這是他過去……」她突然靜止不動，聲音中充滿絕望。「……過去扛住天空的地方。」

我們抵達了山頂。前方幾公尺處，灰色的雲團像強烈漩渦在旋轉，形成一個巨大的漏斗雲。漏斗的底部看起來就要接觸到山頂，但卻是落在一個看起來只有十二歲的女孩肩上。她有著赤褐色的頭髮，身上的銀色衣服已經破爛，雙腳被固定在岩塊上的神界銅鏈困住——是阿蒂蜜絲！

此時此刻的情景，和我在夢中看到的一樣。原來阿蒂蜜絲被迫撐起的不是黑暗山洞的洞頂，而是整個世界的天頂。

「主人！」柔伊衝向前。阿蒂蜜絲卻說：「別過來！這是陷阱，你馬上離開。」

她的聲音緊繃，汗水浸溼了臉龐。我從沒見過天神痛苦的表情，但我看得出來，天空的重量遠遠超過阿蒂蜜絲所能負荷的極限。

柔伊哭了起來，她不顧阿蒂蜜絲的警告跑向前，使勁拉扯著銅鏈。

一個低沉卻響亮的聲音從我們後方出現。「啊，多感人的一幕呀。」

我們轉過身去，站在那兒的正是身著棕色絲質西裝的將軍。路克站在他身旁，還有六個龍女扛著克羅諾斯的金色石棺。安娜貝斯站在路克旁邊，雙手被銬在背後，嘴巴也被塞住，路克的劍尖正抵著她的喉嚨。

我和安娜貝斯互看了一下，心裡有幾千個問題想要問她，但從她眼裡傳來的訊息卻只有一個：「快跑！」

「路克，」泰麗雅咆哮著說：「放了她！」

路克的笑容既黯淡又虛弱，看起來比三天前在華盛頓特區見到他時還要慘。「泰麗雅，這是將軍才能決定的事，但是我很高興在這裡見到你。」

泰麗雅朝他吐了一口口水。

將軍咯咯笑出聲音。「老友相見，有這麼多話可以說啊！還有你，柔伊，好久不見啦！我的小叛徒過得如何呀？能親手殺掉你，我會很高興呢。」

「不要回話，」阿蒂蜜絲咬牙說出：「不要挑釁他。」

「等一下，」我說：「你是阿特拉斯？」

將軍看了我一眼。「哦，就算最愚蠢的英雄最後也能夠發現某件事。你說對了，我就是阿特拉斯，泰坦巨神的將軍，也是天神的夢魘。恭喜啦，我很快就會來殺你了，不過要先等我處理掉這個無恥的女孩。」

---

68 阿特拉斯（Atlas），希臘神話中的擎天神，是泰坦巨神之一。泰坦巨神被奧林帕斯天神打敗後，他被宙斯懲罰必須永遠扛著天空。

「不可以傷害柔伊，」我說：「我不會讓你這麼做！」

將軍哼了一聲。「小英雄，你沒有權力插手這件事！這是我們的家務事。」

我皺著眉頭問：「家務事？」

「沒錯，」柔伊絕望地說：「阿特拉斯是我父親。」

17 天空的重擔

可怕的是，我能看出這家人的相似之處。阿特拉斯有著和柔伊相同的貴族表情，而他眼中那冷峻的傲氣，有時柔伊生起氣來也看得到；只不過阿特拉斯的眼神要再邪惡上一千倍。當初柔伊讓我討厭的幾項特質他全都有，而我欣賞柔伊的許多優點，他卻一個也沒有。

「放了阿蒂蜜絲。」柔伊要求。

阿特拉斯走近被銅鏈束縛住的女神。他對柔伊說：「也許你願意幫她接過天空的擔子，是嗎？歡迎光臨！」

柔伊正要開口回答，但阿蒂蜜絲說：「不，不可以答應！柔伊，我不許你這麼做。」

阿特拉斯乾笑了兩聲。他跪到阿蒂蜜絲身旁，伸手要摸她的臉，不過阿蒂蜜絲突然咬向他，差點將他的手指咬斷。

「呼呼！」阿特拉斯咯咯笑著說：「女兒，你看，你的主人阿蒂蜜絲很喜歡她的新工作呢！我想我會讓奧林帕斯那些傢伙一個個輪流承接我的重擔，一旦克羅諾斯大王重新統治世界，這裡將會是我們宮殿的中心。我們要讓那些弱者知道什麼叫做謙遜！」

我看著安娜貝斯，她似乎拼命想告訴我什麼事。她用頭指向路克，但我只能盯著她看。

我之前未曾注意到她有些改變，她原本金色的頭髮，現在夾雜著幾絲灰色。

「支撐天空，」泰麗雅喃喃說著，彷彿在讀我的心思，「那重量足以殺死她。」

「我不懂，」我說：「為什麼阿蒂蜜絲不乾脆放下來就好？」

阿特拉斯縱聲大笑。「小伙子，你懂得太少了吧！這裡是天空和地面第一次接觸的點，也是烏拉諾斯和蓋婭[69]最早製造出他們孩子的地方，這些孩子正是泰坦巨神。天空始終想要緊緊抱住大地，一定要有人撐住它，否則它就會從這裡整個垮下來，瞬間壓扁方圓五百公里內的所有山脈、建築和一切事物。一旦你接下了這個重擔，沒有方法可以逃開。」阿特拉斯依舊笑著：「除非，有人願意替你接過重擔。」

他走向我們，還仔細打量泰麗雅和我。「哦，兩位就是這個年紀能找到的最佳英雄啊？看來真沒挑戰性。」

「那就來決鬥啊，」我回說：「比比看才知道！」

「那些天神到底教了你什麼啊？不朽的神不會跟生命短暫的無名小卒直接對戰，這樣有損我們的尊嚴。我會派路克來對付你。」

「原來你也只是一個膽小鬼！」我說。

阿特拉斯的眼睛對我射出敵意，他好不容易才將注意力轉向泰麗雅。

「至於你，宙斯的女兒，路克對你的判斷似乎有誤啊。」

「我不會看錯的，」路克的聲音勉強飄出來。他看起來虛弱得不得了，好像每說一個字都會痛，要不是對他恨之入骨，我都差點替他難過了起來。「泰麗雅，你還來得及加入我們。召喚奧菲歐陶若斯吧，牠會來到你身邊的。你看！」

他招招手，我們身旁出現一個黑色大理石圍成的水池，大小剛好夠奧菲歐陶若斯容身。我能想像貝絲在裡面的模樣。事實上，只要我愈想牠，就愈能確定自己聽見了牠的哀鳴。

「別想牠！別想牠！」格羅佛的呼喊突然出現在我腦中，是我們之間的共感連結。我現在能感受到格羅佛的情緒，他正陷入慌亂之中，並焦急地對我說：「我快失去貝絲了，趕快斬斷你的思緒！」

我試著讓腦袋一片空白，或者去想些職籃球員、滑板比賽，還有媽媽店裡各式各樣的糖果，任何和貝絲無關的東西都好。

「泰麗雅，召喚奧菲歐陶若斯。」路克繼續說：「很快你的力量就會變得比天神還要多。」

「路克……」泰麗雅的聲音充滿了痛苦，「你到底怎麼了？」

「你不記得那時我們日日夜夜討論的事嗎？那段我們一起咒罵天神的時光？我們的父親從來沒替我們做過任何事，他們沒有權力統治這個世界！」

泰麗雅猛搖頭。「放了安娜貝斯，讓她走。」

㊾ 希臘神話中，蓋婭（Gaea）是大地之母，是眾神和萬物的起源。她孕育出天空之父烏拉諾斯（Ouranos），並與他製造出泰坦巨神等許多子女。原本天空緊緊覆蓋著大地，這些孩子只能在蓋婭體內，沒有空間出生，後來泰坦巨神中的克羅諾斯聯合母親推翻了父親，才將天與地分開。

「只要你加入我們，」路克向她保證：「一切就能像往常一樣。我們三個在一起，為了更好的世界奮鬥。求求你，泰麗雅，如果你不答應的話……」

他的聲音顫抖了起來。「這次是我最後的機會了。如果你不答應的話，他會選擇另一種方式。求求你！」

我不知道他是什麼意思，但話中的恐懼卻深刻真實。我相信路克自己身處在極端的危險中，他的一條小命大概是取決於泰麗雅的決定。而現在，我開始害怕泰麗雅會相信他。

「千萬不要，泰麗雅，」柔伊警告說：「我們必須與他們決戰。」

路克再次揮手，這時出現的是一團火。那銅製的火盆就跟混血營裡的一模一樣，但這是要獻祭牲禮的火焰。

「泰麗雅，」我說：「不要。」

在路克後方，金色石棺開始閃耀。在此同時，圍繞在我們身旁的霧中出現了影像。我看見黑色大理石牆高昇豎立，斷垣殘壁重回完整外型，一座美麗又可怕的宮殿包圍著我們不斷向上堆砌升起，是一座用陰影與恐懼搭建的城堡。

「我們將在這裡重建奧特里斯山。」路克雖然發出豪語，聲音卻緊繃虛弱到不像是他。「我再說一次，它會比奧林帕斯還要強大。泰麗雅，你看，我們並非勢單力薄。」

他指向大海的方向，我的心整顆往下沉。在安朵美達公主號停泊的海邊，有一支軍隊正浩浩蕩蕩地往山上行進。軍隊裡有龍女、勒斯岡巨人⑳、怪物、混血人、地獄犬、鳥身女妖，還有一堆我根本講不出名字的怪東西。那整艘船勢必已經淨空，因爲行進隊伍裡的人物及怪物就有幾百個，遠比我夏天時在船上見到的還多。他們朝我們所在的位置前進，不用多少時間就會抵達這裡。

「這還只是美好未來的一小部分，」路克繼續說：「很快，我們就要席捲混血營，然後直搗奧林帕斯山。我們需要的，只是你的幫忙而已。」

在這恐怖的一刻，泰麗雅竟然猶豫了。她望著路克，眼裡盡是傷痛，彷彿她在世上唯一想做的事，就是相信他。接著，她舉起了長槍。「你不是路克，你再也不是我認識的人。」

「我是，我就是你認識的人，泰麗雅！」他哀求說：「拜託，不要讓我……不要讓『他』毀了你。」

沒時間了。如果那支浩蕩軍隊上到山頂，我們一定全部完蛋。我和安娜貝斯的眼神再次交會，她點了點頭。

我看著柔伊和泰麗雅，心中已經做好決定。能和這樣的朋友一起奮戰至死，未嘗不是一件好事。

「就是現在。」我說。

我們三個同時發動進攻！

---

⑩ 勒斯岡巨人（Laistrygonians）是食人族，體型非常巨大。參《妖魔之海》四十三頁，註❹。

泰麗雅直接朝著路克過去。她的神盾威力強大，頓時將幾個護棺的龍女嚇得四散奔逃，金色石棺砰然跌落地上，只剩路克一人獨自在旁。路克儘管一臉病容，拔劍的速度卻絲毫不減。他像隻野生動物般狂哮一聲後開始反擊。當他的暗劍與泰麗雅的埃癸斯交接，頓時飛迸出一球極其震撼的閃電，那爆開的電光把周圍空氣都燒出一股焦味。

至於我呢，則做了一件有生以來最最愚蠢的事，我想這句話已經說明一切。我單挑泰坦將軍阿特拉斯。

我移步向他，他縱聲大笑，一枝巨大的長標槍憑空出現在他手中，身上的絲質西裝也換成全套古希臘戰甲。「進攻呀，小子！」

「波西！」柔伊喊著：「千萬小心！」

我知道她提醒我的用意。很久以前，奇戎告訴過我：「永生的天神受到古代律法的嚴格規範，但混血英雄反而可以想去哪就去哪，想挑戰誰就挑戰誰，只要他有那個膽。」於是我發動攻勢。然而，阿特拉斯卻直接且輕鬆地回擊，全力對付我。

我揮劍過去，阿特拉斯用標槍的長柄將我掃向一旁。我飛彈出去，撞到一堵黑牆。眼前的景象已不再是迷霧幻影，宮殿城堡正在成型，它們一磚一瓦的上升，一切都是真的。

「笨蛋！」阿特拉斯得意地大笑，順便拍掉柔伊射來的銀箭。「你還眞的以爲，你能挑戰那個號稱『戰神』的三腳貓，就可以跟我對打？」

他竟然提到阿瑞斯！這可又讓我胸口燃起了一把火。我甩掉滿頭的暈眩，再次進攻。如果我可以碰到那一池水，力量應該會加倍。

標槍的前端像把大鐮刀朝我劃了過來，我準備舉起波濤劍，打算從標槍柄將它砍斷。可是我的手卻突然像個大鉛塊，波濤劍則有千斤重。

我記起阿瑞斯去年在洛杉磯海邊的警告，他說：「在你最需要你的劍時，它會背棄你。」

不要是現在！我心裡乞求著，但一點用也沒有。我想閃開，可是標槍已經掠到我胸口，把我像布娃娃一樣拋離地面。我重重跌回地上，眼冒金星。當我抬頭一看，發現自己被甩到阿蒂蜜絲的腳邊，而女神依舊吃力地撐著黑壓壓的天空。

「快跑，孩子，」她對我說：「你一定要逃走！」

阿特拉斯悠然自得地走向我們。我的劍不在身邊，剛剛它被打到遠遠的斷崖旁，現在也許會重新回到我的口袋裡，也許再等個幾秒，但不重要了，到那時我早已一命嗚呼。泰麗雅和路克還在拼死激戰，所到之處雷電交加。安娜貝斯靠著地面，想辦法解開手上的束縛。

「死吧，小英雄！」阿特拉斯說。

他高舉標槍刺向我。

「不要！」柔伊大喊著，幾支銀箭同時射進阿特拉斯盔甲在腋下露出的縫隙。

「啊！」他怒吼一聲，轉身面向自己的女兒。

我伸手到口袋裡找波濤劍，它的確回來了。我根本無法和阿特拉斯對戰，即使有劍也一樣。這時一陣涼意滑過我的背脊，我突然記起預言裡的那句話：「泰坦魔咒僅一人能抵擋。」我不期待自己能打敗阿特拉斯，但或許眞有那麼一個人是有機會對抗他的。

「天空，」我對女神說：「把天空交給我。」

「不行，孩子。」阿蒂蜜絲說。她的前額布滿閃著金屬光的汗珠，像是一顆顆水銀。「你不知道你要求的是什麼東西，它會壓垮你的！」

「安娜貝斯撐過！」

「她差點就死了。她有眞正的獵女精神，你是無法撐那麼久的。」

「反正我早晚要死，」我說：「把天空的重量轉給我！」

不等她回答，我掏出波濤劍削斷綁住她的銅鏈，然後走到她身邊，跪下一側的膝蓋穩住自己，然後我舉起雙手，碰觸那冷冽沉重的雲團。在那一刻，阿蒂蜜絲和我共同撐住這可怕的重量，這絕對是我此生感受到的最大壓力了，簡直就像上千輛的大卡車一起壓在我身上。我想抑制全身上下不斷冒出的痛楚，卻只能大口喘息。我辦得到，我告訴自己。

這時，阿蒂蜜絲終於從黑色雲團下快速脫身，剩下我獨自承擔重擔。

後來我好幾次想描述這種感覺，卻總是難以形容。

我身上的每一條肌肉都像著了火，每一段骨骼都感覺正在溶解。我想尖叫，卻連開口的力氣也沒有。我開始下沉、下墜，愈來愈接近地面，天空的重量正一秒一秒地將我壓垮。

「回擊！回擊！」格羅佛的聲音在我腦海響起，「不要放棄！」

我試著把注意力放回呼吸上，調節自己的喘息，就算只能再撐住天空幾秒也好。我想到碧安卡，是她犧牲了生命，我們才能來到這裡。如果她都能夠這樣做，我也能撐住天空。

我的視線開始模糊，眼中每樣東西好像都染上一抹紅色。我瞄向戰場，雖然不確定自己能否清楚看到他們的戰鬥。阿特拉斯依舊身著全套盔甲，一邊狂笑一邊拿著標槍猛攻。阿蒂蜜絲原本身上的銀光變得黯淡，兩手各持一把和她手臂同長的鋒利獵刀，不斷向泰坦將軍進攻，並以不可思議的優雅身段閃躲跳躍。她使用不同招數時，身形似乎就跟著變化，一會兒是老虎，一會兒變成瞪羚、大熊或禿鷹。又或許這一切只源於我燒壞的腦袋瓜。柔伊繼續對自己父親發射飛箭，箭箭瞄準他盔甲的開口縫隙。每當阿特拉斯被箭射中都會痛得大叫，但那對他來說像是被蜜蜂叮咬一樣，不會致命。阿特拉斯只是更加生氣，出手更不留情。

泰麗雅又拿出長槍與路克的劍對打，閃電仍圍繞著他們。泰麗雅神盾的光圈逼得路克步步後退。即使是路克也會受到埃癸斯影響，他慢慢後退，臉部肌肉抽搐，因落敗而咆哮著。

「投降吧！」泰麗雅大喊：「你永遠不可能打贏我的，路克！」

路克咬牙切齒。「你等著瞧，我的老朋友！」

汗水從我的髮際傾流而下，雙手也變得溼滑。如果我的肩膀能說話，大概會發出極端痛苦的尖叫聲。我甚至覺得一節節的脊椎骨好像已經被焊接成一體了。

阿特拉斯持續攻擊，不斷進逼阿蒂蜜絲。阿蒂蜜絲的動作很快，然而阿特拉斯的力量大到根本無法抵擋。他的標槍猛力擊向地面，地上的岩塊應聲裂開，要是再快個半秒，就會把阿蒂蜜絲劈成兩半。阿特拉斯跳過岩縫，繼續追趕阿蒂蜜絲，阿蒂蜜絲則引他跑向我這裡。

「準備好。」女神對我傳出心語。

在極度痛楚下，我已經沒有能力思考，所以回應女神的話大概是：「哼哼……嗯嗯……」

「以一個女生來說，你算是很能打的，」阿特拉斯得意地笑著，「不過，你根本就不是我的對手。」

他假裝要用標槍頂端進攻，阿蒂蜜絲立刻閃避。我看到了這個假動作和隨後的陷阱。阿特拉斯的標槍橫掃一圈直擊阿蒂蜜絲的腿，她被打離地面，然後跌倒。阿特拉斯舉起標槍尖端對準了女神！

「不可以！」柔伊尖叫著。她跳向父親與主人之間，同時朝父親額頭射出一支銀箭。那支銀箭像長在獨角獸頭上的角一樣，插在阿特拉斯額頭上。這下泰坦將軍氣炸了，他手背用力一揮，就將柔伊掃到那些堅硬的黑色岩石堆裡。

我多想呼喊柔伊的名字，狂奔過去救她，但我既不能說也不能動，甚至看不到她最後摔落到哪裡。接著，阿特拉斯又轉向阿蒂蜜絲，臉上帶著一抹勝利的微笑。阿蒂蜜絲似乎受了傷，她並沒有爬起來。

「這場全新大戰的第一滴血！」他趾高氣昂的宣告，接著便戳下標槍！

就在那迅雷不及掩耳的瞬間，阿蒂蜜絲抓住標槍柄。標槍插中她身旁的土地，她往後回拉，標槍便像槓桿般反擊向泰坦將軍，讓他整個人飛騰過阿蒂蜜絲頭上。我看到他朝我上方飛了過來，立刻明白接下來會發生什麼事。我放開死命撐住的天空，就在阿特拉斯撞向我的那一刻，再也不去承擔任何重量。我被衝撞出來，滾回屬於我的世界。

天空的重量就這樣落到阿特拉斯背上。他差點被壓平在地上，最後勉強撐住雙膝，並掙扎著想逃出天空的負荷，可惜來不及了。

「不——」他怒吼的聲音大到足以撼動整座山。「不要再來一次！」

但阿特拉斯終究被困在他以前的重擔之下。

我試著站起來，卻立刻倒回地上。伴隨疼痛而來的還有暈眩，整個身體好像在燃燒。

泰麗雅將路克逼到懸崖邊，他們的纏鬥尚未結束，而且激戰就發生在金色石棺旁。泰麗雅的眼中含著淚水，路克的胸口橫過一道血跡，蒼白的臉頰因汗水而發亮。

他撲向泰麗雅，泰麗雅用神盾迎擊。路克的劍飛出手中，鏗鏘一聲打到岩石上。泰麗雅的長槍抵住他的喉頭。

這一刻，世界彷彿靜止了。

「怎麼樣？」路克先出聲。他試圖隱藏心中的恐懼，但我從他的聲音卻聽得出一切。

泰麗雅在盛怒中顫抖。

在她身後，安娜貝斯攀爬過來，終於解開了枷鎖。她的臉上盡是塵土、傷痕，哭喊著：

「不要殺他！」

「他是個叛徒，」泰麗雅說：「大叛徒！」

我在恍惚之中，突然發現阿蒂蜜絲已經不在我身旁。她跑往黑色岩石，也就是剛剛柔伊摔落的方向。

「我們可以把路克帶回去，」安娜貝斯哀求說：「將他帶回奧林帕斯。他……他應該會有一點用處。」

「那不正是你想要的嗎，泰麗雅？」路克語氣輕蔑地說：「帶著戰果回到奧林帕斯？去取悅你的老爹？」

泰麗雅遲疑了一下，此時路克竟放手一搏，抓住她的長槍。

「別這樣！」安娜貝斯喊著。但已經來不及了，泰麗雅反射性的把路克踢開，他失去平衡，臉色驚惶，然後摔下懸崖。

「路克！」安娜貝斯尖叫。

我們衝到懸崖邊。就在我們的下方，那支從安朵美達公主號下來的軍隊正驚愕地停止行進。他們的眼光都集中在峭壁岩石間路克傷殘的軀體。不論我有多痛恨他，此刻我也不忍直視。我想說服自己他還有一線生機，但那是不可能的。他墜下的落差至少二十公尺，而且癱在那兒一動也不動。

其中一個巨人仰頭看見我們，勃然大怒地喊著：「殺了他們！」

泰麗雅悲痛地僵在崖邊，淚水滾滾流下雙頰。一整排標槍射向我們，我硬拉著她後退才躲過襲擊。我們跑向岩石堆，對於一旁阿特拉斯的恐嚇與詛咒充耳不聞。

「阿蒂蜜絲！」我喊著。

女神抬頭看著我們，但她的表情幾乎和泰麗雅一樣悲痛。柔伊躺在她懷中，眼睛張開，還有呼吸，但是……

「這些傷都帶著劇毒。」阿蒂蜜絲說。

「阿特拉斯下的毒？」我問。

「不是，」女神說：「不是阿特拉斯。」

她讓我們看柔伊身體側邊的傷。我幾乎忘記了她被拉頓打傷的事，那傷口比她外顯出來的樣子要嚴重太多，我不忍心再看。這樣可怕的傷勢已經減損掉她大部分的元氣，她在剛剛的戰鬥中卻還能對自己的父親發動攻擊。

「星星，」柔伊喃喃說道：「我看不到星星。」

「神食和神飲，」我焦急地說：「快點，我們趕快去弄點來給她吃。」

沒人移動腳步，空氣中瀰漫著哀傷，而克羅諾斯的軍隊即將抵達。就連阿蒂蜜絲也震驚到無法行動。我們的末日或許馬上就要來了。然而此時，一陣奇怪的嗡嗡聲突然傳來。

就在怪物大軍爬上山頭的同一時間，天空竟然摸下一架駱駝戰機！

「給我滾蛋！不准靠近我女兒！」雀斯教授的聲音冒出來，接著他的機關槍火力全開，對準克羅諾斯軍隊開始掃射，地面頓時彈痕累累，怪物們四散奔逃。

「爸爸？」安娜貝斯不可置信地大喊。

「快跑！」雀斯教授回答，聲音在機身掠過時顯得很微弱。

這下阿蒂蜜絲也從哀傷中驚醒。她盯著空中的古董飛機，現在它正回繞一個大彎，準備再次砲擊。

「一位勇敢的男人。」阿蒂蜜絲難得稱讚男性。「走吧，我們必須帶柔伊離開這裡。」

她將狩獵號角放到嘴邊，那清亮的聲音迴盪在整個山谷。柔伊的眼皮開始有些撐不住。

「再忍耐一下！」我告訴她：「你一定會沒事的！」

駱駝戰機再度俯衝下來，幾個巨人朝它丟出標槍，還有一個怪物直接朝機翼之間飛去，但此時機關槍又開始掃射。我非常驚訝地發現，雀斯教授一定是透過什麼特殊辦法才能取得神界的青銅製成子彈，因爲機關槍的連發炮火，竟然讓最前排的龍女在哀嚎聲中化爲硫磺似的黃色粉末。

「那是……那是我爸！」安娜貝斯的語氣充滿驚喜。

我們沒有時間去欣賞他的飛行美技，許多巨人和龍女已經從驚嚇中回過神來，雀斯教授很快就會遇上麻煩了。

就在這時，月光出現，一輛銀色馬車從天邊駛來，不過拉車的不是馬，而是我這輩子見過最美麗的鹿。牠將車停到我們身旁。

「上車吧。」阿蒂蜜絲說。

安娜貝斯和我一起把泰麗雅推上車，我再幫阿蒂蜜絲抱柔伊上來。我們用毯子裹好柔伊後，阿蒂蜜絲拉動韁繩，整輛車飛離山脈，直向天際。

「好像聖誕老人的雪橇。」我自言自語，仍舊因爲疼痛而暈眩。

阿蒂蜜絲此時回頭看我。「確實是啊，混血小子，不然你以爲傳說是打哪兒來的？」

看見我們安全地離開，雀斯教授將古董飛機掉頭，像個忠心的保鑣一樣跟著我們。美麗的鹿拉著銀色的車在天上飛，還有駱駝戰機護航。就算是在神秘多霧的舊金山灣區，想必也是有史以來最怪異的景象之一吧。

在我們的後方，克羅諾斯的軍隊重新集結在塔瑪爾巴斯山頂。他們發出憤怒的吼叫，其中聲音最大的就是阿特拉斯。他低沉的嗓音狂放詛咒著奧林帕斯天神，在他力抗天空重擔的同時。

18 獵女星座

夜幕低垂，我們降落在克里斯場公園。

雀斯教授一步出他的駱駝戰機，安娜貝斯便衝過去給他一個大大的擁抱。「爸爸！你會開飛機……還會射飛彈……喔，天神啊，那是我見過最最神奇的事了！」

她的父親臉紅了。「嗯，這個嘛，我想以一個平凡的中年人來說，還算可以啦。」

「但是你有神界的銅彈耶！你是從哪裡弄來那些東西的？」

「喔，嗯，在維吉尼亞家中你的房間裡，那裡還留下不少混血人的武器。就是那次你……離開之後。」

安娜貝斯低下頭，有些困窘。我留意到雀斯教授小心地避開「逃家」這個字眼。

「於是呢，我決定試著熔掉一些武器做成子彈看看，」雀斯教授說：「那只是一個小小的實驗啦。」

他嘴巴上講說是件小事，但眼裡卻閃著炙熱的光芒。這一剎那，我突然明白智慧與工藝女神雅典娜為何會喜歡上他，因為雀斯教授骨子裡其實是一位完美的瘋狂科學家。

「爸……」安娜貝斯欲言又止。

「安娜貝斯、波西！」泰麗雅打斷我們，語氣十分焦急。她和阿蒂蜜絲跪在柔伊身邊，包紮她的傷口。

安娜貝斯和我趕緊跑過去，然而什麼忙也幫不上。我們沒有神食或神飲，一般的藥物對這種毒也完全沒有效。即使現在天色昏暗，我仍舊看得出柔伊的氣色十分不好。她的身體在顫抖，平時身上會發出的微微銀光正漸漸褪去。

「您不能用魔法治癒她嗎？」我問阿蒂蜜絲。「我是說……您是個天神啊。」

阿蒂蜜絲爲難地說：「波西，生命是很脆弱的東西。如果命運女神決定剪斷它，我能幫的忙也很有限，但我願意試試看。」

她試著將手放到柔伊的側身，但柔伊抓住她手腕。兩人的眼神交會，某種心靈的溝通在她們之間傳遞著。

「我……表現得還好嗎？」柔伊氣若游絲。

「我以最高的榮耀保證，」阿蒂蜜絲輕聲說著：「你是我的最佳隨從。」

柔伊的表情放鬆了。「終於，可以休息了。」

「我能試著解你的毒，我勇敢的女孩。」

但在這時候，我才知道她的致命傷不只是拉頓的毒，而是她父親最後那一擊。柔伊始終知道神諭的預言指的是她。她知道她將死在父親手上，但她還是選擇參與任務。她也選擇要救我，而阿特拉斯的狂暴能量就這麼摧毀她整個內在。

她看看泰麗雅，並且握住她的手。

「很抱歉，老是和你吵架。」柔伊說：「我們應該要像姊妹一樣才是。」

「都是我的錯。」泰麗雅的淚水在眼眶裡一直轉。「你才是對的，關於路克、混血人和男生，還有每一件事。」

「也許不是所有男生，」柔伊喃喃說著，對我虛弱地笑一笑。「你身上還帶著那把劍嗎，波西？」

我說不出話來，但我還是掏出波濤放到她手上。她滿足地握緊筆，說：「你會說實話，波西．傑克森。你一點都不像……不像海克力士。這支筆在你手上，我感到很光榮。」

她突然全身一陣顫動。

「柔伊——」我叫她。

「星星，」她輕聲說：「我又看得到星星了，主人。」

豆大的淚珠滑下阿蒂蜜絲的臉龐。「是的，我勇敢的女孩，今晚的星星好美。」

「星星。」柔伊重複說著，眼神定在遠遠的夜空，身體再也不動了。

泰麗雅垂下頭。安娜貝斯哽咽著，雀斯教授扶住她的肩膀。我看著阿蒂蜜絲拱起手掌放在柔伊嘴上，輕輕唸著古希臘語，接著，一縷銀色薄煙從柔伊雙唇間飄出。女神抓住薄煙，柔伊的身體開始閃爍發亮，然後化為無形。

阿蒂蜜絲站起來禱唸一陣，又在拱起的手掌中呼一口氣。她鬆開手，將那縷輕煙往天空的方向釋放。薄煙上升、閃耀，繼而消失在空中。

這時候的我並未察覺到任何不同，但安娜貝斯驚呼了一聲。我仰頭望向夜空，看到星星亮了起來。它們排列成我從未見過的形狀，晶瑩的星群看起來就像一位女孩的身影，一位揹著弓的女孩橫過天際。

「讓全世界榮耀你，我的獵女。」阿蒂蜜絲說：「你會在星辰間得到永生。」

對我們而言，此刻要說再見不是件容易的事。北邊的塔瑪爾巴斯山上依舊雷電交加，而阿蒂蜜絲因為心情實在太差，身體也不斷閃射出銀光。這讓我十分緊張，因為要是她一時失控，顯露出天神的原型，我們光看她一眼就會全身解體。

「我必須要立刻趕回奧林帕斯。」阿蒂蜜絲說：「雖然無法帶著你們同行，但我可以給你們一些協助。」

阿蒂蜜絲將手放到安娜貝斯肩上。「你的勇氣超乎尋常，我的好女孩。你將會去做所有該做的事。」

然後她有些遲疑地看著泰麗雅，好像不知該跟這位宙斯的女兒說些什麼。泰麗雅同樣不大敢直視女神，但似乎某件事讓她鼓起勇氣，抬頭迎向阿蒂蜜絲的目光。我不清楚她們眼神之間交流的內容，但阿蒂蜜絲的眼神帶著理解而柔和了下來，然後她轉頭面向我。

「你做得很好，」她說：「以一個男人而言。」

我本來想抗議，卻突然意識到這是她頭一次沒叫我小男孩。

她登上發亮的馬車。我們別過眼睛，在一道極亮的銀光閃過之後，女神消失無蹤。

「嗯，」雀斯教授嘆了口氣說：「眞是讓人印象深刻的女人。不過我必須說我還是比較喜歡雅典娜。」

安娜貝斯轉過身，對她父親說：「爸爸，我……我很抱歉……」

「噓，」雀斯教授抱住她，「親愛的，做你該做的事，我知道這一切對你來說不容易。」

他的聲音微微顫抖，但臉上露出了勇敢的笑容。

這時候，我聽見大翅膀拍動的聲音。三匹飛馬從霧中降落，其中兩匹有著白色翅膀，另一匹全身黑色。

「黑傑克！」我大喊。

「嘿，主人，」牠用心語回應我：「你少了我也能活喔？」

「是很辛苦。」我承認。

「我把桂多和普派帶來了。」

「你好嗎？」另兩匹馬也以心語問候我。

黑傑克很關心地將我前後檢查一遍，然後再檢查雀斯教授、安娜貝斯與泰麗雅。「這些傢伙裡面，哪一個是你想要我們嚇嚇他的？」

「不行，」我大聲說：「他們都是我的朋友！我們要盡快趕到奧林帕斯去。」

「沒問題，」黑傑克說：「不過我們不能載那個人類，希望他沒有要跟來。」

我向牠保證雀斯教授不會同行，而教授本人則看著飛馬看到下巴都掉下來了。

「太神奇了，」他說：「這麼好的操控力！這種翼展幅度，如何能撐住馬身的重量呢？讓我想想。」

黑傑克歪著頭說：「啥？」

「為什麼？如果當年的克里米亞戰爭⓻，英軍能夠有這些飛馬的話，」雀斯教授繼續說：「那六百壯士的犧牲就……」

「爸！」安娜貝斯打斷教授的話。

雀斯教授眨眨眼。他看著安娜貝斯，擠出一個微笑說：「對不起，親愛的。我知道你必須出發了。」

他最後再抱抱安娜貝斯，這個動作代表了無盡的意涵。然後在安娜貝斯轉身騎上桂多的馬背時，雀斯教授大喊：「安娜貝斯！我知道……我知道舊金山對你是個危險的地方，可是你一定要記住，你永遠有一個家！跟我們在一起，我們會盡全力保護你！」

安娜貝斯沒有回話，但別過身子時紅著眼眶。雀斯教授開始喊出更多話，接著顯然想到

⓻克里米亞戰爭（Crimea War），發生於一八五四至一八五六年間，英國與法國聯手對抗俄國，雙方軍隊僵持在克里米亞半島。其中英軍輕騎兵部隊曾以六百餘人與五千名俄軍對峙，犧牲慘烈。戰爭最後因俄國失守而結束。

了許多事。他難過地舉起雙手揮別，然後跨步離開黑暗的克里斯場公園。

泰麗雅、安娜貝斯和我都穩穩坐在飛馬背上，我們一起飛過海灣，朝東邊山陵飛去。很快的，舊金山變成我們後方一個發亮的小小圓弧，它北邊偶發的閃電也離我們愈來愈遠。

泰麗雅累得睡在普派的背上，她一定是累到不行才有可能在空中安睡，畢竟她的懼高症那麼嚴重。但其實也沒什麼好擔心的，她的飛馬飛得非常悠然自在，而且隔一會兒就會調整姿勢，以確保泰麗雅的安全。

安娜貝斯和我則並排飛行著。

「你爸爸滿酷的啊。」我對她說。

天色太暗，我看不清楚安娜貝斯的表情。她回頭看向後方，即使加州應該已經離我們非常遙遠了。

「大概吧，」她說：「我已經跟他吵架吵了好多年。」

「嗯，你說過。」

「你以為我是騙你的嗎？」這句話聽起來像在挑釁，但其實並沒有那種意思，反而比較像她在問她自己。

「我不是覺得你騙我，只是……只是，他看起來不錯，你的繼母也是。有可能，從你上次見過他們後，他們變得比較酷一點了。」

她猶豫了一會兒，才說：「波西，他們還是住在舊金山，但是我不能住在離混血營那麼遠的地方。」

我不想問出下一個問題，因為害怕知道答案，但我終究還是開了口：「所以，你接下來有什麼打算？」

我們正經過一個城鎮的上空，黑暗中浮現一小撮亮點，又很快地退出我們視線，速度快到就像在搭噴射機一樣。

「我不知道，」她回答：「不過，謝謝你來救我。」

「喔，沒什麼啦，我們是朋友呀。」

「你不相信我死了？」

「從來就不相信。」

她猶豫了一下，說：「嗯，路克也是……我是說，我覺得他沒有死。」

我瞪著她，心想是否因為壓力或其他因素而毀了她的判斷力。「安娜貝斯，那個墜落很嚴重，他不可能……」

「他沒有死。」安娜貝斯很堅持。「我很確定，就好像你確定我沒有死一樣。」

這個比較實在讓我高興不起來。

下方出現的城鎮愈來愈多，一叢叢的光點變得更加密集，漸漸的，我們下方已經像一整片光點閃爍的地毯。黎明將至，東方的天空由黑轉灰，在我們前方有大片的黃白光芒發散出來，那是紐約的城市之光。

「這個速度如何，主人？」黑傑克問我。「我們早餐有沒有加倍的乾草，或其他好料？」

「黑傑克，你是最強的人！」我又連忙改口：「啊，不好意思，是最強的馬！」

「你不相信我對路克的想法，」安娜貝斯繼續剛剛的話題，「但我們一定會再見到他。波西，路克有很大的麻煩，克羅諾斯的魔咒控制了他。」

我不想跟她爭論下去，因為這讓我有些火大。經過這些事，她怎麼可以對那個壞蛋還有感覺？她怎麼還替他找藉口？那個墜落是他應得的，他最該有的下場就是……好吧，我就說出來，他該死！他不像碧安卡，不像柔伊。他不可能還活著，那實在太不公平了。

「到了。」泰麗雅的聲音突然冒出來，她醒了。她指著曼哈頓，而曼哈頓也瞬間進入我們視線。「開始了。」

「什麼開始了？」我問。

然後我看著泰麗雅手指的方向。在帝國大廈的正上方，浮現一片亮光之島，奧林帕斯就在那裡。火炬火盆的光芒照耀了整座山，白色大理石宮殿在晨曦中閃閃發亮。

「冬至之日，」泰麗雅說：「天神大會開始了。」

19 天神大會

身為海神波塞頓之子，在空中飛行絕不會有什麼好事，而要直接飛進宙斯的宮殿，在閃電與雷擊之間打轉，更是一種糟糕的經驗。

我們在曼哈頓上空盤旋，環繞奧林帕斯山一圈。我只來過這裡一次，是搭帝國大廈通往第六百樓的秘密電梯到達的。這次如果能順利抵達，奧林帕斯帶給我的驚奇就更多了。

在清晨的朦朧灰暗中，火炬的光芒映照著山上的宮殿，讓它閃耀出二十種不同的顏色，從血紅到靛藍都有。顯然生活在奧林帕斯都不用睡覺，蜿蜒的街道滿是來往的半神半人、自然界的精靈和一些小神；他們有的搭馬車，有的坐獨眼巨人抬的轎子。冬天似乎也不存在於這裡，我聞到花園裡百花齊開的香味，有茉莉、玫瑰以及一些不知名的甜美香氣。許多悠揚的樂聲由窗戶流洩出來，是蘆笛聲與輕柔的歌聲。

佇立在山頂的就是世上最宏偉的宮殿，天神們專屬的閃亮白色廳堂。

我們的飛馬降落在宮殿外的庭院，就在宮殿的銀色大門前。在我根本還沒想到要敲門之前，大門就自己打開了。

「祝你好運，主人！」黑傑克說。

「嗯。」不知道爲什麼，我卻有末日來臨的感覺。我從來沒有見過眾神齊聚在一起，我知道他們隨便一位都能瞬間將我化成灰燼，而且想要這麼做的天神應該有好幾位。

「喂，如果你不回去了，你的小屋可以給我當馬廄嗎？」

我瞪了黑傑克一眼。

「隨便想想啦，」牠說：「抱歉喔！」

黑傑克和牠的朋友就此離開，留下泰麗雅、安娜貝斯和我在奧林帕斯山上。有那麼一分鐘，我們三人一起站在那裡打量著宮殿，就好像當時一起看著衛斯多佛學校一樣，但那似乎已經是一百萬年前的事了。

然後，我們肩並著肩，踏入王座廳。

十二張巨大的王座圍繞中央火爐排成U字型，排列方式和混血營小屋一模一樣。高懸的屋頂上有發亮的星群，連最新的獵女柔伊星座也在其中，正揹著弓橫過天際。

沒有一個王座是空的，每一位天神或女神都有四、五公尺高。而且我跟你說，如果你眞的碰上十二位全能超級天神同時把眼光匯聚到你身上的話……那麼，面對怪物突然變得只是小事一樁。

「歡迎來到此地，英雄們。」阿蒂蜜絲說。

「哞！」

這時我才注意到格羅佛和貝絲。

在大廳正中間的爐火旁，出現一個表面有水不斷流動的大水球。貝絲正在裡面快樂地游泳，一邊甩著牠的蛇尾，一邊還不時從球邊或球底探出頭，似乎十分享受在魔法泡泡裡游泳的新鮮感。至於格羅佛則跪在宙斯的王座前，好像正在做報告，不過當他一看到我們，就高喊：「你們辦到了！」

他跑向我們，又突然想起這樣跑開是背對宙斯，對宙斯不敬，趕忙再回頭請求許可。

「你可以繼續。」宙斯說，但他的注意力其實並不在格羅佛身上。天空之王正專注地盯著泰麗雅。

格羅佛踏著他的蹄穿過大廳。沒有一位天神開口說話，大理石地板上的蹄聲迴盪在整個王座廳。貝絲在泡泡中潑水，爐火正噼哩啪啦燃燒著。

我緊張地看著我的父親，海神波塞頓。他的穿著和我前一次見到他時很像，海灘短褲、夏威夷襯衫，還有涼鞋。他有一張曬成褐色的、滄桑的臉，臉上留著黑色鬍子，眼睛是深綠色。我不確定他再次見到我的感受是什麼，但他的眼角出現幾絲笑紋，而且對我點點頭，彷彿在說：「沒有問題的！」

格羅佛給安娜貝斯和泰麗雅大大的擁抱，然後抓住我的手。「波西，貝絲和我也辦到了！但你得要說服他們！他們不肯做！」

「做什麼？」我問他。

「英雄們。」開口的還是阿蒂蜜絲。

女神滑下王座，變成和普通人類一樣高的那個赤褐色頭髮女孩。在這些高大的奧林帕斯天神間，她一樣從容自在地朝著我們走來，身上的銀袍閃閃發光。她的臉上沒有顯露任何情緒，整個人彷彿走在一道月光中。

「大會已經了解你們的功績，」阿蒂蜜絲告訴我們說：「天神們知道奧特里斯山正在西邊重建，也知道阿特拉斯企圖取得自由，還有克羅諾斯在招募軍隊的事。我們已經決定要有所行動。」

眾神間出現一些低語，好像不是所有天神都喜歡這個計畫，但也沒有抗議聲出現。

「在宙斯天王的命令下，」阿蒂蜜絲繼續說：「我的兄長阿波羅和我將負責獵捕那些最強的怪物，在牠們加入泰坦軍隊之前先將牠們擊潰。雅典娜女神將負責檢查其他被監禁的泰坦巨神，確保他們沒有潛逃的可能。海神波塞頓則已經獲得允許，可以對安朵美達公主號釋出全部的力量，讓它沉入海底。至於你們，我的英雄們……」

她轉身面對其他的天神。「這些混血英雄替奧林帕斯立下了大功，這裡有誰能否認嗎？」

她環視大廳王座上每一位天神，並嚴肅地看著他們。宙斯今天穿著深色細點條紋西裝，黑色的鬍子理得非常俐落，雙眼炯炯有神。他的身邊坐著一位非常美麗的女士，銀髮紮成長辮垂放單肩，晶亮的洋裝有如孔雀羽毛般鮮豔。她是天后希拉。

宙斯右手邊坐著的是我的父親波塞頓。再過去是一位超級大塊頭，他的一隻腿綁著金屬輔助架，頭型極為醜陋，臉上蓄著雜亂的棕色鬍子，火星花還不時從他的鬢毛之間閃出。他就是火神赫菲斯托斯。

荷米斯假裝沒看到我。他今天一身西裝領帶的商人打扮，老是在查看他手杖上的行動電話訊息。阿波羅背靠在金色王座上，他戴著太陽眼鏡，還戴了iPod的耳機，所以我根本不知道他有沒有在聽阿蒂蜜絲說話，不過他對我豎起了大拇指。戴歐尼修斯仍是一副十分無聊的樣子，手指不停轉著一段葡萄藤。至於阿瑞斯，嗯，他坐在專屬的黃色皮革王座上磨著刀，虎視眈眈地看著我。

至於王座廳裡女神們的這一側，最靠近天后希拉的是身著綠色長袍的農業女神狄蜜特⑫。她有一頭深色的頭髮，王座是由蘋果樹枝條編製而成。她的另一邊坐了一位優雅美麗的白衣女神，那雙灰色的眼睛，讓我知道她是安娜貝斯的母親雅典娜。再過去則是阿芙蘿黛蒂，她刻意給我一個動人的笑容，讓我不禁害羞了起來。

所有奧林帕斯主神齊聚一堂。在這個大廳裡匯集了如此強大的力量，整座宮殿沒被炸開還真是個奇蹟。

「我必須說……」阿波羅打破沉默，「這些孩子做得還不錯。」他清清喉嚨開始吟詩：「英雄贏桂冠……」

---

⑫狄蜜特（Demeter），掌管大地農作物的農業女神。是宙斯的姊姊。

「嗯，對，一等一的表現。」荷米斯插嘴進來，彷彿急於打斷阿波羅的創作。「所以大家都傾向不要殺他們囉？」

幾隻手猶豫地舉起，是狄蜜特和阿芙蘿黛蒂。

「等等！」阿瑞斯突然吼出聲，然後指著泰麗雅和我。「這兩個傢伙很危險，爲了安全起見，既然他們都在這邊……」

「阿瑞斯，」打斷他的是波塞頓。他說：「他們是非常難能可貴的英雄，我們不能夠將我兒子碎屍萬段。」

「我女兒也不行。」宙斯咬著牙說：「她做得非常好。」

泰麗雅臉紅了，只敢低頭看地板。我完全知道她的感受，我也幾乎沒和父親說到話，更何況是得到他的讚美。

女神雅典娜清一清喉嚨，往前坐一點。「我也同樣爲我女兒的表現感到驕傲，但是另外那兩位，卻對我們的安全有潛在威脅。」

「媽！」安娜貝斯著急地說：「您怎麼可以……」

雅典娜給了她一個堅定但溫和的眼色，安娜貝斯只好閉嘴。「很不幸的，我的父親宙斯與我的伯父波塞頓違背了他們不再有孩子的誓言，唯一守住誓言的只有黑帝斯，這實在讓我覺得很諷刺。我們都知道預言說過，三大神的孩子……也就是泰麗雅和波西，他們是危險的。即使阿瑞斯的腦袋空空，但這次說的話還是有一點道理。」

「對嘛！」阿瑞斯先是得意了一下。「喂，等等，你剛剛說我腦袋……」

他正要起身，王座兩旁卻出現葡萄藤蔓，宛如安全帶般將他拉回座位上。

「拜託你，阿瑞斯，」戴歐尼修斯嘆著氣說：「要打架也要晚一點吧。」

阿瑞斯邊罵邊拉開藤蔓。「輪你講話囉，老酒鬼！你是眞心想保護這幾個傢伙？」

戴歐尼修斯不耐煩地看著我們。「我對他們沒有半點情感。雅典娜，你眞的認爲殺掉他們是最保險的方法嗎？」

「我不負責下決定，」雅典娜說：「我只是指出風險。我們該怎麼做，由大會決定。」

「我不會讓他們受到懲罰。」阿蒂蜜絲說：「我要獎勵他們。如果我們殺掉替我們立下大功的英雄，那我們根本沒比泰坦他們好多少。如果這樣叫做奧林帕斯的公平，那麼跟我一點關係也沒有。」

「冷靜冷靜，妹子！」阿波羅說：「喂，你放輕鬆一點嘛。」

「不要叫我妹子！我就是要獎勵他們。」

「各位，」宙斯再度開口：「或許我們必須先處決這隻怪物。這點大家都同意嗎？」

許多天神點頭回應。

我隔了幾秒才意識到他們在講的怪物是什麼，然後我脫口而出：「貝絲？你們竟然要處決掉貝絲？」

「哞——」貝絲發出抗議。

我的父親皺起眉頭。「你把奧菲歐陶若斯取名叫貝絲？」

「爸爸，」我說：「牠只是一隻海洋生物，是非常溫馴可愛的動物。您不能殺掉牠。」

波塞頓不大自在地挪動一下身子。「波西，這隻怪物的力量很可觀，如果泰坦巨神把牠偷走，或者……」

「不可以！」我很堅持。我看著宙斯，我原本應該很怕他，但現在卻敢直接迎向他的目光。「控制預言是沒有用的，不是嗎？何況，貝絲……這隻奧菲歐陶若斯是無辜的，殺害這樣的生命並不對，就好像……好像克羅諾斯吃下自己的小孩，只因為他們可能會害他一樣。這樣不對！就是不對！」

這些話宙斯似乎有聽進去，他將目光移向泰麗雅。「那會有什麼樣的風險，克羅諾斯可是清楚得很。如果你們當中一人獻祭這頭小牛的內臟，就能夠擁有足以摧毀我們的力量。你們認為我們能容許這種可能存在嗎？你，我的女兒，明天就要滿十六歲，正如預言所說。」

「您必須要相信他們！」安娜貝斯說：「請您一定要相信他們！」

宙斯不悅地說：「相信英雄？」

「安娜貝斯說的沒錯，」阿蒂蜜絲接口：「這也是我為什麼一定要先給他們獎勵。我最忠心的隨從柔伊．奈施德已經化為空中明亮的星星，我需要一位新的隊長，而我傾向從這裡挑出一位。不過在此之前，父親大人，我想跟您私下講幾句話。」

宙斯招手示意阿蒂蜜絲向前，他彎身傾聽阿蒂蜜絲在他耳邊說的悄悄話。

一陣痛楚席捲上我心頭。「安娜貝斯，」我在沉重的鼻息間喃喃唸著：「千萬不要。」

安娜貝斯皺著眉頭看我，說：「什麼？」

「好吧，有件事我一定要跟你說，」我不再沉默，雖然這些話說得吞吞吐吐，「我不能忍受萬一你……我是說，我不想要你……」

「波西？」安娜貝斯說：「你看起來好像快要吐了。」

那的確是我此刻的感受。我還想再多說些什麼，但我的舌頭背叛了我，因爲從我胃裡湧出的恐懼讓它動彈不得。這時，阿蒂蜜絲轉身面對大家。

「獵女隊即將有一位新的隊長，」她宣布：「如果她願意接受的話。」

「不要！」我心裡狂喊。

「泰麗雅，」阿蒂蜜絲說：「宙斯的女兒，你願意加入獵女隊嗎？」

大廳頓時陷入一片沉寂。我盯著泰麗雅，不敢相信自己剛剛聽到的話。安娜貝斯露出微笑，她緊握一下泰麗雅的手再鬆開，彷彿這一切都在她的預料之中。

「我願意。」泰麗雅的語氣再堅定不過。

宙斯站起來，眼神滿是關切之情。「我的女兒，要考慮清楚……」

「父親，」泰麗雅說：「明天，我將不會變成十六歲，我永遠也不會十六歲了。我不會讓預言裡的人是我，我將永遠跟隨在姊姊阿蒂蜜絲身旁。克羅諾斯再也無法誘惑我。」

她走到女神面前跪下，印象中碧安卡說過的誓詞開始從她口中流出，那彷彿是好久好久以前的事了。「我宣誓效忠阿蒂蜜絲女神，我拒絕男人的相伴……」

接著，泰麗雅做了一件幾乎和她的宣誓一樣讓我驚訝的事。她走向我，帶著微笑，然後在眾神與所有人面前，給了我一個超級大擁抱。

我的臉紅得發燙。

當她終於鬆開我，卻又抓著我的肩。我說：「嗯……你不是不能再這樣做了嗎？我是說，擁抱男生？」

「我是在表揚我的好朋友，」她糾正我的說法，「波西，我眞的一定要加入獵女隊。我已經很久沒有感受到平靜安詳，自從……自從到了混血之丘後。好不容易，我感覺到眞的能擁有一個家。然而，你是一個英雄，你會成爲預言所說的人。」

「這可眞是太好了。」我咕噥抱怨著。

「我很驕傲有你這個朋友。」

她再過去擁抱安娜貝斯，安娜貝斯努力忍住才沒哭出來。她當然也沒忘記抱抱格羅佛，格羅佛看起來感動到快要昏過去，和拿到一張終生無限享用玉米捲餅優惠券一樣激動。

接著，泰麗雅站到阿蒂蜜絲身旁。

「現在，該談談奧菲歐陶若斯。」阿蒂蜜絲說。

「這男孩依舊是個危險，」戴歐尼修斯警告著大家：「這隻怪物是取得無上力量的誘餌，就算我們放過這男孩……」

「不要！」我環視眾神。「拜託，讓奧菲歐陶若斯活著。我父親可以將牠藏在海底某處，或者放在奧林帕斯這裡的水族館裡，但您們必須保護牠。」

「我們憑什麼相信你？」赫菲斯托斯用低沉的聲音說。

「我現在才十四歲，」我說：「如果預言說的真的是我，那就還有兩年的時間。」

「兩年的時間讓克羅諾斯來引誘你。」雅典娜說：「兩年間會變的事情太多了，小英雄！」

「媽！」安娜貝斯惱火地抗議。

「孩子，事實就是如此。留下這男孩或者留下那隻動物，絕對是錯誤的策略。」

我父親站了起來。「如果我能幫得上忙，我不會讓這隻海洋動物受到傷害。而我必須說，我可以幫忙。」

他伸出一隻手，一把三叉戟頓時出現在他掌中。那是一把光青銅握柄就有六公尺長的巨大武器，三支尖刺的頂端發出如靛藍水波般的光芒。「我會擔保這個男孩，以及奧菲歐陶若斯的安全。」

「不准把牠帶到海裡去！」宙斯突然起身。「我不會讓這種可以用來要脅我的東西落到你的手上。」

「兄弟，拜託。」波塞頓嘆口氣說。

宙斯的閃電火也出現在手中，暴衝的電流讓整個廳堂充滿臭氧的味道。

「好吧，」波塞頓說：「我會在這裡建一座水族館，把這隻生物留在奧林帕斯，赫菲斯托斯可以協助我。牠的安全會受到保障，我們會盡全力來保護牠。而這個男孩也不會背叛我們，我以我個人名譽來擔保。」

宙斯想了一會兒，才說：「大家都同意嗎？」

我十分訝異，舉手同意的天神竟然不少。戴歐尼修斯棄權，阿瑞斯和雅典娜也是，但其他幾位……

「我們已經有了多數決議，」宙斯宣布：「好了，既然我們決定不要殺掉這些英雄……我想，我們應該要嘉勉他們。讓我們一同來慶祝吧！」

世上有小宴會，有大宴會，有超級奢侈華麗瘋狂的盛宴，也有奧林帕斯天神的派對。如果你有機會選擇，一定要去奧林帕斯。

宴會的音樂由九位謬思女神[73]調控。我這才知道，在這裡任何想聽的曲子都能聽到。天神可以欣賞古典音樂，年輕的半神半人則聽街舞或任何型態的音樂，全在同一個聲道播放。沒有爭執，沒有衝突，沒人吵著要換頻道，只有加大音量的要求。

戴歐尼修斯到處遊走，隨地變出放滿食物的高腳桌，一位美麗的女士挽著他的手緊緊相隨，那就是他的妻子亞莉阿德妮。我第一次見到戴歐尼修斯如此高興的樣子。神食和神飲從金色噴泉滿溢出來，凡間的小點心把宴會桌擠得毫無空隙，金色酒杯裡裝盛著任何你想要的飲料。格羅佛走來走去，盤子裡放了一堆錫罐和肉餅，他杯子裡的雙份濃縮咖啡牛奶滿到快滴出來；而他嘴裡卻不斷像在唸咒語般低喊：「潘！潘！」

眾神們接連走來向我恭喜。謝天謝地，他們願意將自己縮小成凡人的尺寸，免得我們這些宴會參與者被他們誤踩到丟了小命。荷米斯開始找我聊天，他的心情是那麼好，讓我不想對他說他那個最不受歡迎的兒子路克發生了什麼事。在我還沒鼓足勇氣開口前，他的行動電話響起，於是先走開了。

阿波羅說，我隨時想去駕駛他的太陽車都行，還有如果我想上射箭課……

「謝謝，」我說：「不過老實說，我對箭術真的不在行。」

「啊，胡說，」他說：「我們可以在飛越美國上空時從太陽車上進行飛靶練習？那是最好玩的事了！」

我只好再編一些藉口才抽身離開。我走向宮殿庭院，穿過擁擠的跳舞群眾，想找安娜貝斯。我之前看到她的時候，她在跟幾位小神跳舞。

這時，我身後出現一個男性的嗓音。「你不會讓我失望吧，我期待。」

我轉過身去，看到波塞頓對著我微笑。

「爸爸……嗨！」

---

(73) 謬思女神（Muses）共有九位，掌管文學與藝術。參《神火之賊》三六三頁，註(59)。

「嗨，波西，你們眞的做得很好。」

他的稱讚反而讓我不自在。我的意思是，被稱讚當然會覺得愉快，但我想到他是賭上了自己的聲譽爲我擔保，感覺上讓天神把我解決掉應該還容易些。

「我不會讓您失望的。」我承諾。

他點點頭。我一向缺乏判斷天神情緒的能力，不知他此刻是否有所疑慮。

「你的朋友路克……」

「他不是我的朋友。」我脫口而出，然後才想到打斷父親或天神的話可能太不禮貌。「對不起。」

「你以前的朋友路克，」波塞頓改口，「他也有過類似的承諾。他從前是荷米斯的驕傲和喜悅，請你記在心底，波西，即使最勇敢的都可能墜落。」

「路克的墜落非常嚴重，」我說：「他已經死了。」

波塞頓搖搖頭。「不，波西，他沒有死。」

我睜大眼睛看著父親。「什麼？」

「我相信安娜貝斯告訴過你，路克依然活著。我已經看到了，他的船從舊金山啓航，載著那些殘餘至今的克羅諾斯爪牙。他會暫時撤退、重整軍隊後，再向你發動攻擊。我會盡我全力，以風暴來摧毀他的船。然而他正在和我的敵人尋求聯盟，就是那些海中的老神，恐怕他們會爲他而戰。」

「他怎麼可能還活著呢?」我說:「他那樣摔下來應該必死無疑呀!」

波塞頓看起來也很困惑。「我不知道,波西,但你一定要提防他。他現在比以前更危險了,而且金棺仍然在他身旁,仍然不斷在滋生力量。」

「那阿特拉斯呢?」我問:「怎樣才能避免他再度逃跑?他不會強迫某個巨人或怪物來替他撐住天空嗎?」

父親不屑地哼一口氣。「要是這麼簡單,他早就逃走了!我的孩子,不會的,天空的魔咒只會強加在泰坦巨神的身上,也就是蓋婭和烏拉諾斯的小孩。其他人想要撐住天空,必須是發自內心、自己願意去才行。只有英雄,一個有勇氣、力量與真誠的人,才會願意這麼做。克羅諾斯的軍隊裡沒有人敢承擔如此重量,就算逼他們去死也沒用。」

「但路克做了,」我說:「他讓阿特拉斯出來,然後再騙安娜貝斯接下重擔,又說服阿蒂蜜絲過去接住天空。」

「嗯,」波塞頓說:「路克……他的情況很特別。」

我覺得父親還有一些話要說,但這時貝絲的鳴叫聲卻從庭院另一頭傳來。幾個半神半人正在玩牠身處的大水球,開心地將水球在群眾頭上推來推去。

「我最好過去處理一下,」波塞頓沉重地說:「不能讓奧菲歐陶若斯像顆海灘球被人玩弄。兒子,要保重,或許我們很久以後才能再說到話了。」

然後他便離開。

我正打算再次開始尋找安娜貝斯，另一個聲音又響起：「你該知道，你的父親冒了一個非常大的險。」

面前站著一位灰色眼睛的女人，她看起來和安娜貝斯那麼像，我差點就喊錯了名字。

「雅典娜。」我努力不讓語氣流露怨恨，畢竟她剛才在大會中可是打算除掉我，但我想我隱藏得有點失敗。

她冷冷地微笑。「混血人，不要太嚴苛地判定我。有智慧的建議不一定受到歡迎，但我說的是事實。你，很危險。」

「您從不冒險嗎？」

她點點頭。「我承認這點。你也許有用處，但仍舊……你的致命缺點有可能毀了我們，或者毀了你自己。」

我的心頓時封住我的嘴。一年前，安娜貝斯也和我討論過致命缺點這件事。每個英雄都有致命缺點，她說她的是驕傲自大。她相信她能辦到任何事……例如，撐起全世界，或者，拯救路克。然而，我不知道我的致命缺點是什麼。

雅典娜看來幾乎是爲我感到難過。「克羅諾斯知道你的缺點，即使你自己都不知道是什麼。他知道如何研究敵人。波西，你想一想，他是怎麼操控你的。首先，奪走你的母親，接下來是你最要好的朋友格羅佛，然後，換成我的女兒安娜貝斯。」她暫停下來，露出不認同的表情。「每一次，都是你所愛的人被克羅諾斯當成誘餌，引你進入陷阱。波西，你的致命缺點就是你的個人忠誠，你不知道何時該停下你的損失。爲了解救朋友，你可能會犧牲掉全世界。這在一個被預言命定的英雄身上，是非常非常危險的。」

我握緊拳頭說：「那不是缺點，只因爲我想要幫助朋友……」

「最危險的缺點就是那些看似很好控制的東西，」她說：「對抗邪惡很容易，但缺乏智慧……才是眞正的困難之處。」

我很想跟她爭辯，卻發現自己根本沒辦法回嘴，雅典娜實在太聰明了。

「我希望最後能證明大會做了明智的決定，」雅典娜繼續說：「但我會持續觀察，波西・傑克森。我並不認可你和我女兒的友誼，我覺得那對你們雙方都是不智之舉。要是你的忠誠開始動搖……」

她用灰色的雙眼冰冷地瞪著我，這就足以讓我閉嘴了。我現在完全明白，如果讓雅典娜成爲敵人會是多糟的事，比起敵人是戴歐尼修斯、阿瑞斯，甚至是我的父親都還要糟上十倍！雅典娜從不放棄，更不會因爲她討厭你就躁進或做出蠢事。如果她計畫要毀掉你，失敗的機率是零。

「波西！」安娜貝斯穿過群眾跑了過來，當她看到我正在跟誰講話時，立刻停了下腳步。

「喔……媽。」

「我要走了，」雅典娜說：「就是現在。」

她轉過身，邁著大步離開，群眾自動散開讓出一條路，好像雅典娜手持埃癸斯一樣。

「她剛剛給你難堪嗎？」安娜貝斯問。

「不會，」我回答：「還……還好啦。」

她關心地看著我，摸摸我頭髮中新出現那撮與她完全相同的灰色，那是來自阿特拉斯沉重負擔的苦痛紀念品。我有好多話想對她說，但雅典娜的話確實影響了我，感覺好像身體裡面狠狠挨了一拳。

我並不認可你和我女兒的友誼。

「那個，」安娜貝斯又開口：「剛剛你要跟我說什麼？」

樂聲悠揚，群眾四處輕舞。於是我說：「嗯，我想，我們繼續在衛斯多佛學校沒做完的事吧。這個嘛……我記得我還欠你一支舞。」

她緩緩露出微笑。「沒問題，海藻腦袋。」

所以我牽住她的手。我不清楚其他人聽到的音樂是什麼，但對我而言，那是一首慢板舞曲，帶點哀傷，也帶點希望。

20 混血人失蹤

離開奧林帕斯前，我決定打幾通電話。這可不太容易，但我終於在某個靜謐的花園角落找到了一方噴泉，用伊麗絲訊息與住在海中的弟弟泰森聯絡。我告訴他我們的奇遇和貝絲的事，他迫切想聽所有關於這頭可愛牛寶寶的細節。我也向他保證安娜貝斯很平安，最後才終於解釋到他去年夏天替我做的盾牌，是如何在人面蠍尾獅的攻擊下受損。

「太棒了！」泰森說：「那就表示它是個好盾牌！它救了你一命！」

「大個兒，的確是它救了我，」我說：「可是它已經全毀了。」

「不會全毀的！」泰森向我保證。「我明年夏天會過去看你，幫你修好它。」

這提議瞬間鼓舞了我，我猜我一直都沒意識到自己是那麼想念他在身旁的時光。

「你是說真的嗎？」我問：「他們會讓你休假嗎？」

「那當然！我已經打了兩千七百四十一把劍。」泰森自豪地說，還拿起最新鑄好的劍身給我看。「老闆說我做得非常好，他會讓我整個夏天都休息，我一定會去混血營！」

我們又講了一下準備戰爭的情形，以及父親和老海神們的爭執，當然還有夏天來到時我們可以一起去做的酷事。只不過泰森的老闆又開始吼他，他真的得回去工作了。

我掏出最後一枚古希臘金幣，再祈求一次伊麗絲訊息。

「莎莉．傑克森，」我說：「曼哈頓上東區。」

水霧閃耀，媽媽的身影出現在廚房餐桌旁。她笑得很開心，只不過，她的手放在那個咕嚕肥死先生的手中。

我覺得有夠尷尬，正要揮手抹去霧中影像切斷連結，但媽媽先看到我了。她眼睛發亮，牽著咕嚕肥死先生的那隻手立刻鬆開。「啊，保羅，你知道嗎？我把寫作作業忘在客廳了，你可以去幫我找一下嗎？」

「當然可以啦，莎莉，沒問題！」

他離開房間，媽媽立刻衝到伊麗絲訊息前。「波西，你還好嗎？」

「我還好啦。你的寫作課進行得怎樣？」

她噘起嘴說：「很好，但那一點也不重要，快告訴我發生了什麼事！」

我用最快的速度告訴她這段時間的經歷。她聽到安娜貝斯沒事後，大大鬆了一口氣。

「我就知道你辦得到！」她說：「我覺得好驕傲！」

「嗯，好吧，我最好讓你回去弄你的作業了。」

「波西，我……保羅和我……」

「媽，你快樂嗎？」

這個問題似乎讓她有點訝異。她想了一下才說：「是的，波西，我真的感到很快樂。有他在身邊讓我非常愉快。」

「那很酷呀，媽。說眞的，你不要太擔心我。」

有趣的是，我發現這的確是我的眞心話。我本來應該要替媽媽擔心的，看看我之前在任務中聽到的故事，就知道人們可以怎樣傷害他人的心，想想海克力士是如何對待柔伊、路克是如何辜負了泰麗雅。另外，我和愛神阿芙蘿黛蒂面對面時，明顯感到她的力量比阿瑞斯更讓我恐慌。但是，能夠看到媽媽的開懷大笑和會心微笑，特別是在經歷我前任繼父蓋柏對她那些年的折磨後，我眞的忍不住要替她高興。

「你可以答應我不要再叫他咕嚕肥死嗎？」她問。

我聳聳肩。「這個嘛，反正，我不會當他的面這樣叫啦！」

「莎莉？」布魯菲斯先生從客廳喊說：「你要的是綠色講義夾還是紅色的？」

「我最好過去一下，」媽媽對我說：「聖誕節見囉！」

「你會放藍色糖果在我的聖誕襪裡嗎？」

媽媽笑了。「只要你不嫌它太幼稚。」

「我永遠不會嫌糖果幼稚的。」

「那就到時候見了。」

她隔著水霧對我招手，影像迅速消失。我陷入沉思，好多天以前在衛斯多佛學校，泰麗雅說的話確實沒錯，我媽還眞酷。

跟奧林帕斯山比起來，曼哈頓安靜多了。聖誕節前的禮拜五，一大清早的第五大道十分冷清。混血營的警衛隊長阿古士，也就是那個全身長滿眼睛的金髮大漢，到帝國大廈來接安娜貝斯、格羅佛和我。我們在不大的風雪中飛速回到營區，整條長島公路寂靜得像是沙漠。

我們爬上混血之丘的山頂，金羊毛如常閃耀，松樹也還在。我有些期待看到泰麗雅，有些奢望她會在那裡等我們。然而事實不是如此，泰麗雅早就隨著阿蒂蜜絲和其他獵女出發探險去了。

奇戎在主屋迎接我們，還準備了熱巧克力與焗烤起司三明治。格羅佛立刻去找他的羊男朋友，迫不及待地告訴他們這趟任務中與潘的魔法奇遇。不到一個鐘頭的時間，所有羊男都激動地跑來跑去，逢人就問最近的咖啡店在哪裡。

安娜貝斯和我坐在奇戎身旁，其他一些資深的營隊學員都在場，像貝肯朵夫、瑟琳娜・畢瑞嘉、史托爾兄弟等，連阿瑞斯小屋的克蕾莎也來了。克蕾莎已經結束她的神秘搜查任務才歸營，想必她也經歷了一段艱辛的過程，因爲她竟然連半點攻擊我的慾望都沒有。她的下巴多了一道新傷疤，髒髒的金髮削剪得又短又雜，彷彿被人拿安全剪刀攻擊過。

「我有新消息，」她不自在地喃喃說著：「是壞消息。」

「我們等一下再聽你報告，」奇戎的聲音帶著硬擠出來的喜悅，「重要的是你們這次戰勝了，而且你們救了安娜貝斯！」

安娜貝斯給我一個感激的微笑，卻讓我心神飄向遠方。

不知爲了什麼奇怪的理由，我發現自己在想胡佛水壩，還有那個莫名其妙遇到的人類女孩瑞秋．伊莉莎白．戴爾。我眞的不了解原因，但她刺耳的話就是不斷回到我腦海。她當時說：「難道連人家擤鼻涕，你也要殺他？」我想我能倖存至今，完全是因爲這麼多人幫過我，即便是那樣偶遇的少女也都助我逃過一劫，而我，卻連好好向她說明我是誰都做不到。

「路克還活著，」我說：「安娜貝斯的判斷沒錯。」

安娜貝斯猛然站起。「你怎麼知道？」

我告訴自己別因爲她的激動而動氣，於是我說出父親對安朵美達公主號的觀察。

「喔。」安娜貝斯在位子上不安地移動身體。「如果最後的大戰會發生在波西十六歲時，至少我們還有兩年的時間去找出一些辦法。」

我感覺得出來，她說「找出一些辦法」的意思，就是指「改變路克的行爲」，這讓我更加生氣。

奇戎的表情十分憂鬱。他坐在自己的輪椅上，緊挨著火爐，看起來好蒼老。嗯，他的年紀是眞的很老了，只不過通常看不出來。

「也許你們會覺得兩年很長，」他說：「但其實一晃眼就過去了。波西，我依然希望你不是預言中的那個孩子，但如果你是，第二次泰坦大戰就幾乎是衝著我們來的，克羅諾斯的首次攻擊目標將會在這裡。」

「你怎麼知道？」我問：「他爲什麼要在乎混血營呢？」

「因爲天神會利用英雄作他們的工具，」奇戎簡單地說明：「摧毀了工具，天神就變成跛腳鴨了。路克的軍隊一定會來這裡，他的軍隊裡有人類、半神半人、怪物……，我們必須做好準備。克蕾莎的消息也許能給我們一點線索，看他們將如何進攻，不過……」

有人敲門。尼克．帝亞傑羅喘著氣進入起居室，兩頰凍得紅通通。

他面帶微笑，但又焦急地環視大家。「嘿，我……我姊姊在哪裡呀？」

一片死寂。我盯著奇戎，不敢相信至今還沒人告訴他這件事。只是我很快意識到奇戎的用意，他在等我們回來，當面向尼克說清楚。

這是我最不想做的事了，但我虧欠碧安卡。

「嗨，尼克。」我從舒服的座椅中起身。「我們去外面走走，好嗎？我想跟你談談。」

他聽到這個消息後，陷入完全的沉默，氣氛反而變得更僵。我只好一直講，努力解釋事情發生的經過，以及碧安卡如何犧牲自己來拯救大家。可是我眞的覺得我愈講愈糟。

「她希望你能有這個。」我拿出碧安卡在垃圾場撿起的小雕像。尼克將它握在手中，仔細地端看。

我們站在餐廳涼亭，這裡正是當時出任務前我們說話的地方。即使營區的氣候受到魔法控制，但此刻的風卻是那麼刺骨寒冷，雪花輕輕落在大理石台階上。我猜營區之外的地方，應該正籠罩在冰風暴下。

「你答應過我要保護她。」尼克說。

就算他用一把生鏽的七首刺我，也不會比提醒我這個承諾那麼令人傷痛。

「尼克，」我說：「我當時試過，但是碧安卡決定要犧牲自己來救其他人。我也叫她不要去，可是她……」

「你答應過的！」

他瞪著我，眼眶泛紅，小小的拳頭緊握著小雕像。

「我不應該相信你的，」他幾乎是啜泣著說：「你騙我，我的惡夢是對的！」

「等等，你說什麼惡夢？」

他把小雕像丟到地上，鏗鏘幾聲滾過結冰的大理石階。「我恨你！」

「她也許還活著，」我拼命想解釋，「我並不確定……」

「她死了。」他閉起雙眼，憤怒到整個身體都在發抖。「我早該明白的。此刻的她正在日光蘭之境[74]，站在一堆冥界法官前等著被審判。我感覺得到。」

「什麼意思？你感覺得到？」

他還來不及回答，我就聽到一個不屬於我們兩個人的聲音。是我絕對不會認錯的嘶嘶聲

[74] 日光蘭之境（Asphodel Fields）位於冥界，是希臘神話中平凡人的亡魂歸屬之處。

和喀喀咬牙聲。

我拔出劍，尼克驚呼。我飛旋轉身，立刻面對四個骷髏武士，他們的骷髏頭奸笑著，持劍逼近。我無法想像他們是怎麼進入混血營的，但現在已無關緊要。我沒有時間求援了。

「你竟然要殺我！」尼克尖叫。「你把這些……這些東西帶進來？」

「不是這樣！對，他們跟蹤我，但不是像你想的！快跑，尼克，他們是死不了的怪物！」

「我不相信你！」

第一個骷髏武士進攻，我擊開他的劍，但其他幾個武士繼續襲來。我將一個骷髏武士從中劈成兩半，但他瞬間又合體回來。我打飛一個骷髏的頭，但他的身體卻還能攻擊我。

「快跑，尼克！」我大喊：「去找人幫忙！」

「不！」他雙手緊壓在耳朵上。

我無法一次對付四個骷髏武士，只要他們還是打不死的狀態。我揮劍、飛旋、阻斷、猛刺，他們卻仍不斷進攻。他們想戰勝我，只需要花上幾秒鐘的時間。

「不！」尼克喊得更大聲：「全都滾開！」

我腳下的地面突然轟隆作響，四個骷髏武士全都僵直呆立。他們腳下的地面開始出現裂痕，我迅速滾離原地。地面的裂口宛如一張餓極了的大嘴，火焰從中冒出，一聲強烈巨響的同時，所有骷髏武士都被吞噬了！

四下安靜無聲。

剛剛骷髏武士站著的地方，出現一道六、七公尺長的裂痕橫過餐廳涼亭的大理石地板，此外沒有半個骷髏武士的蹤影。

我震驚地望著尼克。「你是怎麼……？」

「滾開！」他吶喊著：「我恨你！我希望你死掉！」

地面沒有吞下我，但尼克跑下石階，朝森林跑去。我拔腿去追，卻踩到某個東西而摔倒在結冰的階梯上。我爬了起來，看到那個害我滑倒的東西。

我撿起了那個碧安卡在垃圾場偷拿給尼克的雕像。「這是他唯一還沒收藏到的雕像。」她說。這是她送給尼克最後的禮物。

我看著它，湧起了一股恐懼感。現在我知道為什麼這個雕像有些眼熟了，我見過他。這是黑帝斯——冥界之王的雕像。

安娜貝斯和格羅佛陪我一起在森林裡搜尋了好幾個鐘頭，但是找不到半點跟尼克有關的蛛絲馬跡。

「我們得跟奇戎報告。」安娜貝斯上氣不接下氣地說。

「不行。」我說。

她和格羅佛一起看著我。

「嗯，」格羅佛緊張地問：「你說『不行』的意思是……？」

我其實還在想爲什麼自己會說「不行」，但話就先從嘴裡蹦了出來。「我們不能讓任何人知道，我想還沒有人察覺尼克是……」

「黑帝斯的兒子，」安娜貝斯說：「波西，你究竟知不知道這事有多嚴重？就連黑帝斯也違背誓言了，這實在太可怕了！」

「我不這麼認爲，」我說：「我不認爲他違背了誓言。」

「什麼？」

「黑帝斯是他們的父親，」我說：「但是碧安卡和尼克不在誓言的期限內，她們出生在第二次世界大戰前。」

「蓮花賭場飯店！」格羅佛說。他火速告訴安娜貝斯當時碧安卡與我們的對話。「她和尼克被困在那裡幾十年，他們是在三大神發誓前出生的。」

我點點頭。

「但他們是怎麼離開那邊的？」安娜貝斯質疑著。

「我不知道。」我說：「碧安卡說，那時有一個律師來帶他們出去，把他們載到衛斯多佛學校。我完全不知道那個人是誰，不知道爲什麼他這樣做。也許這都是大騷動的一部分。我不認爲尼克了解自己的出身，但我們也不能告訴任何人，就連奇戎也一樣。如果奧林帕斯天神發現了……」

「他們可能又會開始互相廝殺，」安娜貝斯說：「那是我們最不希望發生的事。」

格羅佛看來十分擔憂。『但你無法向天神隱瞞事實，起碼無法永遠隱瞞。」

「不用永遠，」我說：「只要兩年，等我滿十六歲。」

安娜貝斯臉色蒼白。「波西，可是，這就表示預言說的人不一定是你，也有可能是尼克，我們必須……」

「不，」我說：「我選擇了預言，它就會是我。」

「為什麼那樣說？」她喊著：「你想要替整個世界負責嗎？」

這是我最不想做的事了，但我說不出口。我知道我必須站出來宣稱這一切。

「我不能再害尼克陷入險境，」我說：「我欠他姊姊太多了，我……我讓他們兩個都受傷。我不會再讓那個可憐的孩子承受更多痛苦。」

「那個可憐的孩子痛恨你，想要看你死呢！」格羅佛提醒我。

「也許我們能找到他，」我說：「就可以說服他一切都好，把他藏到安全的地方。」

安娜貝斯打個哆嗦。「如果路克抓到他……」

「路克不會的，」我說：「我會確保他有其他值得憂心的事，那就是——我。」

我不確定奇戎是否相信安娜貝斯和我的說詞，關於尼克失蹤的事，我想他知道我保留了一些沒說，但他終究接受了我們的說法。畢竟，很不幸的，他不是第一個失蹤的混血人。

「年紀還那麼輕。」奇戎嘆口氣，他的手扶在陽台欄杆上。「唉，我倒希望他被怪物當作食物，總比被泰坦軍隊招募過去要好。」

這句話讓我不自在起來，幾乎就要轉念告訴他實情了，但我還是忍住沒說。

「你眞的認爲第一次攻擊會在這裡嗎？」我問。

奇戎看著飄落在山頭的雪。我看得到守衛松樹的龍噴出的煙，還有金羊毛發出的光亮。

「至少，要等到夏天，」奇戎說：「這個冬天會很辛苦……幾個世紀來最辛苦的冬天。波西，你最好回到市區的家中，試著把精力放到課業上，還有多休息。你需要休息。」

我看著安娜貝斯。「那你呢？」

她紅著臉，說：「我想，也該試試去住舊金山了。或許我可以幫忙觀察塔瑪爾巴斯山，確認泰坦勢力沒做其他壞事。」

「如果有不好的事，你會送伊麗絲訊息來給我嗎？」

她點點頭說：「但我想奇戎說的對，要到夏天才會有事。路克需要時間恢復元氣。」

我不喜歡等待的感覺，況且，明年八月我就滿十五歲了。距離十六歲是那麼近，近到我不願意再想。

「好吧，」我說：「那你要好好保重。還有，不要拿駱駝戰機來做驚險特技。」

她露出難得的笑容。「一言爲定。還有，波西……」

不管她接下來要說什麼，都被格羅佛打斷了。格羅佛踉蹌奔入主屋，絆到了幾個錫罐。他的臉色憔悴慘白，彷彿剛見到了幽靈。

「他說話了！」格羅佛喊著。

「冷靜點，親愛的羊男，」奇戎皺著眉問：「發生了什麼事？」

「我……我在陽台吹奏音樂，」格羅佛說得結結巴巴，「還有，喝咖啡，喝了好多好多咖啡！然後，他就在我心裡說話了！」

「他是誰？」安娜貝斯問。

「潘！」格羅佛喊叫著。「野地之神說話了！我聽到了！我要去……我要去打包了！」

「哇！」我問：「他說了什麼？」

格羅佛看著我說：「只有三個字。他說：『我等你。』」

波西傑克森 3

泰坦魔咒

文 / 雷克・萊爾頓　譯 / 蔡青恩

執行編輯 / 林孜懃　美術設計 / 唐壽南　副總編輯 / 王明雪

發行人 / 王榮文
出版發行 / 遠流出版事業股份有限公司　台北市南昌路2段81號6樓
電話：(02)2392-6899　傳真：(02)2392-6658　郵撥：0189456-1
著作權顧問 / 蕭雄淋律師　法律顧問 / 董安丹律師
輸出印刷 / 中原造像股份有限公司
□ 2009年8月1日 初版一刷　□ 2010年2月1日 初版六刷

行政院新聞局局版台業字第1295號
定價 / 新台幣299元（缺頁或破損的書，請寄回更換）

ISBN 978-957-32-6506-1
遠流博識網 http://www.ylib.com　E-mail:ylib@ylib.com
波西傑克森中文官方網站 http://www.ylib.com/PercyJackson
波西傑克森－混血人俱樂部 http://blog.ylib.com/PercyJackson

PERCY JACKSON & THE OLYMPIANS：THE TITAN'S CURSE

國家圖書館出版品預行編目資料

波西傑克森：泰坦魔咒 / 雷克・萊爾頓(Rick Riordan)
著；蔡青恩譯. -- 初版. --臺北市：遠流, 2009.08
面；　公分
譯自：Percy Jackson & the Olympians：the
Titan's Curse
ISBN 978-957-32-6506-1(平裝)

874.57　　98012716